徐建融——著

化文章

诗画中的自然审美

上海书画出版社

前　言

　　收在本书中的这些文字,除《花好月圆——陆抑非先生的牡丹画》一文节选自《陆抑非全集》的前言外,基本上都是近十年间陆续刊发在《文汇报·笔会》和《解放日报·朝花》上的。承蒙上海书画出版社的厚爱,予以结集出版,特条理为"花果""动物""忆游""观剧""尊师"五大类;最后附诗词、图画若干,则大多是没有发表过的敝帚自珍。

　　这些文字的形成,大多是因耳目游娱自然的景观物象有感而发,当然也涉及人文的景观。自然的景观是造物的创造,又称"造化""大化",它是无心的"当然如此"。人文的景观是人类的创造,又称"文明""文章",大多是有意的创造,以体现创造者主观的意志,但也有无心的"当然如此"。书名"大化文章",便缘于自然景观与人文景观的这种关系。我所关注的文章,重在经史、诗文、书画的传统;而做文章的方法,则完全是无心的"当然如此"。副标题"诗画中的自然审美",便缘于这样的生活态度同时也是文章态度。

　　司空表圣《二十四诗品》中有"自然"一品,曰:"俯拾即是,不取诸邻,俱道适往,着手成春。如逢花开,如瞻岁新,真予不夺,强得易贫。幽人空山,过水采萍,薄言情晤,悠悠天钧。"相比于其他的二十三品,如"雄浑""冲淡""含蓄""豪放"等,就是不追求,来了就来了,不来就不来,来"雄浑"就"雄浑",来"冲淡"就"冲淡"……如果说,其他二十三品都是"我寻诗",那么,"自然"一品便是"诗寻我"。这其间的关系,就如王国维所说的"有我之境"与"无我之境"——孔子所说"毋我"是也。

　　喻之以人生,东邻乞儿,行歌于道,人哀其衣腐,曰"譬如袒";哀其履蔽,曰"譬如跌";哀其羹残食冷,曰"譬如饥";哀其病,曰"譬如死";哀其病且死,曰"譬如不死"。这,便是"自然"的生活态度,一人如此,一人长乐;人人如此,天下"郁郁乎文"。而冯谖客孟尝,给他饭吃,却想吃鱼,给他马骑,却想乘车。这,便是"追求"的生活态度,一人如此,一人不平;人人如此,天下熙攘不宁。

可见,"自然",并不是造物的专利,也可以为人类的生活包括文章所享有;而"追求",当然更不是人类的生活包括文章所必须有。那么,什么时候人类的生活、文章应该致力于有目标的"追求"?什么时候人类的生活、文章应该顺应于无可无不可而一切皆"当然如此"的"自然"呢?

欧阳修五十四岁时的《读书》诗有云:"念昔始从师,力学希仕宦。岂敢取声名,惟期脱贫贱。"人少年时不可顺其"自然",必须努力"追求",而追求的目标便是近在身边的"脱贫贱",让自己和父母有房住、有饭吃。紧接着进入了青年,"中间尝忝窃,内外职文翰。官荣日清近,廪给亦丰羡",个人和家庭的问题解决了,但为了国计民生,依然还要努力地"追求",虽"人事攻百箭"而勇猛精进!转眼便到了老年,"前时可喜事,闭眼不欲见""少而干禄利,老用忘忧患"。所谓"五十而知天命","天命"者"自然",于兹而"复归于自然",不给社会添麻烦。对于一个老年人来说,"忘忧患"而"自然"地生活、审美,实在是比"干禄利"而"追求"地生活、审美更有益于社会和谐的一种生活、审美方式。

我多次讲到,"成人"是社会稳定的基础,"成才"是社会发展的引领。同理,"追求"以改变命运是社会发展的动力,"自然"以顺从命运则是社会和谐的稳定。

我的这些文字,"思无邪,知述圣;行毋我,事随人",当然不能成为推动个人和社会发展的动力,但应该有益于个人和社会和谐的稳定。

徐建融

2024年初秋于海上长风堂中

目 录

前　言　1

花　果　1
　　"红杏出墙"的是非　2
　　阳春德泽　万物光辉
　　　　——诗画艺术中的向日葵　9
　　琴操冰雪听无声
　　　　——水仙诗与水仙画　16
　　禅心不起捧花归　27
　　半生梦幻紫云璎　34
　　最宜诗画是荷花　42
　　西湖的莲叶　52
　　至今犹此论文心　56
　　"杏坛"之杏　62
　　唤回春色秋光里　68
　　黄花莫悔菜肴凉　75
　　外圆美　内文明
　　　　——传统的葫芦审美　84
　　"舜华"何花　91
　　阳春白雪　玉树临风　97

动　物　105
　　春江水暖鸭先知　106
　　稻花香里说蛙声　115
　　坐听蛙声梅雨中　120
　　蝉蜩·婵娟　130
　　皮以毛存　138

忆　游　145
　　泰山未游记　146
　　"失真"的"逼真"　155
　　仙人不遇遇仙草
　　　　——辛丑仙居、龙泉游小记　160
　　寒食《春秋》忆旧游　167
　　庐山与石钟山　173
　　"扬声息苦"的钟声　177
　　西藏半游记　181

观　剧　187
　　一样心情别样娇　188
　　常把老娘挂心怀　194
　　鬼音仙韵听秋声　200
　　秋声谁识《女儿心》　205
　　观剑说春秋　212

尊　师　219

　　　　分钗半钿尽生尘
　　　　　　——谢稚柳先生的艺术观　220
　　　　高花阁说诗
　　　　　　——纪念陈佩秋先生百年诞辰　232
　　　　幽香刚节待薪传：忆卢坤峰先生　239
　　　　四家学齐　245
　　　　国香无绝
　　　　　　——陈佩秋先生的画兰艺术　252
　　　　画画，要有我，又要无我
　　　　　　——唐云和新花鸟画　262
　　　　奇峰磊落水云舒
　　　　　　——陆俨少先生的艺术和人生　270
　　　　岳镇川灵
　　　　　　——江兆申先生逝世二十周年祭　279
　　　　花好月圆
　　　　　　——陆抑非先生的牡丹画　288
　　　　永远的《蒲公英》
　　　　　　——纪念吴凡先生百岁诞辰　298

诗　词　305

花果

"红杏出墙"的是非

应怜屐齿印苍苔,小扣柴扉久不开。
春色满园关不住,一枝红杏出墙来。

叶绍翁的这首《游园不值》,千百年来脍炙人口,传诵不衰。叶绍翁本是一个小诗人,但这首诗却大大的有名;就像张择端在宋代的画史典籍中名不见经传,但他的《清明上河图》却是中国美术史上最经典的作品一样。关于叶绍翁,我们只知道他是南宋中后期人,出生并生活在今浙江丽水的龙泉,终身未仕;也有记载说他元初还在世。他是"江湖派"诗人之一,擅长七言绝句,但这个"江湖派"不同于"江西派",它并不是一个有学统关系的诗派,只是因为当时有一批诗人,包括罗与之、许棐等,互相之间虽然几乎没有关联,但都是处江湖之远的隐逸之士,诗风又相接近,故名之。而叶氏所"擅长"的七绝,真正有所"长"且广为人知的,事实上也只有这一首;其他的数十首,实在并无太"长"之处。

然而,由于这一首的出名,叶绍翁也"人以诗传",由一个小诗人变成了大名人。在他的家乡龙泉,还专门为他建造了纪念馆,作为当地发展文化旅游业,吸引四方游客来此观光的一个人文景点。大约六七年前,我在杨尔教授和龙泉夏局长的陪同下,也曾前往参观过。园林的建设大致仿照诗意为经营匠心,虽然没有宝剑、青瓷的感人之深,也算得是为饕餮大餐开胃的一碟小菜。

杏花的栽植培育,在我国有很悠久的历史,早在三代便已十分

迎风呈巧媚
泡露逞红妍

南宋　马远《倚云仙杏图》　台北故宫博物院藏

普遍了。《礼·内则》："桃李梅杏。"《管子·地员》："五沃之土……其梅其杏，其桃其李……"作为蔷薇科的赏花同时又是食果之树，赏其花则称"杏花"，食其果则称"杏子"，主要盛栽于北方。南方虽亦有种植，但规模不大，一般种在园林庭院中，主要用作观赏。元好问《杏花》诗有云："一般疏影黄昏月，独爱寒梅恐未平。"盖斥南方人之重梅花而不识杏花。而唐宋时的南方诗人，亦多嘲北人只知有杏不知有梅，如梅尧臣的《京师逢卖梅花》"北土只知看杏蕊"；晏殊的《红梅》"北人应作杏花看"；王安石的《红

元　钱选《八花图》中的杏花

梅》"北人初未识,浑作杏花看",等等。

　　由于种植的历史悠久且遍布南北,所以,自古至今,以杏花为题材的诗词非常之多,但最出名的则仅有两首。其一,自然是叶绍翁的那一首,尤其是"春色满园关不住,一枝红杏出墙来"这两句。其二则是北宋宋祁的《玉楼春·春景》:

> 东城渐觉风光好,縠皱波纹迎客棹。
> 绿杨烟外晓寒轻,红杏枝头春意闹。
> 浮生长恨欢娱少,肯爱千金轻一笑。
> 为君持酒劝斜阳,且向花间留晚照。

尤其是"红杏枝头春意闹"这一句。宋祁是仁宗朝的翰林学士,曾与欧阳修同修《新唐书》,本就是一位身份显赫的大名人;但这首词尤其是这一句更为他锦上添花,一时有"红杏枝头春意闹尚书"的美誉。令人不解的是,历来的"宋词选",一般都不会不选这一首的，近世俞陛云（1868-1950）的《唐五代两宋词选释》却没有选宋祁，当然也就不可能有这一首。

所谓"树大招风"，名人、名诗、名句，在大多数人是作为崇拜的对象，五体投地地"见贤思齐"；但在某些好"相轻"的"文人"，往往表现为不服气，并以之作为怀疑并找茬抨击的标的，有意地弄出许多是非来。"红杏闹春""红杏出墙"出了大名，在众所艳羡的同时，自然也少不了持非议之人。俞先生的不选宋祁，或许正表示了他的不满；此外更有人认为"闹"字根本就用得不通！对这一是非，钱锺书先生在《通感》一文中已经作了全面的评点分析，至矣尽矣，蔑有加矣！关于"红杏出墙"的是非，钱先生在《宋诗选注》中也作了精彩的评点分析，大体上已经充分，但窃以为还可以略作补充和引申。

先来看钱先生的评析：

> （此诗）其实脱胎于陆游《剑南诗稿》卷十八《马上作》："……杨柳不遮春色断，一枝红杏出墙头。"不过第三句写得比陆游的新警。《南宋群贤小集》第十册另有一位"江湖派"诗人张良臣的《雪窗小集》，里面的《偶题》说："……一段好春藏不尽，粉墙斜露杏花梢。"第三句有闲字填衬，也不及叶绍翁的来得具体。但这种景色，唐人也曾描写，例如温庭筠的《杏花》："杳杳艳歌春日午，出墙何处隔朱门。"吴融《途中见杏花》："一枝红杏出墙头，墙外行人正独愁。"又《杏花》："独照影时临水畔，最含情处出墙头。"李建勋《梅花寄所亲》："云鬟自粘飘处粉，玉鞭谁指出墙枝。"但或则和其他的情景掺杂排列，或则没有安放在一篇中留下印象最深的地位，都不及宋人写得这样醒豁。

"红杏出墙"的蓝本，如上所述之外，我们还可以举出不少。

如王禹偁的"日暮墙头试回首,不施朱粉是东邻";王安石的"独有杏花如唤客,倚墙斜日数枝红";范成大的"浩荡风光无畔岸,如何锁得杏园春",等等。词则有高观国的"小怜鬟湿燕脂染,只隔粉墙相见"(《杏花天》);毛滂的"游人莫笑东园小,莫问花多少。一枝半朵恼人肠,无限姿姿媚媚倚斜阳"(《虞美人》);晁端礼的"名园相倚,初开繁杏,一枝遥见"(《水龙吟》),等等。

可见,对"红杏出墙"的审美关注,早在叶绍翁之前,便已为众多文人词客的诗眼所不约而同地盯上了,简直就像是"大众情人"!包括叶句在内,这其间既有可能后人借鉴了前人的,也完全有可能是没有借鉴而纯粹是各人的原创。因为,"红杏出墙"作为现实生活中的真实景观,它不仅是并不罕见的,更是格外引人注目且容易生发联想的。

但是,作为"园林六法"之一的"莳花栽木"(另五法分别为"立意构思""掇山理水""亭台楼阁""题名点景""诗情画意"),园林中所培植的观赏花卉不止于杏花,还有梅花、桃花、牡丹、玉兰、桂花等,不一而足,为什么诗人们会对"红杏出墙"表现出情有独钟的敏感呢?我的体会,可能是一般园林的围墙高度在2.5米上下,深院高墙有在3米以上的。园内的花卉,如果植株在2.5米以下的如桃花、牡丹等,不可能有出墙的景观,自然也就不可能引发园外诗人相应的审美敏感;植株在5米上下的如玉兰、桂花等开放在3米以上,园外人可以一览无遗,当然也不会引人对园内的树干发诗情的联想。只有杏花、梅花,株在3米上下,才偶有出墙的一枝两朵,十分地耀人眼目而引人对墙内繁枝密花或稀枝疏花的遐想。

一枝两朵,当然显得意境清冷、乍暖还寒;而墙内盛开的如果是杏花,则意境在缤纷热"闹";如果是梅花,则意境在疏落高冷。由"一枝红杏出墙来",联想"满园春色关不住"的芳菲,何等地对比鲜明而且丰富多彩!而由"一枝冰蕊出墙来",联想"满园彻

清　金农《花卉图册》之《红杏出墙图》

骨畏高冷"的寒意，不显得多此一举的不尽得体吗？这也是杏花、梅花虽然都有出墙之枝，而诗人的敏感只钟于杏花而不钟于梅花的原因吧。以我的孤陋寡闻，"梅花出墙"的诗句，除钱先生前引的李建勋外，尤以王安石的"墙角数枝梅，凌寒独自开。遥知不是雪，为有暗香来"更为著名。其妙处在只专注露出墙角的数枝似雪，而不去联想墙内的满树似冰。以李方膺的赏梅经验，"触目横斜千万朵"，尚且"赏心只有两三枝"；既然止见"墙角数枝梅"，又何必去联想园内万斛冰呢？

"红杏出墙"也启发了后世瓷器彩绘装饰的一个创意，这便是"过枝花"。据《饮流斋说瓷》，系创始于明成化时的五彩，但作品颇罕见；盛行于清雍正时的粉彩，传世作品甚多。所谓"过枝花"，是指敞口的盆、盘、碗等器皿的彩绘，使内壁与外壁的花纹枝叶相联的一种构思设计。所描绘的题材有牡丹、菊花、桃花、桃实、海棠、杏花，等等。其匠心则有植株在外壁而过枝在内壁的，也有植株在内壁而过枝在外壁的；有花叶繁荣于内壁而疏落于外壁的，也有花叶繁荣于外壁而疏落于内壁的……纯粹作为一种装饰的工艺，略无"红杏出墙"的诗意。这当然是因为制瓷工匠的文化层次所限，岂是一切花卉都适合于"出墙""过枝"的艺术处理的？

但奇怪的是，"诗画本一律，天工与清新"，古今的画家包括以"诗中有画，画中有诗"兼擅并执画坛之牛耳的文人画家，竟然还不如画瓷的工匠，几乎没有把"出墙花"的诗意引入画境的！有之，似乎只有"扬州八怪"之一的金农。他画过多幅"梅花出墙"，也偶画"红杏出墙"——但其立场并不在墙外而在园内。有一幅自题：

> 青骢嘶动控芳埃，墙外红枝墙内开。
> 只有杏花真得意，三年又见状元来。

一种"墙内开花墙外红"的怀才不遇、牢骚不平，与叶绍翁诗的意境，显然又是另一番是非了。

阳春德泽　万物光辉
——诗画艺术中的向日葵

　　在百花苑中，向日葵绝不是什么不起眼的小花闲卉。相反，其植株高耸达一二丈，花头硕大几如脸盆，格外地引人注目，为其他花卉所罕匹。而它与人们现实物质生活的密切相关，更称得上众香国中的雅俗共好第一。这便是它高产的结籽，作为炒货的"香瓜子"，从物资严重匮乏的贫困年代直到小康富裕的今天，始终是"新年余庆，嘉节长春"的活动中，大众嗑瓜子时价廉物美的首选。其受欢迎的

徐建融《向日葵》

程度，远在瓜子中的西瓜子、南瓜子、松子等品种之上。

　　在我的印象中，对于花的最早认识便是从向日葵开始的。我的少年时代，恰逢国家困难时期，一切生活必需品都是限量凭票供应的，仅够维持生计，尤以"吃不饱"为最大的难题。所以，从上小学开始，每年都会自觉地在屋前宅后的篱落间、空隙处，种上十几株向日葵。无须太多的管理，只要耐心地看着它春天发芽、夏天开花、秋天结实，好不容易等到冬天过年，就可以炒葵花籽吃了。

　　年纪稍长，好上了诗词、书画，发现水陆草木之花原来是文艺创作的重要素材。而在各种花卉中，艺术家对它们的移情，主要在"美"的观赏性，而不是"真"的实用性。通过历代优秀的诗画名作，我很早便得以多识花卉之名。但其实，许多名花佳卉与我当时的生活完全没有关系，甚至根本没有见到过它们的真容。

　　后来，启功先生给我讲到文艺在社会分工中的地位和价值，犹如眉毛之于脸面。作为"五官"之一，相比于眼、耳、口、鼻，眉毛完全在于"好看"而不是"有用"。当时，我以为是启功先生这位"幽默大师"的独创，再后来读到沈德符的《万历野获编》，原来陈继儒之号"眉公"，也正是取"人眉在面，虽不可少而实无用"之义。

　　而向日葵对我们的价值，不仅有其具有经济民生的实用性，其花朵的观赏性实在也是极富视觉冲击力的啊！作为饥饿中的少年，口腹之欲重于眼目之悦，长期对它熟视无睹，当然情有可原。后来，我成长为一个文艺少年，便关注起历代文艺家对它的歌咏描绘，竟发现无论诗人还是画家，都很少有以向日葵为创作素材的，更几乎没有什么脍炙人口的作品传世！显然，作为"有用"的经济作物，向日葵远没有那些"虽不可少而实无用"的观赏性植物为艺术家们所青睐。

　　从初中到研究生毕业、工作，在将近三十年的时间里，我陆续

搜集到寥寥十来首咏向日葵的诗。其中,以向日葵为主题者如唐彦谦的《秋葵》:

> 月瓣团栾剪赭罗,长条排蕊缀鸣珂。
> 倾阳一点丹心在,承得中天雨露多。

梅尧臣的《葵花》:

> 此心生不背朝阳,肯信众草能蘙之。
> 真似节旄思属国,向来零落谁能持?

司马光的《客中初夏》:

> 四月清和雨乍晴,南山当户转分明。
> 更无柳絮因风起,惟有葵花向日倾。

刘克庄的《记小圃花果二十首·葵》:

> 生长古墙阴,园荒草树深。
> 可曾沾雨露,不改向阳心。

不以向日葵为主题但附带提到它的佳句,则有汉佚名《长歌行》中的"青青园中葵,朝露待日晞。阳春布德泽,万物生光辉";杜甫《自京赴奉先县咏怀五百字》中的"葵藿倾太阳,物性固难夺";范仲淹《依韵酬吴安道学士见寄》中的"但得葵心长向日,何妨驽足未离尘",一种归心倾日、热爱家园、向往光明的感情,朴实真挚,亲切动人。

据专家的考证,向日葵原产于北美,在18世纪传入亚洲、中国,近年来,又推前到17世纪。如此,上述古诗中的"向日葵"当非我们今天所熟知的向日葵。但它究竟是何物种呢?从诗情的描绘,实在是形神兼备地契合于向日葵,使人很难别作他想。这就难怪孔令一先生所编《咏花古诗千首》明知向日葵为"18世纪传入亚洲"的

凡·高《向日葵》

物种,又以之为"咏葵花"的图解,并编选了三首唐宋诗并配图。

据刘向《列仙传·序》:"吾搜检藏书,缅寻太史,创撰《列仙图》,自黄帝以下六代迄到于今……得一百四十六人,又云其七十四人已见佛经矣。"《弘明集》卷二宗炳《明佛论》则认为佛教传入中国"非自汉明而始";《隋书·经籍志》四谓佛经"自汉已上,中国未传;或云久以流布,遭秦之世,所以堙灭",意谓中国与外域的交往早在先秦便已开始。西域如此,五洲亦然,如《山海经》所记,多为四海珍异。我们今天颇以为作者的胡思奇想,实际上完全有可能是重洋渡来的真实记载,而《论语·公冶长》"道不行,乘桴浮于海"的夫子自道,从另一个侧面反映了当时中国与海外重洋往来的事实。至于上古时中国与域外的来往,之所以不见明确的文献记载,便是如《隋书》所说,是因为遭秦火而被毁灭了。19世纪时,英国翻译家梅德赫斯曾提出"殷人东渡美洲"的说法;今天,美洲的考古发掘中更时有中国元素的文物被发现,尤以甲骨文为典型。这就证明,中国和美洲的往来,包括向日葵传入的时间上限,完全有可能不止18、17世纪。

我们知道,名"葵"的植物主要有三类:一为冬葵,系一种蔬菜,上古时被作为"百菜之主",近世已较少栽培;二为锦葵科的蜀葵、秋葵,系观赏植物;三便是菊科的向日葵。虽然大多数植物都有趋光性,但只有高茎且花、实缀结于顶端者才可能表现为明显的倾日形态。"葵藿倾太阳"中的藿,旧释豆叶(豆角为荚),显然是不妥的。藿,当为藿粱,即高粱。而三葵中的前两葵,也都是四面出叶开花,只有向日葵才有可能是倾日状。

关于百花的品类,我曾分为四类:牡丹类为花中之富贵者,梅花类为花中之高逸者,桂花类为花中之慈悲者,荷花则为花中之君子者。现在则不妨再加一类,以向日葵为花中之劳动者。这个"劳动",不仅指其结籽对人类的物质生活具有实用的经济价值,而且也指它的物理可以引申为人类的精神生活所应有且以劳动人民的品格为代表的伦理价值——怀德感恩。

凡·高的《向日葵》,所描绘的对象并不是作为经济作物的向日葵,而是栽在盆里或插在瓶里以供人观赏的。林风眠先生也有类似的作品传世,从艺术上,大体属于同一种风格类型,所体现的是闲适的情调。这种观赏的向日葵,中国本无栽植,近十年来才开始从西方引进,并在新一代的年轻人中间颇有市场。而唐云先生的向日葵,所描绘的对象则是他当年下乡体验生活时在农家屋前宅后所见的经济作物,其高大茁壮,葆持并饱含着劳动者的本色和感情。这种向日葵,近三十年来,在上海郊区似乎很少再有栽植;但在北方乡村的旷野上,仍有几十亩成片播种,简直就像向日葵的千军万马,蔚为壮观。

我最早见到唐云先生的向日葵,还在读初中时。上海中国画院首批花鸟画师共同参与编绘的《花鸟画谱》由上海人民美术出版社出版发行,封面便是唐先生所绘的两株向日葵,使我惊艳莫名!但此书定价3元,在当时是一笔不小的数字,当然是我所无力购置的。二十五岁之后,我认识了唐先生,几次看他画大幅的《朵朵葵花向

14 | 花果

唐云《朵朵葵花向太阳》　　　　　　徐建融《日出耀东方》

太阳》，或作《葵花朵朵向太阳》，更大受震撼。唐先生表示，前题"有我"，是从诗律的要求组句；后题"无我"，系用从众的俗语。

其时唐先生的画风，正由小笔头转向大笔头，所以铺虱勾点、大开大阖，寓刚健于婀娜，杂端庄于流丽，藤黄的花朵、赭黄的花盘、赭绿的株干、墨绿的叶片，沐浴着霞光露气，一片光明，精神四射！与凡·高、林风眠笔下的向日葵相比，独有一种生机勃勃、欣欣向荣的气象，显得热烈而响亮，令观者有闻金鼓而振奋的冲动。在那一段时期，我也曾用功向唐先生学过这一画法，加上我对向日葵的感情包括长期栽种向日葵的经历，以及此际开始有意识地写生实践，所以能略得其皮毛。嗣后，我于荷花等题材的描绘逐渐琵琶别抱，转向了唐宋，但画向日葵，至今还是恪守唐先生的路数，"不改向阳心"。

倾日初心真本性，亦为口腹亦为眉。
无多诗画何须论，除却唐葵不是葵。

这是我对唐先生笔下的向日葵为古今向日葵题材的文艺作品中集真、善、美于一身的"天下之能事毕矣"而发的感佩。直到今天，每次看到唐先生所画的向日葵，总有一种丰收的喜悦、感恩的喜悦、审美的喜悦油然地涌起于心头。

归有光《守耕说》有云："今天下之事，举归于名，独耕者其实存耳，其余皆晏然逸己而已也。"则天下之花，举归于艺，为晏然之眉可，为有用之实尤可者，独向日葵耳。

琴操冰雪听无声
——水仙诗与水仙画

专一情操,寂寞精神,未悟伯牙。故成连乃曰:吾师方子,熙春东海,人在幽遐。既置蓬莱,不还旬日,延颈心悲望晚霞。山林窅,更汨波群水,众鸟飞沙。先生移我

南宋 赵孟坚《水仙图》 美国纽约大都会艺术博物馆藏

情耶。又岂料余今天一涯。但洞庭斯护,粮空舟楫,鸣钦仙窟,徽动鸣筘。翠带临风,凄凉环佩,片片无声落冰葩。玲珑犯,转高山流水,铁板铜琶。

这阕《沁园春》,是大约三十五年前我隐括古琴名曲《水仙操·序》的故事而作的。当时,我因研究南宋法常的禅画艺术而涉及宋画"潇湘八景"的母题,进而了解到约略同时的琴曲《潇湘水云》的"满头风雨",抑郁排宕;由《潇湘水云》曲又去学习了古琴史,知道了古琴中的"十二操";又因爱好兰花、水仙的诗词、绘画,所以特别对《猗兰操》《水仙操》发生了极大的兴趣。

虽然,与孔子见隐谷之中芗兰独茂而作《猗兰操》不一样,《水

仙操》与水仙花并没有直接的关系，甚至可以说是毫无关系，但每当我欣赏、创作水仙诗、水仙画时，总是在心中大音稀声出《水仙操》的泠然幽眇、超变虚灵。因此而有此词的裁制，并常用它来题跋自己的水仙画卷。

水仙，石蒜科草本观赏花卉，又名雅蒜、天葱、俪兰、配玄、女星、女史花、姚女花等，尤以凌波仙子之名最为人称道。当然，这不是黄梅戏"七仙女"中的仙子，而应是《庄子》中藐冰雪的姑射山仙子。水仙原产中国，一说传自西域，在我国至少已有一千多年的栽培历史。其品种有数千种，大分为三大花系：单瓣六出，内有一圈黄色副冠者，称"金盏玉台"，副冠亦白色者，称"银盏玉台"；复瓣者称"玉玲珑"；一茎一花且盏台皆黄者，称"雏水仙"。近世园艺发达，经园艺家的潜心培育，新品迭出，竟已达两万多种！至有五颜六色、七彩纷呈的"多彩水仙"，堪称夺造化而天无功。世以梅、兰、竹、菊为"四君子"，但我始终认为，众香群芳中，论缠绵幽咽、顿挫悠扬，含香体素的逸韵雅致、清馨绝伦，当以兰花和水仙为无独有偶的双娇绝代，虽梅、菊而有所不逮。所以，在宋人中，以逸品著称的花卉画家赵孟坚，便以兰花、水仙并擅胜场。但似乎如琴曲"十二操"，因韩愈认为"猗兰操"等为圣人所作，水仙二操则为工匠所制，所以在确定古琴名曲"十操"时，便把它删去了。不知什么原因，元代以后逐渐形成的"四君子"概念中，最终也不见了水仙的香影。

但即使如此，《水仙操》在琴界仍流传不衰；水仙诗和水仙画在诗画界也依然代有高韵逸品的声色并茂、精彩纷呈。前几年的古琴热，几乎成为雅俗的分水，时有朋友举办各种名目的琴会雅集：焚沉香、供菖蒲、品普洱、抚"流水"，疏瀹而心，澡雪精神，一如明代丘长孺邀好事者品惠山泉。我曾附庸风雅地建议，与其不分节候、千篇一律地沉香、菖蒲、普洱、流水，能否于冰雪时节壁挂水仙诗书画，案头盆供水仙花，茗品乌龙水仙茶，琴抚一曲《水仙操》？

琴操冰雪听无声——水仙诗与水仙画 | 19

徐建融《水仙》

《猗兰操》等亦然。但并没有得到大雅的响应。所以，只能每年农历十一月至二月，自管自地供水仙，诗水仙，画水仙。

我的水仙花，基本上是福建陈品鑫先生寄来的漳州品种。大概二十多年前，我因力倡宋画传统于明清写意泛滥之际，画宋画而备受压力的陈品鑫先生便引我为知音，专程到上海来见我寻求"支持"。记得那一次接待他的晚宴，时任福州画院院长的谢振瓯兄夫妇恰好也在。振瓯兄笔下大唐丝路的画风，其时已扬名天下，所以陈先生见到我而又认识了谢，使他异常振奋。从那一次以后，虽然再也没有见过面，因为他毕竟比我大了一轮，出一次远门很不方便，但长期保持着电话联系。而每年的11月，我总会收到他寄来的水仙花鳞球八颗。

开始几年，我把它们养在一个青花大盆中。到12月时，水仙花开始高大、茁壮、茂盛，进入1月，渐次绿云乱拥、鬓钗颠倒、恣肆

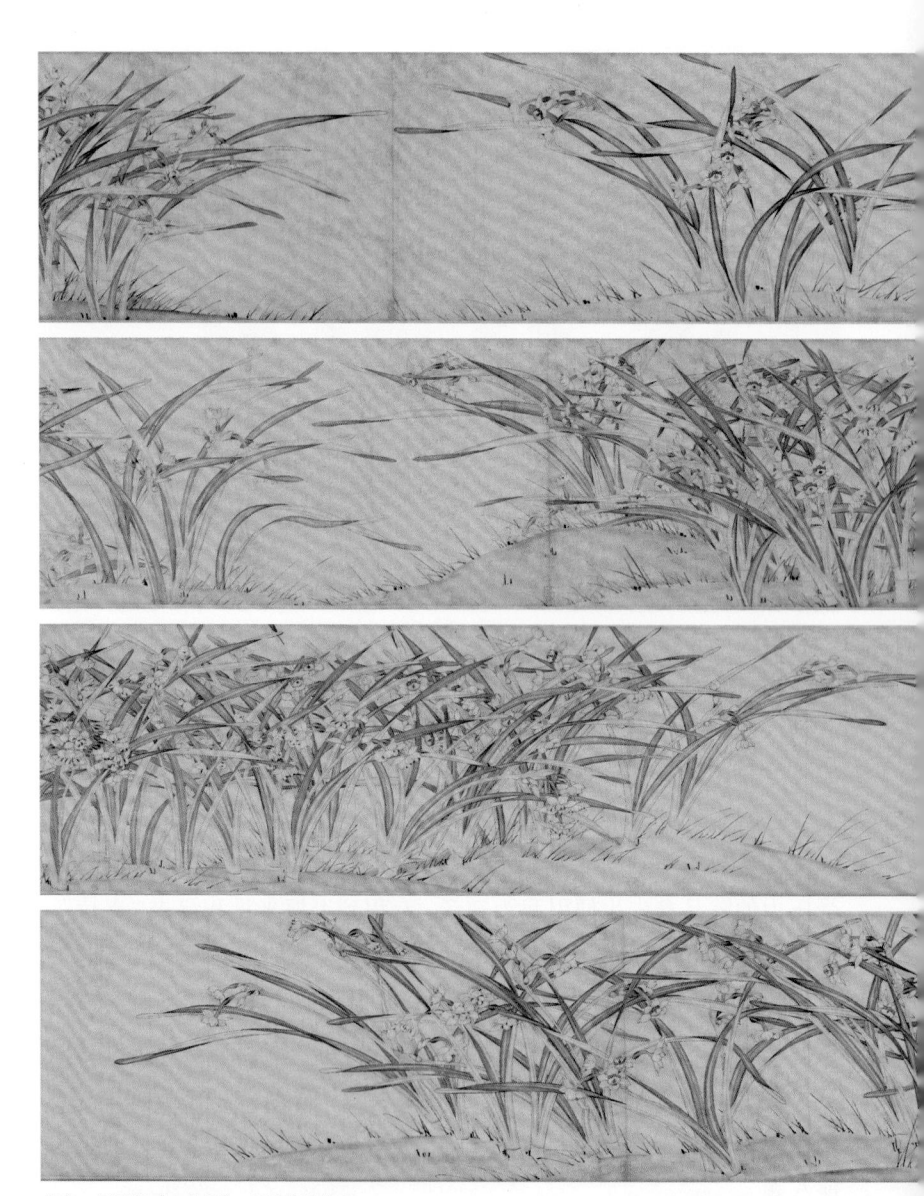

南宋　赵孟坚《水仙图》　天津博物馆藏

琴操冰雪听无声——水仙诗与水仙画 | *21*

纵情,与上海的崇明水仙判然异趣。如果以前者如《诗经》的硕人,如古希腊的维纳斯,显出高贵的静穆;那么,后者便如小家的碧玉,如改七芗的纨扇女,显得楚楚可怜。每有朋友来家拜年,初次见到这样的壮观,总要不由自主地发出惊诧:这不是水仙中的女皇吗?

近四五年,我开始改变莳养的方法,选取几个大小不同的盆子,一盆有一个鳞球的,也有两三个鳞球的,一般分为五盆。这样,可使水仙的姿态疏密聚散、旁见侧出,变得更加丰富多样而不拘一式,从而为写生提供更多剪裁取舍的选择角度。

中国画由辉煌的丹青走向清淡的水墨,中间有一个"白描"的过渡。典型的代表便是北宋李公麟。他纯用行云流水般的线描以形传神而扫去粉黛,被誉为"不施丹青而光彩照人"。这个白描画法,最初是用于人物画的,但不久亦被用于花卉画,更被引申为文学(主要是诗词、小说)的一种创作方式:凡一切简洁而不作雕饰的艺术手法,均被称作"白描"。

而水仙花是天然的白描造物:素白娇黄,浅碧冷翠,脂粉洗尽,一尘不染。所以,一旦被选作艺术所要表现的素材,自然也最适合运用白描的手法。论内容与形式的统一,可以说没有第二种花卉比水仙更"素以为绚"于白描的。

诗词中,如"借水开花自一奇,水沉为骨玉为肌""得水能仙天与奇,寒香寂寞动冰肌"(黄庭坚《七言绝句》)是白描,"香心静,波心冷,琴心怨,客心惊……苍烟万顷,断肠,是雪冷江清"(高观国《金人捧露盘》)还是白描。相比于咏其他花卉的诗词,春风得意的牡丹且不论,即便极不招摇的瑞香花,"紫紫青青云锦被,百叠熏笼晚不翻"(范成大《瑞香花》),又被修饰得何等香腻?

在图画中,最有名的白描水仙当然是赵孟坚,一如墨竹之于文与可、墨梅之于扬无咎。在传世作品中,尤以赵孟坚《水仙图》长卷令人有震撼之感。一般的花卉手卷,不过二三米,此卷则在近七米的长幅上,小疏大密地铺陈有几百上千株溅玉玲珑、环珮翠碧,飘飘然如群仙之赴会瑶池,争先恐后、纵横历乱却又熙熙攘攘、井然有序,仿佛同为白描长卷的武宗元《朝元仙仗图》之冕旒秀发、旌旗飞扬!不仅在水仙画中,乃至在整个花卉画中,把一种花品画得如此波澜壮阔、浩荡恢宏的,除此之外,我以为只有八大山人的《河上花图》卷。巧合的是,两卷竟同藏天津博物馆。而相比于杜甫的《冬日洛城北谒玄元皇帝庙》堪为武宗元"朝元仙仗"作形声的假借,辛弃疾的《贺新郎·赋水仙》则更适合于为此卷的"群仙赴会"作通感的转注:

  云卧衣裳冷。看萧然、风前月下,水边幽影。罗袜尘生凌波去,汤沐烟波万顷。爱一点、娇黄成晕。不记相逢曾解佩,甚多情、为我香成阵。待和泪,收残粉。

  灵均千古怀沙恨。记当时、匆匆忘把,此仙题品。烟雨凄迷僝僽损,翠袂摇摇谁整?谩写入、瑶琴《幽愤》。弦断《招魂》无人赋,但金杯、的皪银台润。愁殢酒,又独醒。

稼轩抱怨屈子"忘把此仙题品",与我以兰花和水仙并为香国中的清绝正出于同样的品第,足证"吾道不孤";但他却忘了,也或许未曾读到晚唐段公路《北户录》的记载:水仙花是晚唐时才从波斯传来中土的,而以花间词人孙光宪为中国莳养水仙的第一人。则丝路开辟之前,中华的香国还未有水仙,所以,屈子应该不是熟视无睹而"忘把此仙题品",而是得未曾见所以"未把此仙题品"。"谩写入、瑶琴《幽愤》"句,当是对韩愈将《水仙操》排斥在十大琴操之外的不满。而"汤沐烟波万顷""甚多情为我香成阵""翠袂摇摇谁整"诸句,实在先于赵孟坚窥见了水仙花品的天风浩荡。嗣后的王迪简亦作《水仙图》长卷,画法、形象全法赵孟坚,但气

元　王迪简《水仙图》　故宫博物院藏

明　陈淳《书画合卷》(局部)

韵神采完全不能同日而语。盖如谢稚柳先生之所言,赵孟坚的白描用笔,"工整细密的写生,配合了劲挺而纤秀的勾笔,是形与神的综合表现……"如此清绝的风神,又岂是王迪简所可企及?

　　赵孟坚之后的水仙画,陈淳、徐渭、八大山人、石涛、李鱓等,从群仙转向单株,更从写生转向写意,但画法仍用双勾白描。一种顾影自怜、孤芳自赏的风神,寓于落拓不似的形象之中,似乎仙子被谪尘垢,每使人联想起好像是萨空了曾点评齐白石的一幅《铁拐李》,"别看是个要饭的,说不定还是个神仙呢!"(大意如此)但明清的水仙诗,却依然不失此子冰肌玉骨的清绝冷艳。如"盈盈

琴操冰雪听无声——水仙诗与水仙画 | 25

陈佩秋《水仙》

仙骨在,端欲去凌波"(陈淳《题花卉卷》)、"幽花开处月微茫,秋水凝神黯淡妆"(梁辰鱼《水仙花》)、"凡心洗尽留香影,娇小冰肌玉一梭"(王夫之《水仙》)等。

莱辛《拉奥孔》论诗与画的关系,认为直观的绘画必须避免"丑"的造型,而联想的文学不妨描写"丑"的形象。这一古典艺术的"法律",看来并不完全适用于无论中外的现代艺术。与西方的现代派相似,中国的"现代派"绘画对形象的塑造也不再恪守"美"的"法律";但与西方现代文学审丑的"恶之花"不同,中国的"现代"文学仍恪守着"美"的原则。尤其是清代的水仙词,那种凄迷、冷隽、婉约、高华的美,与历代牡丹诗词所歌咏的富丽、浓酣、热烈、堂皇之美,简直代表了传统花卉审美登峰而造的两极!

任伯年、吴昌硕之后,包括张大千、朱屺瞻乃至所有的近世画家,画水仙又由怨愤落拓转向了岁朝清供的雅俗共赏,画法更由水墨清淡转向羊脂翡翠的沉酣绚烂、活色生香,但前提依然是白描双勾,即所谓的"勾勒填彩"。吴昌硕更将牡丹、水仙合于一局,庶几"富贵神仙品,居然在一家"。其间,张大千又别创勾花点叶法,摒弃了,或更准确地说,是继承、创新了延续千年的白描传统,却使"白描"的水仙焕发出新的时代精神。但我最欣赏的还是陈佩秋老师画的水仙。她于翠带临风的抒写,兼双勾点撇于一体,连撇带勾,似勾还撇,骨秀神清,韵高气隽,为赵王孙以后所仅见。

或许,正是历代艺术家对水仙画品灵苗各探的个性探索,启发了近世园艺家对水仙物种的创新培育。但是,艺术家们对水仙的歌咏、描绘,似乎仍恪守着传统的花系情钟不移。

禅心不起捧花归

群芳谱上，百花争艳。所争者，无非形、色、香，得一即为名品，或有兼二者，则更为珍稀，却罕有三美并称的。栀子花形如拳而玲珑，花色如玉而皎洁，花香如冽而馥郁，正是难能稀有地集三美于一身的珍葩之一。但它在众香国中的席位，却远不及梅花、牡丹、芍药、海棠、兰花、荷花、桂花、菊花、芙蓉、水仙等。原因何在呢？我想，当与它开放后衰萎迅速而且狼藉甚有相当的关系。

当梅雨方生，一片江南霏暗之中，油绿浓翠的栀子叶丛中，一夜之间绽放出朵朵琼瑶般的花头，上面还带着露珠，晶莹剔透，香气袭人，令人神清气爽，烦闷涤尽。然而，不过两天的时间，清纯的靓丽忽然便成了一坨坨污秽的形色，佛头着粪般颓废委顿地散落在葱碧的枝头叶间，夹杂在新放的荳蔻年华中，久久不落。相比于其他花卉凋谢时的香销玉殒之美，不免大煞风景。

栀子有好几个别名，其中最典雅的一个叫"薝葡"，系梵文的音译，亦作旃箐迦、赡博迦，一看便是外来语，远没有薝葡来得信、达、雅。据《一切经音义》，佛教以十万香花作供养，尤以五树六花中的薝葡香色殊胜，无比稀有，不可思议。所以，佛教传入中国之后，东晋人便把原产我国的栀子认作是西域的薝葡。唐人段成式《酉阳杂俎》"广动植木"有云："陶贞白言，'栀子翦花六出，刻房七道，其花香甚'，相传即西域薝葡花也。"至明方以智《通雅》，始以为非是。今天的植物学家进一步考证出薝葡实为木兰科的黄兰，与茜草科的栀子实在是风马牛不相及。

但我作诗作画,于栀子仍喜欢以"薝蔔"名之而知错不改。这不仅是为了承续前贤千百年来的诗画传统,更因为栀子从绽放到凋谢,使我联想起《释迦谱》中所讲到的一则故事:释迦修道将成,魔王波旬惧其成道后的法力,便派鬼卒明火执仗向其发动进攻,释迦不为所动,武力尽化灰烬;又遣三个美貌的女儿前往引诱,欲以姿容颜色"乱其净行":

> 女诣菩萨(释迦),绮语作姿,三十有二姿,上下唇口,婴娱细视,现其陛脚,露其手臂,作鬼、雁、鸳鸯哀鸾之声。魔女善学女幻迷惑之术,而自言曰:"我等年在盛时,天女端正,莫逾我者,愿得晨起夜寐,供事左右。"菩萨答曰:"汝有宿福,受得天身,形体虽好,而行为不端,革囊盛臭。尔来何为?去!吾不用。"其魔女化成老母,不能自复。

这一故事,在克孜尔石窟、库木吐拉石窟、敦煌莫高窟、云冈石窟的壁画、浮雕中多有表现,名为《降魔变》。以莫高窟428窟的北周壁画为例,释迦结跏趺坐于画面中央,结降魔印,安忍不动,默如雷霆;上方为群魔乱舞,张弓、搭箭、持枪、抡斧、执蛇,气势汹汹地向佛扑去;下方左侧为三魔女,青春靓丽,向佛献媚,右侧已变成三个丑婆,"头白面皱,齿落垂涎,肉削骨立,腹大如鼓",自惭形秽。这刹那之间的美丑衰变,与栀子花的由极清纯而变为极污秽,不正相吻合吗?那么,即使栀子不是薝蔔花,也应是天魔女,与佛教的说教是脱不了干系的。

有了这一认识,重新再来审美栀子的香馥。恍然回味到它有别于其他花卉,包括同样浓烈的桂花的香而清,而有一种类似于巴黎香水般香而腻的异域风情。我曾于星洲观赏洋兰,惊艳之余,以为国兰之美如窈窕淑女而妩媚动人,洋兰之美则如浪荡胡姬而狐媚迷人。栀子的形色,清真雅正,所体认的是典型的中华审美,但它的香馥,浓烈郁腻,总使人觉得像是异域的浪漫风情。

"花气薰人欲破禅",栀子还有一个别名叫"禅友"。它的含义,应该正是"破禅最是栀子花"吧?栀子的玲珑之形、冰玉之色、馥郁之香,

宋　佚名《写生栀子》　台北故宫博物院藏

兼清纯与狐媚,"我见犹怜";则即使它明日便狼藉地凋零委顿,"传语风光共流转,暂时相赏莫相违"(杜甫《曲江》),又何妨今天及时的赏心悦目呢?

佛教的一切"受想行识","色不异空,空不异色;色即是空,空即是色",乃至"空中无色,无受想行识"。所以,释迦视魔女的美色为老妪的污秽而"去"之"不用"。但我辈凡夫俗子,执色为空,不如见色受色,见空受空,于栀子专赏其今日之清纯靓丽,无论其明日之芜秽萎绝。就像越是彻悟到"欢乐极兮哀情多,少壮几时兮奈老何"(汉武帝《秋风辞》),就越应该加倍地珍惜眼前的"欢乐""少壮"一样。

自古以来的诗人、画家,于栀子的歌咏、描绘,无不着眼于它的明丽而无视其芜秽,盖可以概见之矣。

我于栀子的"受想行识",始于少年时代。当时的农村,基本上没有种植观赏花卉的,但远村有一座老宅,天井的墙角有一株几

元　钱选《来禽栀子图》中的栀子花　美国佛利尔美术馆藏

十年的栀子，高达2米，茂密得很。每到梅雨季节，便绽放出冰花朵朵，给闷湿的空气带来清新凉爽。今天，每一个花园社区的绿化多有以栀子为主要植花的，而且有高株、矮株、重瓣、单瓣的多个品种，成为海棠、紫藤等春花以后主要的赏花景观。接下来，便是赏荷了；之后，赏桂、赏菊、赏梅、赏山茶，一年四季，花事无有间断。任一小区的空间，简直是"空即是色"了。

观花寻诗，读诗识花，是我从小的一个习惯。所以，我很早就知道了栀子的别名叫薝蔔，尤对宋代朱淑真的"一根曾寄小峰峦，薝蔔香清水影寒。玉质自然无暑意，更宜移就月中看"印象深刻，诚所谓"色空空色，明月前身"。同时也学着自己作，不过率汰胡诌，打油自喜，覆酱嫌粗。20世纪70年代后，知道了一点格律的知识，慢慢地开始进入诗词的门户，但随写随弃，基本上没有保存下来的。因为，当时写诗只是为了一时的兴趣，包括咏栀子在内，犹如"相逢开口笑，过后不思量"，所以乘兴而写，兴尽而弃，完全没有考虑到后来会同诗画打交道并被人误认为小有成就。就像樱花并不是为了凋谢时的美丽而绽放，栀子更不会因为凋谢时的委顿而不绽放。

每有研究齐白石的专家讲道，白石老人的阔笔花卉配以工细草虫，是因为预见到晚年后会享大名，而届时画不出工细的形象了，所以趁年轻时画了许多虫子却不配景，留待晚年后补成。但大多数人，事实上是很难预测到自己今后的人生和成就的，所以也就基本

谢稚柳《芭蕉栀子》

上不可能为几十年后的"大成"保存今天的"少作"。不仅卑微如我，当年在农村种地时根本没有妄想过有一天会跳出农门，涉事高雅的文艺。即便是谢稚柳先生，从小生活在诗人圈里，他早年所写的诗词也多没有保存下来。

众所周知，谢老的诗词是从李义山、李长吉起手入门的。但今天所见，纯粹是宋人的平实风格，于二李的谲丽几乎毫无瓜葛。原来，我们所见之诗都是他抗战避兵重庆之后，尤其是维新以来的作品，谢老因沈尹默先生的规劝而转向了宋人。然而，近年一个偶然的机会，我见到部分散佚民间的谢老词稿，以陈老莲体的小行楷誊录于

"调啸阁"诗笺上,多为20世纪40年代之前的作品。一种呕心沥血、迷离瑰丽的穷工极妍,与后来的"不耐细究"完全不是一回事。但当年的谢老并没有"敝帚自珍",以致后来陆续整理《鱼饮诗稿》《甲丁诗词》《壮暮堂诗词》《壮暮堂诗钞》时,都没能收集到这部分真正体现其学二李风格的佳作。

我之留意保存自己的诗稿,应该是在1993年为谢老搜集、编辑《壮暮堂诗钞》之后。凭记忆回想之前的所作,只能到七八十年代;此后的吟诵也尽可能留下了底稿。这阕《满庭芳·自题栀子写生小卷》,应该便是在这前后所填的:

> 一片江南,绵绵昼夜,梅雨看洗青黄。更谁知有,薝蔔出银潢。暑色霏霏搓白,三六出、弄玉斯降。凝香雪,鼻端消息,渐冽愈迷茫。　　琳琅。初霁后,天凉如水,月影东墙。照空色无形,馥起浪浪。且向旃檀海里,快参透、抛却皮囊。花微笑,何须煮酒,自在渡慈航。

词中的"三六出",缘于古诗词中的"六出灵葩"。刚读到时,颇有疑惑。因为,六出的花朵,通常为球根类的草本,如水仙、萱草、百合等。栀子为常绿灌木,花瓣甚夥,虽未曾细数,但当不止六出。后来一数,为十八瓣,乃暗讥古人格物的粗疏。转念一想,或许不是为花写实,而是因其花色如雪,以雪花六出故拟之。又后来,见到矮株单瓣的栀子,果然是六出!再检重瓣者,原来十八瓣分为三层,逐层绽放,每层为六出!乃知古人审物不苟,反是我走马观花,浅尝辄止了。

古人咏栀子的诗词甚多且美,但画栀子的图绘相对而言却并不多见。我最早见到以栀子为画材的,是谢老写"芭蕉叶大栀子肥"的诗意,觉得花头之美如荷花,于是也开始画栀子。

但当时栀子种植并不普遍,连远村老宅中的那一株也被砍了,

徐建融《葡香蝶影》

所以对花写生是要多方寻访,骑自行车前往的。后来又见到宋人的、钱选的、陈淳等笔下的栀子,尽管图片印得很不清晰,还是认真地作对本临摹。21世纪后,搬入园林化的小区,年年梅雨,都浸淫在薝蔔香中;古画的印刷,更仅"下真迹一等"。我画栀子才渐入佳境,双勾的、点虱的、设色的、水墨的、绢本的、纸本的、熟宣的、生宣的……不拘一格,体会日深而境界稍进,致使栀子成了我最常画的花卉素材之一。庶使冰清玉洁的空色生香,破禅、悟禅,损亦友,益亦友,随缘而无执。

　　包括栀子在内,我的画上多题有诗文,倒不是因为志存风雅,而是因为性之所好,欲听还看两无厌,故将颜色染香音。而唐释皎然的《答李季兰》诗,尤得我于栀子的画胆诗心:

　　　　天女来相试,将花欲染衣。
　　　　禅心竟不起,还捧旧花归。

半生梦幻紫云璎

近日整理箧笥，翻检出一批四五十年前的写生稿。其中1979年、1980年间在上海师范大学物理系求学时，每于课余、假日到桂林公园、康健公园、漕溪公园、上海植物园中所作的紫藤画稿，最引发我的感慨。

紫藤为豆科木质藤本，老干粗劲，勾连盘曲，依附缠绕，高可达十数米。羽状复叶，春花夏荚，总状花序，花冠蝶形，花色青紫，

徐建融《紫藤写生》

顶生下垂，串珞簇缨，蒙茸密集。另有白色变种，则别称银藤，多用于园林花廊、花架的垂直绿化。

我虽然很早就见到并画过紫藤花，但在很长一段时期里，对它一直没有太大的好感。因为，我的审美每以经典的阅读为标准，而在我的阅读中，古诗词中很少有咏紫藤的。白居易的一首五古，更直斥其"附著""绸缪"的形态为"害有余"，而"愿以藤为诫，铭之于座隅"！尤其是历代的咏花诗，以宋人为集格物致知、穷理尽美之大成，而后人所编的各种"历代咏花诗词"，于紫藤，几乎不见一首宋人作的！咏紫藤花，撇开唐人李白等所写的有限几首，主要是从清代以后才兴盛起来的。杜甫不咏海棠，是因为诗人个人的特殊原因，然而几乎所有的宋人都不咏紫藤，就不能不从紫藤自身去找问题的根本了。以我之见，当与传统审美的"紫色非正色"观念相关，所谓"恶紫之夺朱也"（《论语·阳货》）。何况紫藤的这一片紫醉璎迷是如此招摇！附带说明一点，今天，或有把宋人冯时行等的咏藤萝诗作为咏紫藤的，实误。紫藤虽也名"藤萝"，但藤萝并非只有紫藤，像爬山虎之类的藤蔓类植物，均属藤萝。宋人之所咏大都为此类野生的藤蔓而非紫藤。

诗如此，画亦然。宋代，是中国绘画史上花鸟画百花竞放的蔚然大国，品类之繁富、技法之精诣，前无古人，百代标程，但竟然未见一件紫藤画传世！邓椿《画继·杂说》记宣和殿前植荔枝结实，孔雀恰来其下，诏画师图之，"各极其思，华彩灿然，但孔雀欲升藤墩"，必先举左足而画师却先右。这里的"藤墩"，或有疑作紫藤花架的，以至直到今天的花鸟画家，亦多作紫霞孔翠，极"华彩灿然"。这且不论，问题在于，查《宣和画谱》和《画继》记载唐宋名家的几千件花鸟画名目，竟然也不见一件紫藤！紫藤画之兴盛，同样是明清"儒学淡泊"以后的事，尤以恽南田、李复堂、虚谷、任伯年、吴昌硕为典范。至近世就更多了，工笔的、写意的、兼工带写的，只要是花鸟画家,几乎没有不曾画过紫藤的。但要说画得精彩,似乎只有吴昌硕、齐白石两家。不过,他们的紫藤之所以精彩,主要并不在"紫藤"画的花容月貌,而在"画"紫藤的笔精墨妙,即所谓"论形象之优美,画不如生活;论笔墨之精妙,生活绝不如画"。

我画紫藤,最早是从房介复、乔木等老师传授江寒汀的小写意一路开始的。画时,先以赭墨回转顿挫为枝干曲折,再以三青调曙红点垛出花瓣成串,最后用嫩绿点叶勾筋。虽然可以达到形象逼真,色彩艳丽而缤纷,但总显得细碎、繁琐、堆砌,格调不能提高。回想宋人的诗词也好,图画也好,所涉及的花卉品种夥矣,既有名花珍葩,也有闲卉野草,却几乎不见紫藤;明清的园林实践中多建有紫藤的花廊花架,文献如《燕闲清赏笺》《长物志》中,却讳言紫藤,或许正因为这是一种虽高大绚烂却不够高格雅正的花品吧?一如洋兰之在今天,几乎家家喜欢用它作节庆的室内装点,却很少有诗人、画家以之为比兴素材的。彻底颠覆我对紫藤审美观的,

吴昌硕《紫藤图》 故宫博物院藏

约略是在1975年前后。其时，程十发先生、姚有信老师正钟情于莫奈、雷诺阿的印象派画法，尤其是程先生的"印象紫藤"，光明的色彩恍惚迷离，使我有豁然开朗之感！他用轻重疾徐、枯湿浓淡、疏密聚散的笔墨盘郁出虬干分枝的屈曲飞动，再铺染以大片似朵呈串的紫洇花影，点缀以嫩绿浅赭的羽叶却不作勾筋，竟然化俗艳为神奇，使形象美和笔墨美并臻高格雅正。而其创意，尤在紫藤花的表现：一是不限于用三青调曙红的传统色彩，而是大胆地使用了青莲、紫萝兰等西洋水彩画颜料；二是不作一朵一朵花冠的刻画、一串一串花珞的堆砌，而是作混沌涌动的云蒸霞蔚——这就从根本上解决了原先工笔的、写意的、兼工带写紫藤画的细碎之弊，使枝条的墨"线"、花影的紫"面"、羽叶的赭"点"，形成既对比又统一的生动构成，尤其是紫色的绮丽温润、透亮瑰玮，赏心悦目，更开出传统绘画"随类赋彩"中妙曼稀有、得未曾见的崭新境界！

姚有信《伤逝》配图

不约而同又互为影响，姚老师后来以彩墨的形式创作连环画《伤逝》，有好几幅画到紫藤，也都使用了印象派的光色法。原稿送到人民美术出版社时，曾引起一片惊艳！

有了这一艺术的印象,再去观察生活中的紫藤,姚老师家门口肇嘉浜路绿化带上的那一架架紫藤,突然地也就赋予了我一种新的认识。过去,我都是一个个局部地去认知紫藤的枝干、藤条、花朵、叶片,尤其是花冠的形状、花序的组织;如今,便转向从整体上去体会它点、线、面与紫、墨、赭所构成的气韵生动。于是,便升华起一种堂皇而且豪迈壮观,在众香国中实在别有一种高华的品格!那历劫般古拙苍劲的虬干盘郁,带出梦幻般娇艳浓酣的紫气氤氲,似乎有一种飞龙在天般际会风云的律动,这就极大地激发了我"潜龙勿用"的豪情勃发、壮志凌云,于是也学着程先生、姚老师画了不少"印象紫藤"。只是程先生、姚老师的紫藤多是作为人物画的配景,我却是作为花鸟画来画的,且多题款"龙光紫气""龙飞紫雪""紫雾龙吟""紫云龙幻"之类,并曾赋《巫山一段云》:

易水荆轲筑,南阳诸葛筹。
龙光紫气射春秋,养我浩悠悠。
归去渊明酒,斯文孔圣愁。
长风万里驾槎舟,逝者自东流。

一种登楼强愁的少年意气,虽"把阑干拍遍,无人会,登临意"(辛弃疾《水龙吟·登建康赏心亭》),却颇有阿Q式精神胜利的虚假满足。

不久,高考奇迹般地恢复了,我也莫名其妙地考进了上海师范学院(今上海师范大学),被乡里父老誉为"跳出农门"。"跳出农门"便意味着进入到"龙门","飞黄腾达"地大展鸿图,也就由根本没有可能的幻想,变成了真切实在的可能。

入学不久,徐迟先生关于陈景润等科学家事迹的系列报告文学发表、全国科学大会召开……一时举国上下,尤其是年轻一代,无不热血沸腾,纷纷投身到学习文化、科学强国、建设四个现代化的大潮之中。正在物理系学习的我,课余写生紫藤时,突然想起当年

半生梦幻紫云璎 | 39

程十发《少女》

徐建融《龙吟》

程先生曾对我讲道："紫藤的盘绕，都是逆时针向上攀爬的。"到现实生活中去一一核对，果然！不禁由衷地钦佩前辈格物的认真不苟、见微知著。但此时所考虑的，却是赶快去观察其他的藤蔓类植物。历时半年，结果惊奇地发现，凡是以缠绕的方式依附攀爬的，如牵牛花等，在没有外力作用的情况下，几乎都是逆时针盘旋向上。这与当时流行的对水涡旋转方向的认识，所体现的不正是同样的地转偏向力在起作用吗？于是，仿佛牛顿见到苹果落地而顿悟，我赶快给中国科学院写信，报告我的这一"重大科学发现"，认为可以供潜艇和飞机动力设计时的参考。结果石沉大海，原因不外乎二：一是如当时中科院收到的许多中学生对哥德巴赫猜想的"解题"，不过是自以为是的不着边际，包括水涡的方向也未必就是北半球逆时针、南半球顺时针；另一便是如钱锺书先生在《诗可以怨》中举例的意大利用于嘲笑人的一句惯语"他发明了雨伞"。这两类热血青年，当年不在少数。今天看来，固然幼稚可笑，但那种匹夫有责的担当精神，实在也是单纯而可爱的。

无论如何，我对紫藤的美好印象，从那之后就再也没有动摇过。考上大学后，一方面常去公园写生，同时又在老家种了一株紫藤。20世纪90年代初，拆迁搬入新居，我特意要了两套毗邻的底层，有一个十几平米的院子，又把紫藤移植过来，并颜所居曰"紫藤花馆"。西泠印社的周柬谷兄、包根满兄还为我刻了几方"紫藤花馆"斋号印。每年繁花如云，有一年还因此起兴填了一阕《红窗听》：

爽气西来从此过。映栏外，繁英千朵。芳菲莫教轻弹破，着慈云满座。　　宝络流苏垂索错。芸辉照，瑶华不堕，庄严楚些。何必说禅，梦醉紫香国。

此时心境的平淡自足，与少年时的磊落显而易见地不同了。21世纪后，又迁入现代社区，公共绿化带中分布了三四处紫藤架可供居民们春时观景。不过，观赏紫藤花的最佳景点，我一度以为在宋庆龄陵园。这是1997年谢稚柳先生落葬宋庆龄陵园名人园后，每年清明节前去扫墓时被我发现的。那一廊紫藤，盛开的时候，简直就像一道紫色的瀑布，从空中流苏而下，停云而凝，翠幄浓荫，虽然只有三四米高，却有二十米阔，可以遥看，尤宜近观。只是近几年全球气候变暖，各种花卉大多提前了花期，独有紫藤的花期却延后了，清明节还刚刚含苞待放。

亢龙有悔？抑或大象无形？

不思量，常在心；细思量，尤动情。几十年的紫藤花缘，梦幻般的真切，于纵横历乱、流光溢彩中不可思议地难理殊胜。

最宜诗画是荷花

诗人画家多识草木花卉之名。水陆草木之花不可胜数,能够作为诗画创作比兴素材的,品类在三十种左右。如果单取一种作为最宜,我的选择便是荷花。

荷花又称莲、水芙蓉、芙蕖、菡萏等。根据植物学家的考证,荷花原产印度。但早在三代甚至更早,我国便已广有种植,《诗经·国风》中多见"山有扶苏,隰有荷华""彼泽之陂,有蒲与荷"的歌咏,便是明证。如果真是从印度传来,也是在汉代开辟丝绸之路之前的渺远岁月了。

荷者,和也。"礼之用,和为贵"——从这一意义上看,荷花其实是可以与牡丹、梅花并称为三大"国花"的。

濂溪评花品有三,曰富贵,曰隐逸,曰君子。余为增一,曰慈悲。若牡丹、芍药、海棠、芙蓉,雍华盛饰,得意尽欢,花中之富贵者也;菊华、梅影、水仙、兰馨,冷落霜雪,寂寞高寒,花中之隐逸者也;薔蘠、桂子、扶桑、山茶,鼻观目嗅,香色空郁,花中之慈悲者也。若荷花,翠盖映日,则极富贵之态;出汙不染,则尽隐逸之致;妙法清净,则含慈悲之心。众香国中,群芳谱上,君子不器,而兼和三者,独一而无偶也。诗人比兴,要发乎情,情之所感,羡富贵而叹贫嗟微,慕隐逸而超尘脱俗,怀慈悲而积德向

南宋　吴炳《出水芙蓉图》 故宫博物院藏

南宋　冯大有《太液荷风图》 台北故宫博物院藏

徐建融《莲塘无暑》

善,无情而不可钟于荷花者如此。而画家形意,归于用笔,笔之所用,攒点子则磕然如崩,纵线条则万岁枯藤,乱块面则千里阵云,无笔而不可施于荷花者又如此。故曰:"最宜诗画是荷花。"

这是我经常用来题跋画荷的一段文字,也是我以荷花为诗画比兴花魁的主要理由。

富贵、隐逸诸花的比兴涵义,因周敦颐的《爱莲说》而众所周知,无须我再赘言。只是周氏于二品各举一例,我则分别举了四例。慈悲四花,则是我所拟花品的一己独见,而且似前无古人,包括李汝珍《镜花缘》中亦未见,所以需要在这里略作说明。薝蔔即栀子,因佛经中记天花供养诸佛,尤以薝蔔异香稀有,国人以为即栀子,因以名之,又名"禅友"。桂子即桂花,因花小如粟,花色金黄,而花香馥郁,故名"金粟如来"。百花中以"子"为名的,似乎仅此二子;论香音,又以二子为最,而且皆与佛教相关,其中因缘无上甚深,不可思议。扶桑,花冠大型而花色艳丽若喷焰,被称作"南无丽卉",又名"佛桑"。山茶,因佛经中记曼陀罗花异色如燃,此花似之,乃名"曼陀罗花"。后来,真的曼陀罗花从印度传入,始知非是,但异花并存同名。百花之中,论色味之浓丽,若喷如燃,以扶桑、山茶为最,亦皆与佛教相关,其中因缘曼妙庄严,让人欢喜赞叹。《心经》云:"色不异空,空不异色。色即是空,空即是色。"

佛教慈悲，四大皆空，而这四种花卉分别极香、色之大，以之为"花中之慈悲者"不亦宜乎？有诗为证："移向慈元供寿佛"（王义山咏蔷薇）、"阿谁倩、天女散浓香"（赵以夫咏桂花）、"净土门传到此中"（桑悦咏扶桑）、"久陪方丈曼陀雨"（苏轼咏山茶）。

回到"最宜诗画是荷花"的题目上来。

俗话说："养花一年，赏花十日。"任何花卉，为大众所观赏，为诗人、画家所关注，主要在它短暂的开花期。"谷雨三朝看牡丹"，当花尚未开或花已凋谢，又有谁会相约了群趋以往去看牡丹呢？贵为花王，尚且如此，其他花卉则更不言而喻。然而，荷花却是例外，而且，几乎是百花中唯一的例外。从"小荷才露尖尖角"（杨万里《小池》）的新叶初萌，到"映日荷花别样红"的繁花盛放（杨万里《晓出净慈寺送林子方》），再到"留得枯荷听雨声"（李商隐《宿骆氏亭寄怀崔雍崔衮》）的凋残败落，从开场到收场，几乎一百八十天，养荷半年，赏荷半年！甚至花事完全散场，"零落成泥碾作尘"（陆游《卜算子·咏梅》），犹有蓬心藕，供人们继续观赏、享用！一般的赏花，多有各种名目的禁忌，荷花则宜露、宜风、宜晴、宜雨、宜烟、宜月、宜绿云十里、无边香色，宜一茎孤引、双影分红……可谓无时、无地而不宜，这在百花中更是绝无仅有的。晨露之中，"霏微晓露成珠颗"（齐己《观荷叶露珠》）；艳阳之下，"向日但疑酥滴水"（皮日休《咏白莲》）；夕晖之中，"无情一饷敛斜阳"（范成大《州宅堂前荷花》）；月光之下，"月晓风清欲坠时"（陆龟蒙，一作皮日休《白莲》）；习习风来，"亭亭风露拥川坻"（王安石《荷花》）；疏疏雨降，"晚雨跳珠万盖匀"（宋祁《荷花》）；郁茂则"绿塘摇滟接星津"（温庭筠《莲花》），零落则"翠减红衰愁杀人"（李商隐《赠荷花》）……如果说郭熙《林泉高致》论山水给予艺术家的意象，是"山形步步移""山形面面看""四时之景不同""朝暮之变态不同"的，所以极其丰富多彩、层出不穷，

北宋　赵佶《池塘秋晚图》台北故宫博物院藏

一山而可兼数十百山之形状意态,那么花卉给予艺术家的意象之丰富,可媲美山水的,无过于荷花。

咏荷诗美,咏荷词之美则更胜一筹。小令如温庭筠的《荷叶杯》、张耒的《鸡叫子》,长调如赵以夫的《双瑞莲》、张炎的《暗香》、周密的《绿盖舞风轻》、姜夔的《念奴娇》、卢祖皋的《渡江云》等,无不脍炙人口,引人执热而优游清凉世界。而且,不少词牌,很显然也是为了咏荷而专门量身定制的。我们知道,词的格律比之诗则更加自由也更加丰富,长短疏密,浅吟高歌,不拘一格,随意赋形。这样的形式当然更适合于荷花,因其比其他花卉更加自由也更加丰富的美的写生和写意。

宋人的咏荷词固多佳作,但清人也有不少名篇。我在这里准备特别加以介绍的便是陈维崧的一阕《念奴娇·夏日看荷花作》:

> 后湖长荡,见烟鬟雾鬓,红妆无数。叶暗荷深三万顷,一片嫩凉成雨。映水逾鲜,倚风欲笑,月又明南浦。隔江试采,有人一样心苦。　　曾在大士台前,文人舌本,幻出花如许。一自污泥沦谪久,怅望瑶池悬圃。汉苑飘香,吴宫堕粉,几遍闲箫鼓。何时华顶,与君携手归去。

迦陵的词学成就不在纳兰之下,但这阕《念奴娇》并不是他词作中最好的,甚至在他的咏荷词中也不够上乘。而我之所以要介绍

它，是因为词中的"汉苑飘香，吴宫堕粉"句得荷花的富贵态度，"污泥沦谪"句得荷花的隐逸韵致，"大士台前"句得荷花的慈悲心怀。一阕而包罗了荷花不器的三品，这在我所读到过的历代咏荷诗词中是不曾有过的。则词虽不甚佳，却实获我心。

"诗是无形画，画是有形诗。"因声转形，总不如以形写形来得更直观传神。因此，论画家对荷花之美的创新性发现和创造性表现，得其"真"而合于"自然"，当然又在诗人、词客之上。欧阳修论体味"萧条淡泊之意"，以为"忘形得意知者寡，不若见诗如见画"。我以为观赏翻翠弄红之美，反是"遗形得意知者寡，不若见画如见诗"。

不论中西，一切绘画艺术，要在点、线、面的构成和五色七彩的组合。而在百花中，论自然的生态，没有一种花卉具有像荷花这样既强烈对比又和谐统一的形色之美：荷梗的"线"，直行斜插、亭亭挺拔，高可过人；荷叶的"大面"，舒卷铺展、掩映交叠，宽可作伞；荷花的"小面"，单瓣千叶、并蒂重台，妖娆多姿；莲心和莲蕊的"点"，散漫无序、疏密有致，精彩内蕴；再加上荷梗、荷叶、莲蓬的深碧嫩绿，荷花的深红、粉红、纯白、杂彩，莲蕊的浅黄……就使得荷花的描绘，适合于传统绘画的一切技法形式，无论丹青、水墨，还是工笔、写意，借画荷这块用武之地，画家们既可以尽显英雄本色，也可以提升艺术水准。因为，艺术者，所以抒情托志；情志者，要在尽善尽美。尽善尽美的艺术创造，既需要画家具备高超的艺术水准，同时也需要尽善尽美的题材去配合。从这一意义上，尽善尽美的题材也具有提升画家艺术水准的作用。荷花之品和同了富贵、隐逸、慈悲，尽善之至已如前述；其形、点、线、面的构成和色彩的组合，尽美之至又如此。则"最宜诗画是荷花"，想必就再没有什么可疑议了。为此，我还曾剥东坡咏西湖诗题画荷：

　　丹青骈丽工方好，水墨清华写亦奇。
　　欲画荷花作西子，浓妆淡抹各相宜。

　　画荷，当然以宋人的"夺造化而移精神"为正宗大道，但宋人画荷留存至今的作品却并不多。有几件小品如《出水芙蓉图》《太液风荷图》等，或朵花片叶，或锦机密云，无不活色生香，精美绝伦，可惜皆佚名。名家的作品，如赵佶《池塘秋晚图》长卷中的片断，钱选《百花图》长卷中的片断以及《白莲图》短卷，皆水墨勾染，淡宕清空，又别是一番韵致。至明代中后期，以白阳、青藤为代表，演为波澜壮阔的水墨大写意，给人以振聋发聩之感。不过，画荷真正蔚然而成中国画科中的一门大宗，是在清代之后，至近世三百数十年间，名家辈出，名作纷呈，迈绝前代，尤以八大山人、齐白石、吴湖帆、张大千、潘天寿、刘海粟、唐云、谢稚柳、程十发九家的风格、成就为最著，也都是我长年心慕手追的典范。

清　八大山人《荷石水鸟图》
故宫博物院藏

齐白石《荷花鸳鸯图》　　　　吴湖帆《荷花鸳鸯图》

谢稚柳《荷》

八大山人的画荷如无盐，形丑而内美，支离而德充。他的画派，由白阳、青藤而来，但化放肆为内敛，笔墨圆凝，形象奇特，结构紧张，可谓"肠断，水风凉"（温庭筠《荷叶杯》）。

齐白石的画荷如村姑，粗头乱服、一身村气而别有淳朴天真。他的画派，出于李方膺、李复堂、吴昌硕而印之以童年的生活经历，可谓"记得曾游，短棹红云里"（王十朋《点绛唇》）。

吴湖帆的画荷如李师师，有清贵之气而绮丽优雅。他以恽南田的没骨法写生瓶插盆荷而化身塘荷，尤长于千叶、并蒂而能脱去工艺匠气，香远益清，色妍反素，可谓"还与韶光共憔悴"（李璟《山花子》）。

张大千的画荷如杨玉环,凝脂出温泉,霓裳舞羽衣。他由八大、石涛的画派上窥唐宋,以工整的、放纵的、重彩的、水墨的各种技法,描写单株的、群植的、单瓣的、重台的各种荷花品类,可谓"致广大,尽精微","水殿风来暗香满"(苏轼《洞仙歌》)。

潘天寿的画荷如梁红玉,长枪大戟,魄力非凡。他的画派虽出于八大、石涛的大写意而控之以法度,雄强霸悍,笔阵整肃,可谓"忽然急鼓催将起"(蒋捷《燕归梁》)。

刘海粟的画荷如河东狮,泼辣恣肆,墨彩淋漓。他以青藤、石涛的表现融合凡·高的狂热,无法而法,纵心所欲,下手风雨,搅动"红翠斗娉婷,翠盖几翻倾"(许桢《太常引》)。

唐云的画荷如李清照,清新俊逸,雅隽特胜。他也是由取法八大、石涛而来,但变大写意的颠倒放纵为小写意的潇洒妩媚,可谓"折得清香满袖"(晏殊《雨中花》)。

谢稚柳的画荷如西施,素面则若耶浣纱,浓妆则吴宫专宠,超然则五湖烟水。早年学陈洪绶,中年学宋人并写生,晚年创"落墨法",画风三变,可谓"一见依然似语,流水远、几回空忆"(张炎《暗香》)。

程十发的画荷如红娘,明慧俏丽,天真娇嗔。他也是由陈洪绶的传统而来,但用笔的千变万化,用色的瑰丽陆离,率性、合理、有趣,于章侯脱胎换骨、推陈出新,可谓"点破清光景趣多"(石孝友《减字木兰花》)。

"艺以花荣艺益重,花以艺传花可知"。这两句诗,记得是从龚自珍的哪一首诗中剥过来的,但原句包括它的意思全忘了。我的意思则是要说,任何一种花卉,一旦被艺术家选作创作的题材,便可以扩大它的知名度;但只有极少数花卉,它被选作艺术创作的题材反而成就了艺术和艺术家——荷花,正是这极少数花卉之一。如果没有了它,传统的诗、词、画将缺失多少"和而不同"、流芳千载的名作、名家啊!

西湖的莲叶

毕竟西湖六月中，风光不与四时同。
接天莲叶无穷碧，映日荷花别样红。

杨诚斋的这首《晓出净慈寺送林子方》，千百年来妇孺皆知，被公认为是歌咏杭州西湖盛夏风景的名诗。诗的后两句，更被后世用作粉饰大化、文明天下的盛世写照。但一些经典的"宋诗选""绝句选"却往往不取此诗，如钱锺书先生的《宋诗选注》便未取此诗。在很长一段时间里，我对此感到困惑不解，为什么如此璀璨的一颗珠玉，竟然不入如彼高明的法眼呢？

"接天莲叶无穷碧"的景象，在各地六月的荷乡几乎司空见惯。远的不说，只要到上海枫泾的农村去走一走，在旷野之中，十亩荷田，对望空阔，没有树木屋舍的遮挡，则满目田田的叠翠摇碧，向远方舒展开去，便蔚成上穷碧落的无际无涯。唐温庭筠"绿塘摇滟接星津，轧轧兰桡入白苹"，诚斋的诗友范石湖"想得石湖花正好，接天云锦画船凉"等，所描写的应该正是这样的景象。

然而，到西湖观荷，却绝不可能得此印象。

今天的西湖，以北里湖的植荷最为茂盛，几乎遍满水面。但无论在白堤上、孤山麓还是北山路观赏，人高荷低，莲叶的碧色都接不到天际。那么，是否南宋时的西湖，湖中植荷殆满，游人就可以观赏到"接天莲叶无穷碧"的景象了呢？同样也不可能。因为一勺西湖，

徐建融《荷花》

　　三面环山，周围绿树，一面城市，楼阁掩映，从任何一个角度对望，莲叶与天空，都必然被楼阁、树荫、山体隔断，无法相接。净慈寺在南屏山慧日峰下，出寺下瞰西湖，纵有满湖的无穷深碧，也只能收在眼下而不可能穿破宝石山直接到天空中去。

　　或言诗贵想象，不必写实。诚然。但任何想象须以真实为依据，如"白发三千丈""飞流直下三千尺""燕山雪花大如席"等，长的可使之更长，大的可使之更大；但若以短的为超长，小的为超大，已经不宜；若以没有的为大有，我固不知其可也。诚斋此诗，以隔断为相接，就完全违背了真实，难怪诸经典选本多舍而不取了。

　　钱锺书先生论诚斋诗品："根据他的实践以及'万象毕来''生擒活捉'等话看来，可以说他努力要跟事物——主要是自然界——重新建立嫡亲母子的骨肉关系，要恢复耳目观感的天真状态。"但事实上，他总是"心眼丧失了天真，跟事物接触得不亲切"的，这首《晓出净慈寺送林子方》正可作为典型的例证。

仍用钱先生的评论:"他的诗多聪明,很省力、很有风趣,可是不能沁入心灵;他那种一挥而就的'即景'写法,也害他写了许多草率的作品。"这首诗显然也属于"草率的作品";但它虽"不能沁入心灵",却卒能传诵万口,证明它纵然未完全做到"跟事物接触"的"亲切"和失于"一挥而就"的"草率",却依然不失为一首好诗。

或言此诗的出名是因为它被选入了蒙童读本《千家诗》中的缘故。我以为不尽然,似更因为它的后两句虽然不合西湖六月的光景,却写尽了天下荷乡六月的盛况,天光云影,摇荡绿意,日照暑气,蒸腾红情,自古以来,无有出其右者。

我们继续看钱锺书对他的评析:"……不写自己直接的印象和切身的精神……不是'乐莫乐兮新相知'而只是'他乡遇故知'……许多诗常使我们怀疑:作者真的领略到诗里所写的情景呢,还是他记性好,想起了关于这个情景的成语古典呢?"而他的另一个诗友姜白石则称赞他:"处处山川怕见君。"

综合二说,显而易见,诚斋是把前此随处所见荷乡六月的印象搬用来形容眼前所见西湖六月的风光了。而"处处山川"之所以"怕见君"者,看来也不仅仅是怕被他搜去了精魄,更怕他的移花接木、张冠李戴,"错认他乡是故乡"。按诚斋生前的诗名极大,与尤袤、范石湖、陆放翁并称"中兴四大家"且居其首,刘克庄至以其与放翁并拟李杜;身后的声名则远不逮放翁,甚至略逊于石湖。借用昔年请谒启功先生时,启老的一句戏谑之言:"盖有之矣!"

虽然,"接天莲叶"与西湖并不相干,但"映日荷花"与满觉陇的婆娑桂子、孤山畔的横斜梅影、湖滨边的照水碧桃并称西湖的四季花信,却是不争的事实。而且,如果四花之中只能选一种作为西湖的形象标志,那也一定是荷花。众所周知,苏轼"欲把西湖比西子,淡妆浓抹总相宜",所以,西湖又名"西子湖"。而皮日休《咏

徐建融《荷花》

　　白莲》有"吴王台下开多少,遥似西施上素妆"句,王安石亦云"一舸超然他日事,故应将尔当西施",则荷花宜名"西子花"。

　　湖比美人人比花。于是,千百年来,咏西湖的名家、名作无数,被公认为第一的当然是苏轼的"淡妆浓抹",如果评选第二,诚斋的"映日荷花"自然是当之无愧的了。这,可能正是这首未被收入经典的"宋诗选""绝句选"的小诗,能够广为流传的最主要原因吧!

至今犹此论文心

对于今天的上海人来说，银杏是再普通不过的一个树种，在公路行道边上和小区绿化带中多有种植。夏季浓荫深碧，深秋流金溢彩，而且没有虫害，为城市的生态平添了一道靓丽的景观。然而，这不过是近二十年来的事，在这之前，尤其是我辈的少年时代，它还是很珍稀的树种，通常称作"名木古树"，仅大户人家的院子里才有栽植。

以我的家乡高桥地区而论，记得只有一株，忘了是在高东还是高行。粗可两人合抱，高达二十余米，耸立在一座高墙的深院中。院子的主人的子女都在市区生活工作，乡下的房子只能空关着，一年难得回来一两次。而我们，每到深秋便结伴来到院墙下，仰望高树，顺便捡拾飘落地下的银杏叶，夹在书中用作书签。这棵银杏是所谓雄树，不挂果。银杏树分雌雄，雌树挂果，雄树不挂果，这是我很小就知道的。但见到挂果的雌树，则是20世纪80年代以后的事了。

后来，跑的地方渐多，我才知道作为名木古树的银杏，在浙江、江苏、山东各地均有分布，多见于寺庙、园林之中。那规模，比之上海一般大户人家所植的，又不知要气派多少了！而江苏、山东两地，不仅把银杏用作观赏，更用作生产白果的经济作物。名木古树的银杏中有雌树也有雄树，果树的银杏则必定为雌树。

在儿时的记忆中，白果是一种很珍贵的干果，只有过年的时候才购置少量，去壳后与淡菜（一种海贝）、肉丁、豆腐干、黄芽菜一起煮上一大锅，慢慢地吃上起码半个月。白果的口味，在感觉上

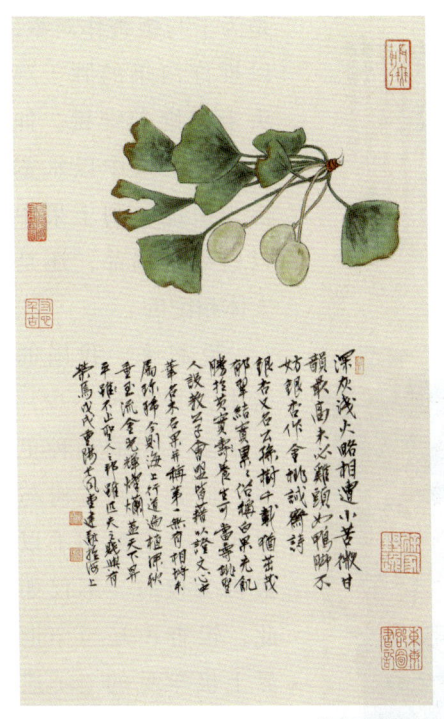

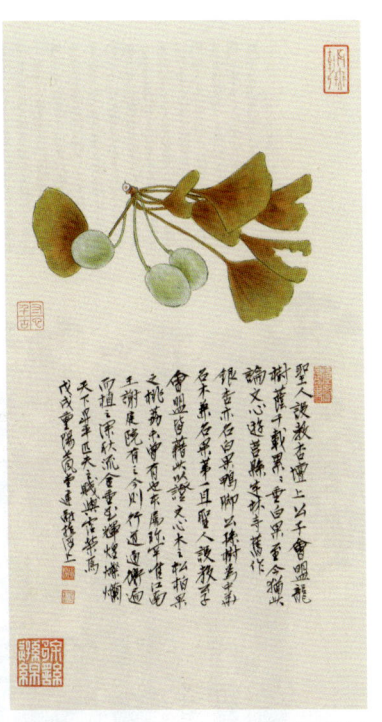

徐建融《银杏》　　　　　　　　　　　　　徐建融《银杏》

比淡菜更好。也有将白果放在锅中带壳干炒的，趁热剥了壳吃，更香更糯。当时的儿歌中，便有"香炒腻白果，香是香来糯是糯"的口口传唱。这个"腻"是读音如此，写成此字则是我的揣想。杨万里《德远叔坐上赋肴核·银杏》诗云："深灰浅火略相遭，小苦微甘韵最高。未必鸡头如鸭脚，不妨银杏伴金桃。"这种炙烤白果的方法我们当年也常常用到，灶肚里熄火之后，便偷出几颗白果放在一个小铁盒里，然后埋入热灰堆中，十分钟后取出，背着大人食用，"小苦微甘"的香糯尤胜于锅中的干炒。诗中的"鸡头"指鸡头米，"鸭脚"则是银杏的又一别名，因其叶子的形状似鸭脚有蹼而名之。金桃本指黄桃，形似水蜜桃而更大，不过味道不甚佳，估计这里只

谢稚柳《银杏树》

是为了与银杏作对举,以推许白果的胜于鸡头米而媲美蜜桃。如果说,水果中以水蜜桃为上品,则干果中以白果为名品,还是大体相配的。

说起来,我国的名木古树品种不少,而干鲜果树的品种更多。但是,兼古树与果树于一身的似乎以银杏为仅有。不仅如此,银杏还是当今世界上极罕见的"孑遗植物"之一。所谓"孑遗植物",是指在极为久远的地质历史年代,曾经非常发育、种类很多、分布尤广,但到较新时期尤其是进入文明年代以后,则大为衰退,只一二种生存于个别地区并有日趋灭绝之势的物种。乔木中,以我国的银杏、水杉和美国的红杉为典型。

除白果、鸭脚外,银杏还有不少别名,如"公孙树"。旧释因其生长缓慢,祖父种下之后,直须等上七八十年待孙子长大成人才能结果。今天看来,此释有误。近年来,上海行道、小区中习见的银杏，大多为 21 世纪前后所植，不过十年左右便垂果累累了。刚开始时，引得不少附近的居民深秋时扛了长竹竿打果，相关的绿化和物业部门还曾予以阻止；但仅一两年的时间，市面上的白果又多又便宜，而自行采果后去除果肉的工序又相当麻烦，就再也没有人采打了。现在，每到深秋进入初冬的半个月时间里，白果每天自然掉落，被行人践踏成泥浆，真是辛苦了清洁工人的打扫。所以，我的看法，"公孙树"的别名当指树龄的久长，古银杏中，数百年的司空见惯，更有数千年的，如"子子孙孙，永无穷尽"。

李时珍的《本草纲目》以"平仲"为银杏的又一别名，所据是左思《吴都赋》中的一条注："平仲之木，实如白银。"但后世基本不取此说，不知何故。

很少有人注意到白果的生长是"无花结果"。当然，事实上并不是无花。大约从清明前后，鸭脚形的叶片已茁壮得初具规模，而就在每一簇叶子的根部，悄悄地萌出了一二片比米粒还小的绿芽，中部略凸起，应为"花心"；边缘微白起毛，应为"花瓣"。当然，事实上谁也不会认为它就是花，甚至根本就没有看到过它。而就在叶片"日新又新"，欢快地蓬勃茂盛着的同时，它也在偷偷地生长，芽柄抽长，芽片也变成了绿豆般的小圆果。到谷雨之后，小圆果便长成为明显的白果雏形。又不知不觉到了夏至，累累的青果才"突然"地开始照人青眼。通常，我们对"开花结果"的认识是以桃花、桃实为标准。其实，"无花结果"如白果、无花果，"开花无果"如绣球、夹竹桃，同样也是"开花结果"的。

传统文化中所注重的"子子孙孙永无穷尽"，既是家庭血脉的绵衍不绝，更是国家文脉的旧邦维新。这在银杏树的历史上尤其可以看得清楚。

我年轻时喜欢壮游，1990 年前后的七八年间到的最多的地方是山西，2000 年前后的七八年间则以山东尤其是鲁地去得最多。对银杏更深层次文化的认识,正是到了山东之后才获得的。在此之前,关于孔子的"杏坛设教",我与大多数人的认识一样,以为是在"杏花春雨"的二月春风中与弟子们一起弦歌诵读,而且似乎也颇合于"吾与点也"的记载。到了山东才知道,这里的杏花并不多见,更不出名。杏花最多见的是新疆,最出名的当然是江南。倒是银杏在鲁地十分普遍,而且不同于江南的古树银杏多为电线杆形的孤干直上,鲁地的银杏名木多为横向四面如张伞式地铺展生长,从春到秋,整整有八九个月蔚然而成大片的浓荫密翠、流金垂玉,十分适合于在其下聚集二三十人开课讲学。

好像是1998年的初秋,在临沂市农委刘沂兄的邀请并陪同下,我参观了莒县(今属日照市)定林寺的古银杏。这株银杏高不足三十米,干粗竟须十余人才能合抱,枝条四展,密叶繁荫,垂果累累,在柱干的支撑下,覆盖近半亩之广,致使三十米高的大树不仅不见其高,反显其低矮,实为我生平所见古银杏中绝无的壮观,也是我生平所见古名木中第一的稀有!据说树龄已有三千余年,《春秋》隐公八年(前715)九月辛卯,鲁隐公与莒子会盟,以和亲平息两国间的干戈,即在这棵树下举行。南北朝时代,《文心雕龙》的作者刘勰晚年出家,法名慧地,亦栖息于此地而终。1962年,为纪念《文心雕龙》成书一千四百六十周年,还曾在这里举办过隆重的纪念活动。我当时便写了一首绝句来表达自己的感动之情:

  圣人设教杏坛上,公子会盟龙树荫。
  千载累累垂白果,至今犹此论文心。

后来,我还专门与刘旦宅先生谈起,古今"杏坛设教"的图画,多以"花影妖娆各占春"(王安石《北陂杏花》)的杏花为背景,可能是不妥的;包括宋代时在孔庙大成殿前筑杏坛,"环植杏花";乾隆的《杏坛赞》碑:"重来又值灿开时,几树东风簇绛枝。岂是人间凡卉比，文明终古共春熙。"孔子后裔六十代衍圣公的《题杏坛》诗："鲁城遗迹已成空，点瑟回琴想象中。独有杏坛春意早，年年花发旧时红"，可能都是误解了《庄子》的"杏"坛所指。刘先生表示同意我的意见。

虽然，银杏的本名是由杏花而来，因二者果形相似而一白一黄。但银杏为干果，杏先为水果，后亦作蜜饯，其核可再作干果。银杏为银杏科，杏为蔷薇科——此杏与彼杏，若风马牛不相及。唐高蟾《下第后上永崇高侍郎》："天上碧桃和露种，日边红杏倚云栽。芙蓉生在秋江上，不向东风怨未开。"是以桃杏为东君所爱宠，而芙蓉却遭世人冷落而发的感慨。其实，白果虽有桃之美，银杏亦有杏之名，但比起桃杏在诗国画苑的春风得意，显然也是颇为寂寞冷淡的，甚至尤甚于芙蓉。这个具有物质、精神多重意义的珍稀树种，虽造园家还未曾忘怀，但在诗画比兴的传统中却是并不多见的，而且，几乎没有什么脍炙人口的名作佳什。有之，则是近几十年间谢稚柳、陈佩秋先生的笔精墨妙。

今天，银杏已从名园古刹走向行道社区，由珍稀罕有变为普及平常，完全融入了我们的日常生活。当溽暑的盛夏，我们坐忘着它浓翠的清凉；霜寒的初冬，我们感受着它灿烂的温暖，我们是否也能回报以些许诗情画意的感恩呢？

"杏坛"之杏

《庄子·渔父》:"孔子游乎缁帷之林,休坐乎杏坛之上。弟子读书,孔子弦歌鼓琴。奏曲未半,有渔父者下船而来,须眉交白,被发揄袂,行原以上,距陆而止,左手据膝,右手持颐,以听曲终。"后世遂以"杏坛"为"夫子旧居"(《阙里志》)并最初的讲学之处。宋天圣二年(1024),孔子四十五代孙道辅增修祖庙,移大殿于北,而以讲堂旧基甃石为坛,环植以杏花,取"杏坛"之名名之。自此之后,千百年间,论及孔子的杏坛设教,必以"春色满园关不住"的杏花喧妍为背景。如曲阜孔庙的乾隆《杏坛赞》碑:"重来又值灿开时,几树东风簇绛枝。岂是人间凡卉比,文明终古共春熙。"孔子后裔六十代衍圣公《杏坛》诗:"鲁城遗迹已成空,点瑟回琴想象中。独有杏坛春意早,年年花发旧时红。"

然而,顾炎武《日知录》卷三十一则以为"非也"。所据者,以《庄子》所论,盖在"泽中高处";而"缁帷"者,林木森郁,未必就是杏花所蔚。顾炎武的结论是:"《庄子》书凡述孔子,皆是寓言,渔父不必有其人,杏坛不必有其地。即有之,亦在水上苇间、依陂傍渚之地,不在鲁国之中也明矣。"

顾氏以"杏坛"的"缁帷之林"非杏花之群植深郁,这是完全准确的。因为,一,杏花并非鲁地所盛栽,而是盛栽于古代的华北、西北,今则独盛于新疆,以其性耐旱而不耐湿也。尽管有"杏花春雨江南"(虞集《风入松·寄柯敬仲》)的脍炙人口,但江南的杏花绝不以产果名,不过偶植一二株作赏花观景而已。故水泽之乡,不可能有成片的杏花蔚成"缁帷之林"的景观无疑。其二,即使密林中偶有杏花一株,虽亦为落叶乔木,但树形其实并不高大,不过三米左右;树荫稀疏,覆盖更不宽广,不过十平米左右。显然,是不适合在其下聚众弦歌诵读的。三,缁者黑,帷者密,这里意谓林木浓翠深碧;而杏花无论花时与否,都是明冶而疏宕的,与"缁帷"毫无瓜葛。那么,这"缁帷之林"的"杏"究竟又是何树呢?这水泽之中的"杏坛","不在鲁国",又在何处呢?《庄子》所言,真的"皆是寓言",全非实指吗?

按,《礼·内则》记载:"桃李梅杏,楂梨姜桂。"《管子·地员》:"五沃之土……其梅其杏,其桃其李。"作为蔷薇科的赏花同时又是食果之树,杏在上古时便已出名,赏其花则称杏花,食其果则称杏子。问题是,除了此杏,在上古时是否还有其他树木被称作"杏"的呢?

陈佩秋《银杏小鸟》

陈佩秋《银杏蛱蝶》

　　有的,这便是银杏。只是当时其名并无前缀"银"字,故与杏花之杏重名。

　　先来看《西京杂记》一所记:"初修上林苑,群臣远方各献名果异树……杏二:文杏、蓬莱杏。""文杏"注"材有文采";"蓬莱杏"注"东郡都尉于吉所献,一株花杂五色六出,云(果)是仙人所食"。这里的"文杏""蓬莱杏",通常以为即杏花。但杏花为西安一带的常见果树,一点称不上"名""异",用得着"远方"的贡献吗?"蓬莱",今山东南、江苏北的沿海一带;"东郡",即东海郡。两地大体重合,当时属鲁国、莒国、徐国,统称鲁地。则"文杏""蓬莱杏"当俱出此地。但问题是,这一带虽有杏花的偶尔栽植,却并不以杏花称盛。当然,偶尔出现异种珍品也是有可能的,但此杏以花名、以果名,"蓬莱杏"庶可当之,暂不论;却是并不成"材"的,怎么又有"文杏"以"材有文采"而出名的呢?

　　按《西京杂记》所记,多西汉时长安的轶闻、遗事,其作者一说汉刘歆,一说晋葛洪。而不管是谁,所记皆非实见亲历,而率为

徐建融《银杏果》

道听途说，颇多揣摩想象。所以，此书资料虽繁富，错讹也是非常之多的。

我们来看亲历者司马相如《上林赋》所记四方进献的"名果异树"，不记有"杏"，却记有"长千仞，大连抱"的"华枫枰栌"与"櫨檀木兰"。这里的"枰"，即今天的银杏，虽未言其献自何方，当自山东鲁地。而《西京杂记》则不记山东鲁地所献有"枰"，却献有"文杏""蓬莱杏"。

又，司马相如《长门赋》："刻木兰以为榱兮，饰文杏以为梁。""木兰"，又名杜兰、林兰，状如楠树，材质似柏而微疏，古代多用于造船。这里用于制榱，即椽子。潘岳《西征赋》又以为可以作梁。与《上林赋》记"木兰"的"长千仞，大连抱"完全相合。"文杏"，即《西京杂记》"材有文采"。"梁"，《说文解字》释桥，以木渡水也；《尔雅》于桥外另增二义：楣，门户上横梁也；宋，庙屋之大梁也。

而不论横梁还是大梁，必须是大材。如果"文杏"为杏花，其材既不高大，而颇细瘦，且不直挺，《芥子园画传》中言"桃枝直上，杏枝回折"是也。以之作栋梁之材，显然是不可能的。事实上，不仅杏花，凡一切蔷薇科的树木，从来就没有被用作房屋建筑材料的。韩愈《进学解》："大木为㮮，细木为桷……各得其宜，施以成室者，匠氏之工也"，杏花不材，故不入匠氏之功用，这是众所周知的常识。则这里的"饰文杏以为梁"，这个"杏"一定是高大、粗壮、挺直的大材，当与"蓬莱杏"同产于鲁地沿海一带。它便是银杏，只是当时即名"杏"，与杏花之杏重名。为免混淆不清，故又称"枰"，与杏一音之转；又拖声，称"平仲"（左思《吴都赋》）；至宋代还其本名，为区别于杏花之杏而前缀"银"字。但"杏梁"之杏，从实指以杏为材的梁楣而泛指一切华丽的木构栋宇，从来都是文杏、银杏，而绝不可能是不成材的杏花之杏。

由于上古园艺水平之所限，西汉修建上林苑时，从四方贡献过来的木兰也好、银杏也好，成活率一定不会太高。而死去的那些巨木被用作㮮、梁的材料，自在情理之中。至于"材有文采"，是因为银杏中的名木古树，自古至今被视作神灵，为人们祭拜乞灵，巫师或在其上刻画文字图像的符号，是即"契木为文"，年长日久便成了"材有文采"的祥瑞。至于"蓬莱杏"的"花杂五色"，当为传讹揣想，因为银杏是不开花的。而"仙人所食"，则与银杏树龄的千年不衰并被人们视为神灵而祭拜相关。秦始皇时，遣徐福求仙蓬莱，至后世犹以此地多有仙人，除与蓬莱仙境的海市蜃楼相关外，当也与此地多有上百数千年的银杏树不可或分。而其实白果，也就被认为仙人所食或食之可仙了。至于杏花的树龄，罕有超过百年的，即北宋时孔庙的杏坛所植，何等地护若神圣，亦不知轮换栽植了多少茬。连"名木古树"的名录也没有它的份，与"仙人"更是迥不相侔的。

又，《史记·孔子世家》记孔子"去曹适宋，与弟子习礼大树下。

宋司马桓魋欲杀孔子，拔其树。"宋，在今河南商丘，商丘的大树，以银杏为最著。即古银杏，迄今犹多处有存活，尤以梁园银杏树龄已达两千余年，树高20米，树荫覆盖近一亩，为中原银杏之最。则孔子率弟子习礼、桓魋所拔除的"大树"，当为银杏无疑。

回到顾炎武的结论上来。他认为"杏坛"之杏不是杏花，这固然不错；但认为不是实指，且不在鲁国，则未必然。其实指当为文杏，即今之银杏，具体可以鲁国东郡沿海地带至今多有银杏，而且是数千百年的古银杏得到印证。如今天日照莒县定林寺的古银杏，为春秋时鲁隐公与莒子的会盟见证，至今至少已有三四千年，高三十余米，粗可十人合抱，覆盖达一亩余，春夏入秋则浓郁翠碧如"缁帷"，深秋初冬则垂玉流金如锦幕。不仅其材足以制梁，其密荫如"缁帷"所蔽，更足供数十人聚集其下弦歌诵读。而当时的这一带，尚为水乡泽国，包括今江苏宿县和安徽宿州，秦末陈胜、吴广揭竿而起便在大泽乡；至魏晋南北朝时，郦道元撰《水经注》，此地的水系还颇为错综复杂，"水上苇间、依陂傍渚之地"，随处多有。

据《史记》，庄子系"蒙人"。"蒙"地今说有三：河南商丘、安徽蒙城、山东东明；如张衡《髑髅赋》使庄子现骷髅身自报家门曰："吾宋人也，姓庄名周。"而庄子少年时又曾学儒六年。生于宋地（商丘），又到过鲁地，则他很有可能不仅看到而且经常亲近过巨树的银杏。又，《渔父》在《庄子》的《杂篇》中，历来认为系庄子学派的后人所写，则撰稿人同样有可能到过鲁地、见过巨大的银杏。

综上，《庄子》所记"杏坛"，虽非"夫子旧居"，而只是其"游"踪所至，但当"在鲁国之中"；其"杏"，虽非杏花，但当实指银杏。

唤回春色秋光里

"悲哉！秋之为气也"——宋玉《九辩》中的这一句开宗明义，二千二百多年来，成为大多数人对秋天的一种共通情感。欧阳修《秋声赋》更对之展开了具体的分析，从秋天的萧瑟看到人生的老去，不复少壮而即将步入晚年。叹已往之既逝，知来日之无多，悲哉！秋亦胡为乎来哉！

干裂秋风，草木关情。人们习惯于用鲜花来比拟美女，我们且来看四季的花事。春天的花卉，何等的水润明慧，洋溢着青春少女的活力；夏天的花卉，何等的郁茂浓翠，焕发着成熟女性的热情；冬天的花卉，何等的坚贞弘毅，坚守着百岁太君的节操。而秋天的花卉，大多虽美艳则干燥，似明丽而枯糙，一种纨扇捐弃的韶华正逝，能不令人黯然魂销？

然而，在瑟瑟秋风里，却有一种花以如春花般的明艳光华，给历代易于悲秋的骚人墨客以慰藉，这就是芙蓉花——为区别于荷花的又名"水芙蓉"，有时专称"木芙蓉"。其实，它不过是落叶灌木而已，与草本的蜀葵等并没有太大的差别。相比于一切秋花，包括同为锦葵科的木槿、蜀葵、秋葵的老气横秋，它完全可以看作是"秋天里的春花"。那种青春的风韵，娇艳、郁茂、明媚、华贵、雍容，简直可以与牡丹相媲美！仿佛就是王昭君，因为毛延寿的恶作剧，造物主在安排她的命运时，竟把她错嫁给了西风苦寒。然而，正如王安石的《明妃曲》所咏，"汉恩自浅胡自深"，未必输于"咫尺长门闭阿娇"。何况，

南宋　李迪《白芙蓉图》　日本东京国立博物馆藏

南宋　李迪《红芙蓉图》　日本东京国立博物馆藏

这也为冷漠的秋天送来了一道靓丽柔情的风景。

由于几乎没有争宠者，所以，歌咏秋花，历代诗人的青眼之于它，简直"三千宠爱在一身"而尽其悲欣哀乐、慵愁喜悦的仪态万千，如唐李嘉祐的"平明露滴垂红脸，似有朝愁暮落悲"，柳宗元的"盈盈湘西岸……丽影别寒水"，宋徐铉的"晚摇娇影媚清风……不知歌管与谁同"，王安石的"正似美人初醉着，强抬青镜欲妆慵"……而尤以杨万里的《拒霜花》最得其风华可怜：

　　木槿何似水芙蕖，同个声名各自都。
　　风露商量借膏沐，胭脂深浅入肌肤。
　　唤回春色秋光里，饶得红妆翠盖无。
　　字曰拒霜浑不恶，却愁霜重要人扶。

到了绮罗香泽的诗余中，"人面芙蓉相映红"的形容，就更多见不吝笔墨的以形写神、怜香惜玉了。随便从宋词中翻检，"冰明玉润天然色，凄凉拼作西风客。不肯嫁东风，殷勤霜露中"（范成大《菩萨蛮》），"青春花姊不同时，凄凉生较迟。艳妆临水最相宜，风来吹绣漪"（吴文英《醉桃源》），"似佳人独立倾城，傍朱槛暗传消息"（晏殊《睿恩新》），"酒肌红软玉肌香，不与梨花同样"（周紫芝《西江月》），"脸红凝露学娇啼，霞筋熏冷艳，云髻嫋纤枝"（晏几道《临江仙》），"爱他楼下木芙蓉，妆罢三千美女出唐宫"（无名氏《虞美人》），"低疑洛浦凌波步，高如弄玉凌空"（杨泽民《塞翁吟》），"翠奁空，红鸾蘸影，嫣然弄妆晚。雾鬟低颤，飞嫩藕仙裳，清思无限……最好似、阿环娇困，云酣春帐暖"（黄公绍《花犯》）……

众所周知，京剧以梅兰芳、程砚秋、尚小云、荀慧生并称"四大名旦"，如果加上后来"四小名旦"中一枝独秀的张君秋和老旦开派的李多奎，试用不同的花品来比兴这六大名旦：雍容华贵，牡丹可比梅派；幽咽清绝，兰花可比程派；劲健高爽，菊花可比尚派；

活泼俏丽，月季可比荀派；铿锵豪迈，梅花可比李派；而清新明艳，芙蓉正堪比张派。尤其是《望江亭》，作为张君秋的代表作，集张派唱腔、做工之精华，芙蓉的秋江冷艳，最能契其神韵。

我于芙蓉花的一见钟情，始于1962年入学高桥中学。9月份开学，到了10月份，校园中一丛丛临水的芙蓉花便渐次地开放了，实在是有生以来第一次见到世上竟有这么美丽的花！入冬之后，花叶尽脱，只留下一丛丛一人多高的秃枝，一根根地从根部散漫开去，颇碍美观，园艺工人便把它们齐根截去。我向工人叔叔讨要了一根，回家斩成20厘米左右的几段，扦插在屋后河塘的岸边。想不到第二年都活了！发芽、抽枝、开花。这是我贫困时期最早栽种的观赏植物，直到1966年深秋由于种种主客观的原因而把它们铲尽挖绝。

1973年后，我常去浦西向前辈问学。当时的衡山路、复兴路一带，居住的名家最为集中，所以也走得最勤。在旁边的肇嘉浜路，乌鲁木齐路至吴兴路这一段，中间的绿化带上种植有成片的芙蓉和高架的紫藤。春和景明则一片紫光繁缨，秋高气爽则满目嫣红翠碧。今天的上海，条条马路花团锦簇；

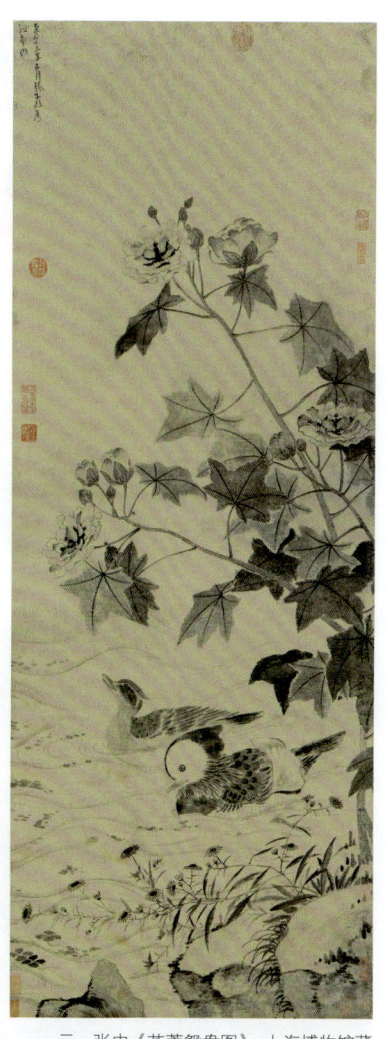

元　张中《芙蓉鸳鸯图》　上海博物馆藏

谢稚柳《芭蕉芙蓉》

徐建融《芙蓉》

但当时，在我的印象中，撇开公园不说，似乎只有肇嘉浜路的这一段称得上"花园马路"。谢稚柳先生于此际多画落墨芙蓉花，程十发先生则多画印象紫藤花，两位先生的住所皆近于此，在一定程度上应该正是受这一段景观的影响而启发了灵感。我于访师之余或访师不遇时，也常去那里观赏写生。

我画芙蓉，一开始当然是学谢老的落墨法，但陈佩秋老师告诫我应该从宋人开始。由于我当时对中国画的认识偏向于写意，再加上其时陈老师也在画八大山人，所以没有在宋人上用功。直到20世纪80年代后期，才从头开始按照陈老师的要求临摹，写生，自运。

由于上海的芙蓉都是园艺景观植物而罕有野生的，所以，丛生的枝条，每一根都直上而几乎没有分叉，花、叶缘枝逐层向上腋生，至梢头簇集。包括宋画中的芙蓉，作为苑囿珍葩的写生，也都是这样的形态。温州的吴绶镐兄所画的芙蓉，渍色之微妙，嫣然动人，我真有观止之叹；而其木本的出枝，却不是一根直上，而是有分枝枒槎。我心中暗暗笑他不作写生，而是凭想象用梅花的枝干来分布芙蓉的花、叶。但碍于情面，不便明说。又一年，张索兄邀我与绶镐兄等一起到毗陵温州的福建的一个海岛上游玩，走到一处悬崖的削壁，一株曲曲折折的芙蓉花横斜直出地赫然映入眼帘！这才明白绶镐兄的芙蓉实在是有野生真本的，反是我孤陋寡闻了！

古人以"诗画一律"而"相为表里"。所以，我于自己的画尤其是横卷形式的画上也喜欢题写诗文，芙蓉画当然亦不例外。大体上，我五十岁之前多作词而且是长调；五十五岁以后罕作词而多作诗；六十五岁以后罕作律诗而多作绝句。这个转变，过去沈轶刘、谢稚柳先生也曾给我谈到过他们的体会。沈先生的说法是"渐老渐熟，乃造平淡"，而以绝句的形式为"境界更高"；谢老的说法则是"渐老渐懒，只图开心"，而以绝句的形式为"方便省力"。这一阕咏芙蓉的《贺新郎》，不知是作于哪一年了，但肯定是五十岁之前的，记得是题在一个绢本的手卷上的：

> 春艳秋风暖。正凝眸、云鬟弄影，浅红轻浣。妆罢娉婷娇倚处，翠袖脂痕婉娈。人道是、湘灵九畹。玉润冰明霜露冷，更临江流水清凉散。听雁阵、咽声软。芙蓉应嫁金香辇。问东君、凭谁牵引，一丝红捻？金谷沉香皆无份，绿野平泉谁馆？误入了，塞门僻远。梦醒鸳鸯彤绡薄，望高天爽气清新染。多绚烂、自圆满。

不免有刻意用功、极尽雕饰之处。但当时老一辈人曾给我这一类的词作以溢美的评价，喻蘅先生在指导我的信中，甚至称我为"建融词人"。

> 嫣红浅笑绿云深，凉露轻霜九月春。
> 一片江南今又是，当年金谷唤真真。

这首咏芙蓉的绝句则是近两年间题画的即兴口占——更准确地说是无兴口占——之作。一种无欲、无求、无事、无为的敷衍了事，渐渐习成自然。可惜再也没有前辈来指导我了。"悲哉！秋之为气也！"

所幸的是，我们还有芙蓉。它的另一个别名"拒霜"，似乎更加励志。虽然，我们抗拒不了秋天的到来，"黟然黑者为星星"；但有了芙蓉，我们就有青春不老。"渥然丹者"并未全"为槁木"，我们"亦何恨乎秋声"？

黄花莫悔菜肴凉

《诗》云："焉得谖草，言树之背。""谖草"，即萱草；"背"即北，这里指北堂，为古代母亲的居所。北堂种有萱草，所以又称"萱堂"，被作为母亲的代名词；而萱草也就成了中国传统文化中的"母亲花"。相比于"椿萱并茂"中的"父亲树"大椿，其知名度要高得多。

萱草有多个别名。据《太平御览·本草经》："萱，一名忘忧，一名宜男，一名歧女。"三名通常被分别开来加以释义：忘忧，指观赏此花能排遣忧愁，放下烦恼；宜男，指孕妇佩此花可生男婴；歧女，自然指孕妇佩此花则不生女婴，但由于母亲花的名声之大，母亲既为女性，这一重男轻女的别名后世罕有流行。而在通行的两个别名中，尤以忘忧之名为众口相传，亦即嵇康《养生论》中所说的"合欢蠲忿，萱草忘忧"。而宜男之名，伴随着维新之后歧视女性思想的废弃，生男生女都一样，也不再流行了。

又因为"何以解忧，唯有杜康"（曹操《短歌行》）、"泛此无忧物，远我遗世情"（陶渊明），萱草又与酒并称为世上可以解忧消愁的两大名物。如明高启《萱草》诗有云："最爱看来忧尽解，不须更酿酒多功。"但我始终认为，这种附会的理解是很牵强的，碍难令人信服。

"浊醪有妙理"，所谓"一醉方休""一醉解千愁"，酒能解忧，当然没有疑问，这在刘伶的《酒德颂》、王绩的《酒乡记》、白居易的《酒功赞》《醉吟先生传》等名篇中说得再清楚不过。苏轼《浊

南宋　李嵩《花篮图》　故宫博物院藏

醪有妙理赋无圣功用无捷于酒》更以为：

> 惟此君（酒）独游万物之表，盖天下不可一日而无。在醉常醒，孰是狂人之药；得意忘味，始知至道之腴……故我内全其天，外寓于酒……

但是，观萱草而忘忧，揆诸历代的诗文，实在罕有例证。大量的例子，倒是观萱草而越发地勾起观者的忧愁烦恼，真所谓"我纵忘忧，露朵风枝可奈秋"，略举数端如："横得忘忧号，余忧遂不忘"（魏澹《咏阶前萱草》），"本是忘忧物，今夕重生忧"（韦应物《对萱草》），"繁红落尽始凄凉，直道忘忧也未忘"（吴融《忘忧花》），"每欲问诗人，定得忘忧否"（宋祁《萱草》），"人心与草不相同，安有树萱忧自释"（梅尧臣《萱草》）……虽然，酒的解忧也是暂时的，酒醒之后，未免"举杯销愁愁更愁"，但醺醺然的几个时辰，毕竟是可以"澹然万事闲""同销万古愁"的啊！而观赏萱草，又何尝有片刻的无忧无虑、逍遥自在呢？

　　这使我想到，古代的用字，或有用其反义的。如清翟灏认为，同一个字，在古人往往"义有反覆，旁通美恶，不嫌同名"，其义不可通。若乱之训治、故之训今、在之训徂、允之训佞等等。显然，酒之忘忧，其忘或许为忘的反义，即不忘、难忘的意思。如鲁迅先生《汉文学史纲要》论"《离骚》者，司马迁以为'离忧'，班固以为'遭忧'，王逸释为离别之愁思，扬雄则解为'牢骚'……"。"离"既可以是"遭"，则"忘"当然也可以是"不忘""难忘"。梁皇侃《论语义疏》释颜子"坐忘"，以为"圣人忘忘，大贤不能忘忘。不能忘忘，心复为未尽"，更足证"忘"可以训"难忘"。《春秋·公羊传》隐公第一的"如勿与而已矣"的"如"，释作"不

元　刘善守《萱蝶图》　美国克利夫兰艺术博物馆藏

如"；王安石《答韩求仁书》以"杨子谓'屈原如其智'"的"智"为"不智"，也是同样的意思。钱锺书先生《管锥编》"隐公元年"故曰："寻常笔舌所道，字义同而不害词意异，字义异而复不害词意同，比比都是，皆不容'以一说蔽一字'。"

具体情况具体分析。在古汉语中，不仅同一个字可以训为多义甚至截然相反的两义；同一件事也可以有正反的不同解释。"父母在，不远游"，这是《论语·里仁》中所讲的。但孝悌的年轻人，难道就应该终身留在乡里侍奉于父母的膝下吗？《宪问》篇中又说："士而怀居，不足以为士矣！"有出息的年轻人，必须志在四方，走出家门，四海为家。但"游必有方"——这个"方"旧释"方向"，当然是不错。但究竟是出门的方向即去处呢，还是回归的方向即家乡呢？通常认为是"去处"，"游必有方"也就成了必须告诉父母我要到哪里去。我以为未必准确。根据"方志""方土"等用词，应该是"归处"的意思，"游必有方"也就是外出壮游必须落叶归根的意思，风筝放飞不断线，身在异乡心在家，常把父母挂心间，必须记得每年大雁南飞、萱草凋谢枯萎的时节，及时回到父母的身边承欢。古代的读书人，年轻时胸怀大志，为兼济天下游宦四海，荣宦京城，年老致仕后必回家乡——即使家乡是穷乡僻壤，父母也已经去世了，也决不留恋京师的繁华。这就是"游必有方"啊！

为什么观赏萱草不仅不能忘忧，反而更勾起并加强了观者的忧思呢？这就牵涉到萱草比兴的"母亲花"含义。

母爱如天，就像阳光雨露一样，恩泽着她的每一个子女。最适宜恩泽的当然是男孩，所以"宜男"之别名，未必指孕妇佩萱则生男，而是指母爱恩重首先泽及的是男孩；分而也泽及女孩，所以"歧女"之别名，也未必是歧视女性，而是指母爱恩重而分泽于女孩,《释名·释道》"物两为歧"是也。而"忘忧"之名，当是要求子女见萱草如见母亲，永远不要忘怀了母爱的恩重如山、恩深似海！司马光《萱草》

明　沈周《椿萱图》　安徽博物院藏

谢稚柳《萱花蝴蝶》

诗"昔谁封殖此,俨列侍高堂",黄庭坚《萱草》诗"从来占北堂,雨露借恩光",无不是"母兮鞠我,拊我畜我;长我育我,顾我复我;出入腹我;欲报之德,昊天罔极"(《诗经·蓼莪》)的意思。所以,见萱草如见"棘心夭夭,母氏劬劳……母氏圣善……母氏劳苦"的形象而生"我无令人……莫慰母心"(《诗经·凯风》)的愧疚哀痛、忧切酷甚!一定要说忘忧,那也只能是指做子女的如何努力上进,有所成就,再也不要让母亲为自己操心担忧;而决不是指做子女的可以无忧无虑地把一切包括对母亲的孝道抛开不管。

宋王十朋《萱草》:"有客看萱草,终身悔远游。向人空自绿,无复解忘忧。"元王冕《墨萱图》:"灿灿萱草花,罗生北堂下。南风吹其心,摇摇为谁吐?慈母倚门情,游子行路苦。甘旨日以疏,音问日以阻。举头望云林,愧听楚鸟语。"都是指"父母在,不远游,游必有方"(《论语·里仁》)而言。年轻人为了追求事业,出人头地,光宗耀祖,报效国家,远离父母,不能尽到侍奉的孝道。事业有没有成功不论,但父母尤其是母亲又有哪一天不在为远方的游子望眼欲穿地操心呢?则游子见萱草,想到无论怎样的高飞远举,总有慈母的手中线、盘中餐可以使自己下锚在爱的港湾里,能不忧思益深吗?

白居易的《酬梦得比萱草见赠》,更明确地指出了酒的忘忧与萱草的忘忧用意完全相反:

杜康能散闷,萱草解忘忧。
借问萱逢杜,何如白见刘?

盖刘禹锡的一生仕途坎坷,几复不振。但他只要饮酒尽兴,便涤尽烦恼,豪情万丈,勇猛精进的佳句叠出,其锋森然,少敢当者。如其《酬乐天扬州初逢席上见赠》中"沉舟侧畔千帆过,病树前头万木春"的千古绝唱,便是"暂凭杯酒长精神"的醉中吟!而白居易三十六岁时正在京中为官,母亲陈氏却在老家不幸坠井而亡,他辞职回家丁忧三年,期满复职,却遭弹劾,贬江州司马。从此,母亲的去世便成为他心中永远抹不去的悲痛欲绝,尤其是见到萱草开花之时。他的《母别子》《慈乌夜啼》等,写到母子连心,虽早已长成了顶天立地的七尺男儿,竟仿佛"复归于婴儿"般地号慕摧绝,"没妈的孩子像根草"!则他有别于刘禹锡的借酒消愁,见萱草不仅不能忘忧,反而愈增其忧,宜矣。

萱草,百合科,多年生宿根草木,我国南北各地均有栽种,其生长对水土几无要求,随处都能萌芽抽茎发花。每茎七八个花蕾,像接力赛一样,一朵凋谢,一朵又开;一茎枯萎,一茎又茁……从

徐建融《萱花》

每年的 4 月下旬到 11 月的中旬,花期达两百天,是自然生态条件下花期最长的花品之一。花色橘黄,既不雍华,也不艳丽,既不娇润,也不清雅,活脱脱一个"黄脸婆"的形象,难怪人们不以"花"名而称之为"草"。就像布衣裙钗的母亲,朴实而勤劳,"日出而作,日入而息"地为子女默默付出。

其花可食。待花蕾长大到将开未开时,摘下来晒干,长七八厘米,形似金针,所以又名"金针菜"。每年春节用于炒烤麸,是一道极佳的美味;平时则可用作凉拌、煮丝瓜汤等。据《本草纲目》,食之有"通乳下奶"的功效,所以又名"月子菜"。而无论"金针"还是"月子",又都与母亲的辛劳相关!除"金针菜""月子菜"之外,它还有一个别名,叫"黄花菜"。"黄花菜都凉了"是一句众所周知的俗谚,但它的意思我一直未能明白。三十年前联想到王十朋的"终身悔远游"和王冕的"慈母倚门情",忽然顿悟到这不正隐喻了母

徐建融《萱花》

亲呼唤孩子回家吃饭而孩子迟迟未归的人生况味吗?《三家店》中,秦琼连唱四个"舍不得",尤以"舍不得老娘白了头。娘生儿,连心肉,儿行千里母担忧。儿想娘来难叩首,娘想儿来泪双流",使人荡气回肠,情不能已,泪眼婆娑!

回想起自己的少年时代,家屋外的北墙也长有一丛萱草,根本不需要任何照料,却总是蓬蓬勃勃地长叶发花。不过,花几乎没有一朵开放的,都在将开前被母亲摘了下来,每天十来朵的积攒,到冬至可得干货近一斤。当年吃它的时候,根本没有什么感受;今天回味起来,慈母盘中餐,实在有一种悠长的清甜——可惜母亲离开我们竟有三十个年头了!更痛心的是,她猝死在劳作中时,我竟远游在外!我虽在当天立即飞回家中,但无奈"黄花菜早已凉了"。从此之后,天若有情,萱草依旧,我却"每年间花开儿的心不开""要相见除非是梦里团圆"!

外圆美　内文明
——传统的葫芦审美

一度一年今又是，好看无赖逗秋风。

葫芦，是一种遍布世界各地的一年生或多年生草质藤本植物。广义上泛指一切瓜类，狭义上则专指其实除供食用之外，待干枯后以质地坚硬致密更可用作盛器者。狭义的葫芦又作壶卢、胡卢，枝叶藤蔓攀缘分布，丛繁密集，与同科的其他瓜类相近；但果实的形状却因品种的不同而有相去悬殊的大小、长圆多种样式，尤以上下鼓凸中间束腰的形状最为典型。从顶部截去小段可用作酒壶、药壶，横向剖开则称作瓢，多用于舀水。"按下葫芦浮起瓢"，这句俗语所讲的，正是指葫芦器的用途多与水相关。

除实用之外，在中国传统中，葫芦更有着悠久而且重大的文化意义。

传说上古时天下洪水，伏羲女娲兄妹乘了一个大葫芦的瓢得以避水免难；洪水退去后，人类灭绝，兄妹成婚，女娲乃抟土造人，重新创世了文明。兄妹二人，尤其是女娲，也因此而被尊为中华人文的始祖。而据闻一多的考证：

> 女娲之娲，《大荒西经》注，《汉书·古今人表》注，《列子·黄帝篇》释文，《广韵》《集韵》皆音瓜。《路史·后纪二》注引《唐文集》称女娲为"娲"，以音求之，实即

外圆美　内文明——传统的葫芦审美 | 85

马家窑文化半山类型葫芦纹彩陶罐　　　　马家窑文化人首鲵鱼纹彩陶瓶

匏瓜……谓葫芦的化身……为什么以始祖为葫芦的化身，我想是因为瓜类多子，是子孙繁殖的最妙象征，故取以相比拟……《星官制》曰："匏瓜，天瓜也，性内文明而有子，美尽在内。"

以女娲为"葫芦的化身"，我认为不仅止于"因为瓜类多子"，更因为其外形酷似怀孕的妇女。如段玉裁《说文解字注》释"包"字曰：

妊也。像人裹妊，巳在中未成形也。元气起于子，子，人所生也。男左行三十（自子左数次丑次寅次卯，凡三十得巳），女右行二十（自子右数次亥次戌次酉，凡二十亦得巳），俱立于巳为夫妇，裹妊于巳，巳为子。

从奥地利出土的"威伦道夫的维纳斯"到中国红山文化出土的女人体陶塑像、玉雕像，半坡、马家窑文化的人首壶……原始艺术中的女性，无不是丰乳、鼓腹、肥臀的孕妇形象，活脱脱一个大葫芦。尤其是马家窑文化的一件人首鲵鱼纹彩陶瓶，瓶体分明就是一位孕妇，而鲵鱼的纹饰尾交首上，分明象形"巳"（蛇）。合而观之，不正是一个立体的"包"字？这些都足以证明"人类自身的生产即种的蕃衍"（恩格斯语）是原始先民观念中的头等大事！因而，对于孕妇的生殖崇拜作为一种集体无意识，便被投射到葫芦的意象之中。《诗·大雅·绵》："绵绵瓜瓞，民之初生。"子子孙孙永无穷尽而其永宝之，盖在此耶？

在浙江河姆渡文化的植物遗存中，考古工作者业已发现了距今7000多年前的葫芦种子，充分说明了中华先民种植葫芦、使用葫芦器的历史之邈远。水是生命之源，而水的利用，最佳的工具在陶器发明之前莫过于用葫芦制成的壶和瓢。今天我们所能见到的最早的容器虽然是陶器，但却折射着它的由来是更早的葫芦器。原始陶器的形制，多为壶、钵、罐、瓶、瓮、盆等，其基本的造型，都为按中轴线旋转对称的球体或半球体。尤其是被考古界称为"瓠芦壶"的球腹壶和半球体瓢状的钵和盆，更具普遍的典型性。我们知道，早期制陶术尚未发明轮制，只能靠手工盘筑、捏塑成形，这种制作手法更适合于制作不规则的随意器型。但事实恰恰相反，几乎所有的陶器都选择了单一的、难度更大的中轴旋转对称的成型形式。如果不是在陶器发明之前，人们便已有着对葫芦崇拜和葫芦器使用的久远历史，显然是不可能出现这种情况的。特别需要注意的是彩陶纹饰中最常见、最基本的一种构成方式，口沿或颈部绕器一周，平行于口沿的圈带纹，正是对葫芦器口沿部位为防止皲裂而包扎的"环箍"的"拷贝不走样"。尽管陶器的材质，它的口沿是不会皲裂的，但原始思维支配了原始人的创造活动，必然表现出强烈的模仿倾向。

汉魏以降，葫芦作为生殖图腾的观念在文化的传承中渐渐淡化；由葫芦器而来的陶器在实用中的功能也相继为青铜器、漆器、瓷器等所取代。但葫芦器的使用直到近世依然在农耕文明的日常生活中未曾绝迹，包括我的少儿时代，酒葫芦、药葫芦、水瓢等物还多见不怪。而葫芦"初生绵绵"的集体无意识，也衍化成为"糊涂——福禄"的集体表象。

"葫芦里卖的什么药"这句俗语代代相传，其所内涵的玄机高深莫测。"依样画葫芦"这句俗语更广为人知，一种教人收敛小聪明的智慧温柔敦厚、大智若愚。而不同于绝大多数俗语都来自下里巴人的街谈巷议，这两个俗语，竟然都出诸经史文献的典故！

前一个俗语出自《后汉书》，说是一个仙人下凡悬壶济世，不同的病人吃了他从葫芦里倒出来的药都能药到病除；到傍晚集市散去他便跳进葫芦不见了踪影。后一个俗语则见诸宋魏泰的《东轩笔记》，说陶穀入宋后任翰林学士，急于炫才逞能希求重用；宋太祖便对他说："颇闻翰林草制，皆检前人旧本，改换词语，此乃俗所谓依样画葫芦耳，何宣力之有！"

钱锺书先生《谈艺录》论元好问的诗《戏题醉仙人图》"醉乡初不限东西，桀日汤年一理齐。门外山禽唤沽酒，胡芦今后大家提"、《三士醉乐图》"依样胡卢画不成，三家儿女日交兵。瓦盆一醉糊涂了，比高谈却较争"，以为：

> 《醉仙人图》末句以"提胡卢"与"胡卢提"双关。"提胡卢"即携葫芦行沽。如山谷《渔家傲》所谓"何处青旗夸酒好，提着胡卢行未到"；"胡卢提"意即"糊涂了"，如《庶斋老学丛谈》卷三载遗山好友李屏山《水龙吟》所谓"和光混俗，清浊从他，但尊中有酒，心头无事，葫芦提过"。第四句申说第二句，谓烂醉沉酣，万事不理，

得丧泯而物论齐。《醉乐图》又言此,均屏山词旨也。

以葫芦谐音糊涂,既是对莫测的态度,更是对依样的顺从,实开后世郑燮"难得糊涂"之先声。其实,不仅元好问,大抵宋元之际的咏葫芦诗,多倾向于糊涂说,而且多与道释联系在一起。这虽然出于《后汉书》的故实,又实在是现实传奇的写实——像铁拐李、济公等散仙、散圣,游戏风尘,落拓市井,有哪一个不是与葫芦形影相随的呢?这些悬壶济世的道释,不仅以滑稽而高深的神化治人之病,同时也以装疯卖傻的糊涂治人之心。

盖糊涂又谐音福禄。

元 颜辉《李仙像图》 故宫博物院藏

"祸福无门,惟人自召"。"聪明反被聪明误",所以聪明人往往命薄,怀才不遇,自怨自哀,"天道宁论"!而糊涂人则"言寡尤,行寡悔,禄在其中矣"(《论语·为政》),随遇而安,乐天知命,所以往往多福。

亦步亦趋、述而不作地依样画葫芦，这在聪明才智之士是决不屑为之的，尽管他弄不明白"葫芦里卖的什么药"，也要按自己的意愿把葫芦改造成我所想要的样子。于是，大约从明代开始，便有了匏器的制作：将刚刚结成的小葫芦用内壁雕刻有图案文字的模版规范起来，等葫芦长大成形，拆去模版，便呈现为长的、方的、圆的、扁的、转弯曲折的形状，千奇百怪，根本不像是葫芦，表面还有"天然"的图案、诗文！尤其是康熙、乾隆年间，从宫廷到民间，都流行制作匏器，繁缛堆砌，鬼斧神工沦于绮靡淫巧。这种畸形的审美，作为文房的雅玩，"人心惟危，道心惟微"，可以概见之矣！

相比之下，近世葫芦画的艺术，相比于宋元的诗词、明清的匏器就温柔敦厚得多，实为彩陶之后得"民之初生"的大雅正朔。

吴昌硕《葫芦》

我一直不明白，为什么中古时期，咏葫芦的诗词不在少数，虽然大多不佳；而画葫芦的图绘却几乎不见，除了道释画中作为附着于人物的器物。但至少，从乾隆之后，葫芦作为中国画的一个重要题材就渐渐地流行起来，民国之后更臻于大盛。像金农、罗聘、吴昌硕、陈师曾、齐白石一直到朱屺瞻的作品，笔歌墨舞、酣畅淋漓，堪称中国画"画气不画形"的乾坤广大、日月悠长！

不过，金农、罗聘只画葫芦之实而不画其枝叶藤蔓，只是把宋元道释画中的点缀物提取出来作为单独的题材进行创作而已。真正"石破天惊"般地把葫芦作为一个专门的题材进行创作的，当以吴昌硕为嚆矢。他因得一古陶缶爱若头脑，故以"缶庐""老缶""缶翁"为号；而古陶缶正是由上古的葫芦崇拜抟土炼石而成的法嗣蕃衍——可见他于葫芦的因缘之深！其画风则由徐文长、李方膺行草书用笔的水墨大写意，演变成为篆隶书用笔的重彩大写意，不求形似而以气驭笔，雄深雅健、老辣苍劲、浑厚开张。而葫芦的自然生态，拔地铺天，纵横历乱，郁茂蓬勃，那种野蛮的生机气脉，恰好最适合于他的笔墨精神。

　　我们看世上的花卉，牡丹、荷花、水仙、兰花……既适合于工整细腻的描绘，也适合于粗放豪纵的抒写，"浓妆淡抹总相宜"。而葫芦，尤其一架满棚的葫芦，用工细的笔法虽可以描绘出它的形态，却绝对表现不出它绵绵无尽的气势。这就从侧面说明了为什么乾隆之前罕有以葫芦为题材的绘画；而吴昌硕之前，也罕有真正画得好的葫芦画。

　　从吴昌硕之后，葫芦成了中国画题材的一个大宗，但无论陈师曾、齐白石还是朱屺瞻，几乎都是吴昌硕的一家眷属、别无分号！笔下乾坤，壶中天地，除却缶庐无论壶！众所周知，女性多被喻之水，表阴柔卑下。然而，在上古的时代，却以火喻女性而以水喻男性。如《左传》中多次提到："水，火之牡也"，"火，水妃也"。"火之牡"即火（女）的丈夫，"水妃"即水（男）的妻子。吴昌硕的画风，高亢炎上，一扫柔美萎靡。则如火如荼的葫芦，除了"老缶"般"天地玄黄、宇宙洪荒"的风格样式，实在想不出还有哪一种形式可以包容得了它的文明圆美、温柔敦厚！

"舜华"何花

《诗经·郑风·有女同车》以"颜如舜华""颜如舜英"形容已为人妻的孟姜驻颜有术,与年轻的小伙子打情骂俏。因义思名,这个"舜"花一定是非常的水润娇嫩,吹弹即破。但"舜"究竟是什么花呢?一作"蕣",说明它是草本;义通"瞬",说明它的花期短暂,即开即凋。具体则据《说文解字》并段玉裁注:

> 舜,草也。楚谓之葍,秦谓之藑(草部曰:藑茅,葍也,一名舜,是一物三名也)。地生而连花,象形(生而二字,依尔雅音义补。舜,象叶蔓花连之形也)。从舛(亦状蔓连相向背之貌),舛亦声(舒闰切,十三部隶作舜,按此与草部蕣音同义别。有虞氏以为谥音者,尧高也,舜大也。舜者,俊之同音假借字,《山海经》作帝俊)。舜,华荣也(释言曰:皇华也。释草曰:蒚葟葋华荣。许华部曰:荣也。花部曰:草木华也。此云华荣者,累言之)。

又释"葍""藑"则提到:

> 郭云:大叶白花,根如指正白,可啖。按邶风笺云葑、菲二菜,蔓菁与葍之类也,皆上下可食。此根可啖之证也。
> 郭又云:葍华有花者为藑,藑葍一种耳。

说明这个草本的"舜"花是藤蔓类的植物。而藤蔓类的草本花卉,

朱屺瞻《牵牛花》

花期短暂且娇丽的则以牵牛花最为典型。所以明末清初的王夫之撰《诗经稗疏》，释"舜"花便直指为牵牛花。

然而，早在王夫之之前，汉代的《毛诗》注"舜华""舜英"，却认为是木槿花！"颜如舜华"，是讲此花的娇美，可是，《毛诗》又说木槿花是"恶花"！以木槿为"恶花"，这倒不是毛公的一家之见，而是千百年间华夏花品的共识，如明高濂的《燕闲清赏笺》便认为木槿为"花之最恶者也"，文震亨《长物志》也说："木槿，花中最贱……必称林园佳友，未之敢许也。"但为什么"最恶"竟然可以类比于美丽呢？毛公没有作出解释。或许因为"郑声淫"，所以要借木槿"恶花"来作贱"舜华"吧？

而更让人难以理解的是,"舜"的本字有草字头,故为草本,而木槿却是木本啊!草本怎么可以变为木本?木本又怎么可以说是草本呢?毛公同样没有作出解释。但后人从晋的郭璞到清的郝懿行却对之展开了论证,在《尔雅义疏》中,漏洞百出地为毛公打了完全不成其圆的"圆场"。

《尔雅》释草中无"舜"花,但有"木堇(槿)"。按《尔雅》的释草、释木,依据的并不是今天的草本、木本概念,而是以"地性生草,山性生木"为据,所以把灌木归于草类,木槿并非孤例。但"义疏"却认为,灌木的木堇就是蔓草的舜花。虽然,舜花为草本,但这个草本不同于一般的草本,而是"既得荣(草花)名,兼膺木号";而木槿这个木本也不同于一般的木本,而是虽有"木号"而得"荣名"!其强词夺理如此!

虽如此而尤未止,《尔雅义疏》进一步加强论证:《庄子》中的"朝菌夕晦,大椿千年",其实,"菌"就是木槿,以"菌、堇(槿)声近"也;而"椿"就是"舜"花,以"椿、舜声亦相近"。但菌则"朝生夕死",椿则寿考千年,"名虽同,即实乖矣"!两样完全不同的东西,怎么可能是同一个东西呢?朝菌与大椿如此,"舜华"与木槿亦然。一笔混账,真是真理越辩越糊涂了!

由于"舜"花是转瞬即凋的,现在,既然以木槿为舜花,所以,此后写到木槿的花期,便一律称之为"朝华暮落"。但事实上,到现实的生活中去观察木槿,含苞的不论,其花色总是有两种。早上,一种盛放,一种初绽——盛放的为昨天的"朝华",初绽的为今晨的"朝华";傍晚,一种萎敛、凋落,一种盛放——萎敛、凋落的为昨天的"朝华"、今晨的盛放,盛放的则为今晨的"朝华",要到明晚才"暮落"。这就证明,木槿的花期至少有两天,文献中的"朝华暮落"完全是张冠李戴。所以,近世《辞源》的编撰者释"木槿",显然觉察到古典文献中记其"朝华暮落"的不实,乃改为"朝

徐建融《牵牛花》

开暮敛"。但事实上还是不确,因为朝开的至暮根本未敛而是盛放,而且一直要到明晨!

再来看木槿花的颜色。一种朴质苍劲的老气横秋,绝无半点的水润娇嫩、吹弹欲破。这当然也是一种美,但更适合于形容劳动妇女之美,以之喻青春少女的明慧靓丽,实在是不着边际的。

其实,《毛诗》指鹿为马地以"舜"花为木槿是别有用心的。究其本意,是因为以"温柔敦厚"为诗教而"恶郑声淫",所以斥"颜如舜花"的孟姜实为"老菜皮"的"木槿",一如以"狗熊"讥讽所谓的"英雄"。而后世的学者不明其用意讥刺,强为之圆场,实在是露出了更多的马脚。而王夫之以之为牵牛花,不仅与许慎及段玉裁的《说文解字注》相吻合,更有两个另外的旁证。

其一,历代咏木槿的诗词虽不多,但也还找得到二十多首。自东晋至元代,没有把它认作"舜"花并喻为美人的;有之,则始于明代,盖小学家们的冷僻见解,为明代以降好奇尚怪的诗客文人所

徐建融《木槿花》

渐渐知晓。如《咏花古诗千首》收入十二首,元之前十一首皆不与"舜华"美人;仅明陆深《白木槿》有"曾闻郑女咏同车,更爱丰标澹有华"句。《历代名家咏花词全集》仅收清叶申芗《清平乐》一阕,有"比似红颜多命薄,休怨朝开暮落"句。而牵牛花虽也不是名花,但古人对它的歌咏远超过木槿,且多赏其楚楚可怜的娇嫩并以喻年轻的女性,如"楚女雾露中"(梅尧臣),"晚卸蓝裳著茜衫"(杨万里),"杂艳媚如斯,浅碧娇无比"(叶申芗),"更萧娘斜簪翠鬟,绿么颤凤禹珠箔"(姚燮),等等。梅尧臣的诗中还特别提到"采之一何早……持置梅卤间,染姜奉盘羞……恼翁牙齿柔。齿柔不能食,梁肉坐为雠",可与《说文》相印证,古代时,人们确实是把牵牛花当作一种食材的。

其二,众所周知,日本文化传自中国文化,在某些方面,甚至比中国本土更保存了传统的原汁原味。它们的牵牛花,被命为"朝颜",其义与"舜华之颜"何其相似?而其读音"(阿)撒卡(喔)",与"舜华"的读音"撒卡",更是若合符节!显然,当牵牛花之名"舜华"传到日本,为了突出其"瞬"间的美丽主要是在"朝"间,所以用同音的"朝颜"替换了"舜华之颜"。

回过头来,再看邪恶就是美丽、木本就是草本、夕晦就是千年的"舜华"木槿说,其不明觉厉,虽然可与知者道,实在是难与俗人言也。苏轼讥扬雄的《法言》《太玄》为"以艰涩之词,文浅易之说……便谓之经,可乎"?苏辙则认为:"传疏之学横放于天下……而圣人之说益以不明。"郭璞、郝懿行们的"学问"便是:只要把事情弄混淆了,便意味着在高层次上把事情讲清楚了。这一思路,在今天的学术界倒也是颇为流行的。记得20世纪80年代,陆俨少先生对某专家一篇八万字长文的评价:"这人的水平实在太高了!这篇文章我已经看了三遍,每次都是看到第二页就看不下去了,实在不明白他在讲什么。"昔人言:"曾见郭象注庄子,识者云:却是庄子注郭象。"毛公释舜华,郭郝疏木槿,此之谓欤?

阳春白雪　玉树临风

尽管"杏花春雨江南"的诗句千百年来脍炙人口，李可染先生还曾以此为题，将一片江南的早春二月画得水灵灵的恍惚迷离、空濛淋漓。但事实上，杏花主要栽植于西北的干旱之地，在江南，仅作为观赏植物在园林中偶有种植。所以，江南民谚排比一年的花事，虽以"二月"（农历）归于"杏花"；但现实生活中，在江南，尤其是上海，早春最招摇喧闹的花品并不是杏花，而是玉兰，又称白玉兰。

每年惊蛰刚到，春寒依然料峭，公园中、小区里、行道边，一树一树的玉兰花便突然地舒展苞蕾，无数支木笔在十几二十米的高空，熙熙攘攘、争先恐后地生花如玉，凝脂停云，绽放在蓝天的背景上，沐浴在阳光的明媚里，热情洋溢着约略半个月的时间才香消玉殒。而春天的温暖，也彻底地告别了乍暖还寒而遍满人间了。据我所知，以天幕为背景坦陈花容而无须绿叶衬托的花品仅有两种，一种是广东的木棉花，另一种便是江南的玉兰花。如果不是有宋祁的"红杏枝头春意闹"在前，玉兰花实在是更当得起"白玉枝头春意闹"诗意的。虽然，白色似雪，玉色如冰，故任何白色所给人的审美感受，都倾向于高冷、清淡的一面，然而，玉兰，而且只有玉兰却不然，它的阳春白雪所给人的审美感受绝不只是高冷、清淡，而是兼含热闹、酣畅的"白、富、美"。

玉兰是上海的市花。我多次讲到，上海的城市精神，可以从"大

明　文徵明《白玉兰图》　美国纽约大都会艺术博物馆藏

上海，小市民"窥见之。在全世界，除了上海，没有任何一座城市有资格在市名的前面加一个"大"字；也没有任何一座城市的主体市民，可以在它的前面加一个"小"字。从这一意义上，玉兰作为上海的市花，实在是再合适不过。群芳谱上，没有任何一种花品能像玉兰这样既冰清玉洁的高冷，又绚烂喧闹的热情。"致广大，尽精微"的城市精神，与极高冷、倾热情的城市花品，互为诠释、交相辉映如此！

文徵明《玉兰》诗云：

> 绰约新妆玉有辉，素娥千队雪成围。
> 要知姑射真仙子，欣见霓裳试羽衣。
> 影落空阶初月冷，香生别院晚风微。
> 玉环飞燕元相敌，笑比江梅不恨肥。

把玉兰比作杨贵妃的"霓裳羽衣"，是一个慧眼独具的发现，不仅为玉兰找到了最佳的形象代言，也为贵妃找到了又一个花品的比拟。世以杨贵妃为"解语花"中的牡丹，国色天香、雍容华贵，这当然是不错的。但这只是贵妃醉酒于沉香亭畔的羞花态度；如若拟贵妃出浴华清池边的凝脂风韵，则当非玉兰莫属！

玉兰玉环,燕瘦环肥,天下竟有如此的巧合!在所有的花卉中,玉兰,包括它的同科广玉兰,其花瓣不仅大而且是最肥厚的,如羊脂玉般的丰腴。真所谓"态浓意远淑且真,肌理细腻骨肉匀"(杜甫《丽人行》)!因为丰肥,所以,高濂《燕闲清赏笺》认为"其瓣择洗清洁,拖面麻油煎食";而且,"牡丹新落瓣亦可煎食,蜜浸"——虽秀色可餐,只是我从来没有试过。

玉兰是我国的原产,但不知作为观赏花品的栽培始于何时?一说即上古文献中的"木兰",包括李时珍的《本草纲目》也是这样认为的。我以为殊不确。因为,古代文献中的木兰,如汉司马相如的《上林赋》记"华枫枰栌,檗檀木兰",《长门赋》记"刻木兰以为榱兮,饰文杏以为梁",晋潘安的《西京赋》记"门磁石而梁木兰兮,构阿房之屈奇",都是指"长千仞,大连抱"的直干巨木,所以可以用于建筑大木作的梁榱构材,而不言其花色可爱。显然,它与观赏花木的玉兰绝非同一物种。《辞源》"木兰"条以为"木名,又名杜兰、林兰,状如楠树,质似柏而微疏,可造船",完全正确;但接下来又说"叶大,晚春先叶开花,皮、花可入药",则是受《本草纲目》的误导,把它当作白玉兰了。其实,古文献中用于建材的木兰,不仅不是赏花的玉兰,也不是"状如楠树",而应该就是楠

唐　周昉《簪花仕女图》中的辛夷花　辽宁省博物馆藏

树的一种。因为，楠树为樟科常绿大乔木，高可三十余米，树干通直而木质疏松，易于加工，所以先民多用它挖作独木舟，即所谓"可造船"。包括"刻为榥"，也是因为汉代筑上林苑，四方进献的木兰即楠树有不能成活的，所以用它作了梁橡。清曹溶《倦圃莳植记》认为："且古有木兰舟，为鲁班所造……今之玉兰，能具舟楫泛波涛乎？"也可作为我见的佐证。

目前所知最早开始玉兰花观赏的，应该是唐代。不过不是白玉兰，而是紫玉兰，即辛夷。二者同科，都是落叶小乔木，花形相似而稍瘦，花期相近而略迟五六天。且玉兰先叶开花，一朵九瓣；辛夷则且叶且花，一朵六瓣。今天的白玉兰有六瓣的，系辛夷的变种；而紫玉兰有九瓣的，则为玉兰的变种。

唐代的诗人于紫玉兰多有歌咏，王维、裴迪、韩愈、白居易、卢肇、元稹、李群玉、庾传素等，留下了不少的篇什，却没有一首咏白玉兰的。图画中，则有周昉的《簪花仕女图》卷传世，最后一位仕女的背景便是湖石嶙峋旁丛茁花色正艳的辛夷。一直到宋代文艺鼎盛的"花花世界"，"粉饰大化"而"文明天下"，依然未见诗人画家对白玉兰加以青眼。或以吴文英的《锁窗寒·玉兰》词为孤例：

绀缕堆云，清腮润玉，汜人初见。蛮腥未洗，海客一怀凄惋。渺征槎、去乘阆风，占香上国幽心展。□遗芳掩色，真恣凝澹，返魂骚畹。

一盼。千金换。又笑伴鸱夷，共归吴苑。离烟恨水，梦杳南天秋晚。比来时、瘦肌更销，冷薰沁骨悲乡远。最伤情、送客咸阳，佩结西风怨。

但窃以为，除了首句，整阕所写似乎更像是楚骚九畹堪为佩的兰花。姑存疑。

唐代的辛夷是玉兰家属的"有女初长成"，经过改良，进入明代，终于出落得亭亭大方，得到高雅阶层的普遍关注。不仅江南园林中多有栽植，如《长物志》便把它排在"花木"的第二席，仅次于牡丹、芍药，以为："宜种厅事前，对列数株，花时如玉圃琼林，最称绝胜。"《燕闲清赏笺》则排在"牡丹、芍药、建兰、菊花四种"和"瓯兰花三种"之后，居第三席，足见已备受重视了。至于辛夷，

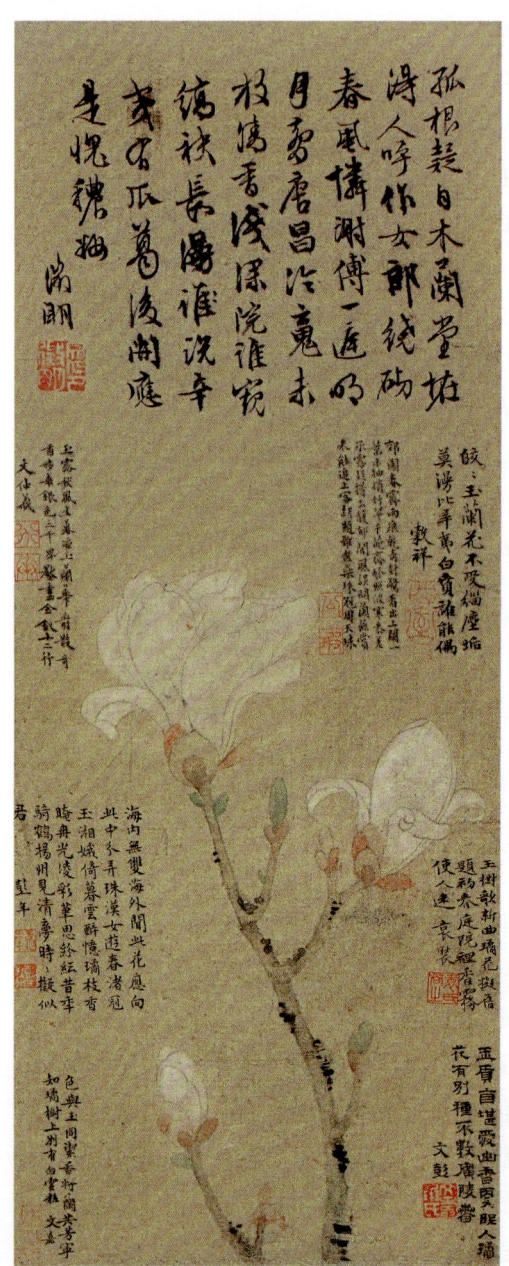

明 文徵明《玉兰图》 朵云轩藏

则被斥为"不堪与玉兰作婢"!青出于蓝后竟数典忘祖、过河拆桥,把改良所自的母本弃如敝履。虽不免薄倖,但从此之后,唱玉兰、画玉兰的作品便一天一天地多了起来,尽其"白、富、美"的仪态万千。前列文徵明的诗之外,不妨再举清志钧的《一枝春》词为例:

> 玉树亭亭,趁东皇、第一暗香吹透。花期乍数。酝酿好春如酒。梨云净对,试分较、燕环肥瘦。爱迎入、满园韶光,不绾锦屏鸳纽。　　临风素妆依旧。岂湘兰采罢,簪来红袖。冰姿雪貌,恍认蕊宫仙耦。瑶台梦醒,算赢得、胆瓶消受。怜昨夜、见妒封姨,问君惜否。

图画则从文徵明、陈淳、陈洪绶到八大山人、石涛、吴昌硕等,代有高手。但由于大多写的是折枝,所以虽得其清冷高洁,却未得其热闹温润,给人的印象,似乎是超尘脱俗,而忘怀了它与海棠、牡丹是合为"玉堂富贵"的"执鞭亦为"。据朋友发来图片,说是美国大都会艺术博物馆藏有文徵明的一件《玉兰图》长卷,是写的繁枝横斜,枝干上满缀了含苞的、欲开的、初绽的、盛放的花朵。但因为笔墨平平,实在不能传达出"素以为绚"的高冷热闹。相比之下,还是原藏朵云轩的文氏《玉兰图》小轴,虽不过一枝三朵,却以笔精墨妙,极其清隽腴润之致,一时如周天球、王谷祥、彭年、文彭、文嘉等纷纷在画心题咏累累,称得上是玉兰画史上的一件铭心绝品。

近世张大千、贺天健等所画玉兰,也多取折枝而作逸品,花简意淡,格在"晕形布色,求物比之,按形得之,似而效之,序而成之"者之上。尤其是贺天健,不是像张大千那样的无所不能,他是以山水名世的,很少画花卉。但偶有所作,必给人以"出新意于法度之中,寄妙理于豪放之外"的惊喜。盖如陆俨少先生所说,山水画的创作,对笔墨把握的要求更高于花鸟,所以,优秀的山水画家跨界花鸟,如握五千兵而赴只须三千兵的战事。但即使如此,于玉兰的光辉之

贺天健《玉兰图》

徐建融《霓裳羽衣》

美依然未能满意。

得高华光辉之美的玉兰画,当推于非闇的《玉树临风图》。石青的背景,熠熠着蓝宝石般的辉煌;一树玉兰,皎洁似雪,烂漫恣肆地纵情开放;两只黄鹂栖息飞鸣其间,声色并茂,极富丽堂皇之致。只是从中国画气韵生动的要求,总觉得装饰的"匠气"稍重了一些,致使笔墨的风雅有所不逮。

相比之下,我更欣赏齐白石的玉兰画。传世作品既有折枝的,也有全株的、繁枝的。虽皆逸笔草草、超以象外,而玉润雪暖、天真烂漫,洋溢出淳朴的热情。如果说,于非闇笔下的玉兰花是长在禁苑深闱中的;那么,齐白石笔下的玉兰花便是如今天的上海,长在马路行道边、居民小区里的。借苏轼《和王胜之三首》诗中的"不惜阳春和俚歌",在老人的笔下纸上,高贵和通俗,共沐春风万里馨!

动物

春江水暖鸭先知

竹外桃花三两枝,春江水暖鸭先知。
蒌蒿满地芦芽短,正是河豚欲上时。

苏轼的这首《惠崇春江晚景》诗千百年来脍炙人口,尤以"春江水暖鸭先知"被作为冬寒尽褪的标志性形象。但清代,却引起了毛奇龄的质疑。有一次,他与汪蛟门论宋诗,汪举此句以为"不远胜唐人乎",毛答:"水中之物皆知冷暖,必以鸭,妄矣。"一时传为笑谈,而王渔洋、袁子才乃讪毛言为"定该鸭知,鹅不知耶?"钱锺书先生《谈艺录》以为:"是必惠崇画中有桃、竹、芦、鸭等物,故诗中遂遍及之……西河(毛奇龄)未顾坡诗题目,遂有此灭裂之谈。"又补订:"盖东坡此首前后半分言所画风物,错落有致,关合生情。然鸭在画中,河豚乃在东坡意中:'水暖先知'是设身处地之体会(mimpathy),即实推虚,画中禽欲活而羽衣拍拍;'河豚欲上'则见景生情之联想(association),凭空生有,画外人如馋而口角津津。诗与画亦即亦离,机趣灵妙。"极是。

这里需要补充指出的是,不仅在惠崇的图画中,就是在江南的现实生活中,江水、河水、溪水、塘水的冷暖分界,确实也是以"鸭先知"的。虽然,只要是水禽,鸭也好,鹅也好,一年四季,冬去春来,未尝一日离于水,则于水的冷暖,必以鸭为先知,而不能鹅先知,岂不妄乎?实在这里的"鸭"并非成鸭,而是指乳鸭。成鸭

南宋　马远《梅石溪凫图》故宫博物院藏

成鹅，于水的冷暖，所知无先后；但乳鸭雏鹅，于水的冷暖，所知约相差二十来天。

江南谚云"鸡正鸭二鹅三"，意谓鸡在一月（农历）下蛋，鸭在二月，鹅在三月（实在二月下旬）；而鸡蛋孵化为小鸡约十八天，鸭蛋孵化为乳鸭约二十天，鹅蛋孵化为雏鹅不到二十五天。所以，乳鸭的出生在三月，雏鹅则要到四月，故于水的冷暖，乳鸭一定是先于雏鹅的，而且为一切水禽中之最早。

惠崇以画"江湖小景"著名，所谓"江湖小景"也即描绘洲渚水乡，

108 | 动物

南宋　佚名《溪山春晓图》　故宫博物院藏

春江水暖鸭先知 | 109

鹅鸭雁鹭游栖飞集的潇洒虚旷之象,有春、夏、秋、冬四景之别。其传世作品今天还能见到的有若干,但这幅《春江晚景图》却未见。据我的揣测,画面上除钱锺书先生所述的物象外,当还有乳鸭——或许钱先生所举的"鸭"中就包含了成鸭和乳鸭。现藏故宫博物院的马远《梅石溪凫图》倒是与苏轼的描绘十分相近:山居村野的溪塘一角,花影曲折,溪水清漪,一群母子鸭正游戏追逐于水面上,有的乳鸭依偎在母鸭胸下,有的乳鸭骑到了母鸭的背上,十分自然生动。只是没有芦、竹两物。江南又有谚云:"正月梅花,二月杏花,三月桃花。"乳鸭的孵出并下水既在三月,则画中的花影当为桃花;如果是梅花的话,鸭蛋还没有生下,何来乳鸭下水?如果有乳鸭的话,溪水里还结着冰,如何经得起寒冷?故知旧题"梅石溪凫"有误,当为"桃石溪凫"。

惠崇以画著名,但他同时还长于作诗,是宋初的"九诗僧"之一,九僧分别为希昼、保暹、文兆、行肇、简长、惟凤、惠崇、宇昭、怀古。但奇怪的是,与他们生活在同时而稍后的欧阳修竟说:

> 国朝浮图以诗名于世者九人,故时有集号《九僧诗》,今不复传矣。余少时闻人多称之。其一曰惠崇,余八人者忘其名字也。……今人多不知有所谓九僧者矣。

这就难怪同时的刘原父要嘲弄"欧九不读书",而清代的阎若璩要认为"学术之陋,亦无过公(欧阳)"了。但仔细想想,今天的我们,可以轻易地百度出九僧的姓名、行状及其诗作,是否就能证明我们的"学术之富,甚于公"呢?在我看来,九僧的诗,包括欧阳修所例举的几句"佳句",实在并不怎么样,忘记了他们和它们,可以省出不少的心力去记住更重要的人和事;而记住了他们和它们,反浪费了不少心力,以致无法关注更重要的人和事。

文莹《湘山野录》记:

宋九释诗惟惠崇师绝出,尝有"河分岗势断,春入烧痕青"之句,传诵都下,籍籍喧著。余缁遂寂寥无闻,因忌之,乃厚诬其盗。闽僧文兆以诗嘲之,曰:"河分岗势司空曙,春入烧痕刘长卿。不是师兄偷古句,古人诗句犯师兄。"

依我之见,诗的佳不佳,根本不在是不是"偷古句",而在有无诗才。有诗才者,虽"偷古句"而能为我所用,往往令人击节,如王安石的"春风又绿江南岸"之于李白的"东风已绿瀛洲草";无诗才者,纵"务去陈言"而独出机杼,也一定乏善可陈。

事实上,艺术上这种移花接木的创作方法,不仅在诗歌中颇常见,在绘画中也有不少成功的例子。如敦煌莫高窟220窟的《维摩诘经变》中,便偷了《历代帝王图》中的一个形象;张大千《高士图》的创作,也常从孙位《高逸图》中"窥陈编而盗窃"。孔乙己说:"窃书不能算偷。"这句话的本意,是讲学术为天下之公器,所以,别人书中、画中的某一段落、某一形象,我把它"偷"来据为己有理直气壮。不过,在讲究"原创",讲究"知识产权"的今天,就需要我们对这一传统的文艺创作方法作慎重的重新考虑了。

作为诗人的惠崇,远没有作为画家的惠崇来得成功。这关系到文艺创作中的又一个方法,即"交叉互补"。他所开创的"江湖小景"画派,便是以介于山水画与花鸟画之间的"交叉画科"而风靡画坛的。钱锺书先生曾以一个"西方旧谑"为近代以来所流行的文艺交叉探索作过提醒:

有士语女曰:"吾冠世之才子也,而自憾貌寝。卿绝世之美人也,而似太憨生。倘卿肯耦我,则他日生儿,具卿之美与我之才,为天下之尤物可必也。"女却之曰:"此儿将无貌陋如君而智短如我,既丑且愚,则天下之弃物尔。君休矣。"

钱松喦《春江水暖图》

徐建融《仿宋人江湖小景》

但江湖小景的诞生，算得上是山水、花鸟联姻的"两美相得"。前文讲到惠崇留存至今的小景画，未见苏诗题咏的《春江晚景图》，但挂在他名下的春景倒是有一件的，而且还是一个长卷，即故宫博物院所藏的《溪山春晓图》。画面上，碧水两岸，桃花盛开，垂柳摇曳，水禽飞息。画法缤纷浓丽，与其他几件小品的淡宕清空迥不相侔。所以，基本上没有人认为这是一件宋画，或以为是明人的作伪。但从画面上的印鉴、题跋以及文献的著录，证明它从元以来便流传有绪，绝不可能是明人所伪。

对这件作品的看法,我曾对故宫博物院杨新兄谈过门外的意见:古代艺术品的保护,自古至今主要有两种方法。一是复制,我称作"优孟衣冠"。无论古代的人工也好,今天的科技也好,复制品与原作达到几乎没有分别,在原作并存的情况下"下真迹一等",在原作湮灭的情况下"作真迹替身"。但优孟所扮的孙叔敖,头面是孙叔敖,胎骨却是优孟。

另一是修复,我称作"整容"。今天的修复强调"修旧如旧",也即"整容复原",使孙叔敖达到"起死回生"。古代的修复则往往沦于"整容变相",濒死的孙叔敖虽然活过来了,但已经面目全非。就像云冈北魏的石雕,敦煌盛唐的彩塑,泰山天贶殿北宋的壁画,个别作品经过了清人的修复妆銮,哪里还像是北魏、盛唐、北宋?但这不像的只是头面,其胎骨确确实实还是北魏、唐、宋。惠崇的这件《溪山清晓图》与明人的关系,当也属于"整容变相"。

据陈巨来所述,有一次某朋友从张大千处得一白描人物精彩绝伦,念念不忘,于是倍价请朋友割爱。朋友拿出大千的作品,白描已变成了重彩!是真所谓"眼睛一眨,老母鸡变鸭"。可见,"整容变相",不仅见于古书画的修复,也有施诸新作品的润色的。则"春江水暖","先知"者亦由"鸭"变"鹅"矣!或更准确地说,是未脱换"鸭"的胎骨,却改换成了"鹅"的头面。

稻花香里说蛙声

每年的8月，即使过了立秋，酷暑依然甚至愈烈，离真正的入秋还有很长的日子——过去说是处暑，现在起码要过白露。所以，杨尔教授每邀我于此际至浙南山中避暑。白天在海拔五六百米的山上活动，不用空调、电扇，居然清凉无汗、舒适宜人。晚饭过后，间或驱车山下散酒，在山脚的水田边，下车漫步田埂间，夜色渐浓，暑气稍退，稻花正香。唧唧咕咕的虫声此起彼落，一种喧嚣的静寂，让人体味到天籁所独有的妙曼。

俯身拂检稻穗，嗅其清新，虫声动听近看无。二三十岁时十年务农的生涯慨然涌上心头，只是当年艰辛困苦，如今却是悠闲惬意。自然而然的，辛稼轩的《西江月·夜行黄沙道中》脱口而出：

明月别枝惊鹊，清风半夜鸣蝉。稻花香里说丰年，听取蛙声一片。七八个星天外，两三点雨山前。旧时茅店社林边，路转溪桥忽见。

这首词，许多偏向于"典雅"的"宋词选"是不选的，如俞陛云的《唐五代两宋词选释》、朱彊村的《宋词三百首》（唐圭璋笺注）等，因为它显得"下里巴人"，似乎难登大雅之堂。可是，至迟从六十年前开始，在胡云翼先生编注的《宋词选》里，它却以鲜明而朴实平易的"人民性"，与稼轩的其他几阕爱国主义豪放词一起，成为辛词中的经典之一而脍炙人口，甚至相比于其他几阕，还更为

徐建融《稻花香里说丰年》

人们耳熟能详，口脱能诵。其中，堪称"词眼"的点睛之句，便是"稻花香里说丰年，听取蛙声一片"。

"稻花香里说丰年"的主语，旧释社林中的村民，我以为不然。因为，"社林"在词里要到最后才刚刚见到。所以，当为稼轩与他的同伴一路行走时的一路谈论，抑止不住内心的喜悦；"听取蛙声一片"，则是田间的蛙声似乎在为他们"丰年"的交流伴奏，同时又是赞同的呼应。一种丰收的预兆，实在是太写实了！而此情此景，与我和杨教授的此时此刻，不正是同一况味吗？

但是，不知从什么时候开始——至少，1961年胡云翼先生编注《宋词选》的时候还没有——有人提出，"蛙声一片"应该是在播谷的早春，而不可能在盛夏初秋的"稻花香里"。因此，这一句的前半虽为写实，后半却不是写实而是写意，是由眼前的即景，推想几个月后丰收的预景，于是又回想起几个月前播谷时的往景，庶使往景、即景、预景打成一片。

此说不无道理。

惊蛰一过，百虫出动。春分前后，乡间开始耕水田，播谷种。而各种蛙类从冬眠中苏醒过来，亟需补充饮食，又当繁殖盛季，所以，

刚刚翻松的水田便成为他们觅食、求偶、产卵的"欢乐谷";尤其是求偶的冲动,必须连续不断地高声鸣叫以炫耀自己,吸引佳偶。所谓"如何农亩三时望,只得官蛙一饷鸣"(宋王令《和束熙之雨后》)。由于这一时期的其他鸣虫尚在孵化之中,即使孵化成虫亦尚未长成,所以都不以鸣唱擅长,致使天籁之音几乎独蛙一家而别无分号,至有"两部鼓吹"之誉。

然而,到了盛夏初秋,青蛙早已过了繁殖期,不再需要大喊大叫地鼓噪,用美妙的歌声吸引异性了。此际的它们,所需要的是大吃大嚼以贮备体能,准备入秋过冬。而各种鸣虫却正值生命的最盛期,亟需找到配偶交配产卵,完成自己的使命,到了深秋就可以不带遗憾地告别这个精彩的世界。所以,此时高歌欢唱以燃放体能的,只能是"不可语冰"的夏虫,而不可能是正为冬眠作准备的蛙类。

不过,我们小时候所见江南农村的田间蛙类大致有三种。一是众所周知的青蛙,是蛙类中的最美,叫声"呱呱呱"地高昂洪亮,播谷时的两部鼓吹,我们所听到的声音主要就是它们所发。二是蛤(ha)蟆,即蟾蜍,虽贵为广寒宫中陪伴嫦娥的仙物,却是蛙类中最丑的,所以又称"癞蛤蟆",沪语则称"癞疙疤";它们大多数情况下是闷声不响的,偶发"咕咕咕"的低沉之声。三是蛤(ge)端,这个"端"字是沪语的读音如此,具体怎么写还真不知道。在农村的蛙类中,它的数量应该是最多的,因为没有人会捕捉它们。个头只有拇指大小,土褐色,简直就像一小块土疙瘩——也许,它的名字"蛤端"便是疙瘩的转音?在蛙类中,它可能是唯一从早春到秋深,无论繁殖期与否,都在不停地通宵歌唱者。只是声响"咽咽咽"地细弱暗哑,几无美妙可言,所以不太引人注意。韩愈《杂诗》"蛙黾鸣无谓,阁阁只乱人"中的"蛙黾",或即"蛤端"也未可知?"阁阁"与"咽咽",用字虽不同,形声则一;"鸣无谓"也即缺少热情,不知为何而鸣,所以不动听,其义亦一。

但沪剧《芦荡火种》中,有一段"芦苇疗养院"的唱词专门提到"蛤端",却是十分动听的,20世纪60年代时遍传上海包括江浙的乡村城镇,我至今还能一字不差地哼出来:

芦苇疗养院,一片好风光……月明之夜,秋虫歌唱。静静听来味道好,虫儿好几样,赛过大合唱。听:瞿瞿瞿,蟋蟀(读saijie)叫;敲敲敲,纺织娘;塞铃铃,唧蛉子;咽咽咽,田鸡蛤端叫得响。小王啊!双目一闭把精神养,养好精神上战场,去打败小东洋!

这段唱词优美而又豪迈地再现了当年辛稼轩"夜行黄沙道中"时在"稻花香"里所听到的天籁之音。这里的"田鸡"即青蛙,它的叫声并不是"咽咽咽"而是"呱呱呱"的。可能因为这个季节的青蛙只是偶尔地发出无目的的一声两声,所以词作者便把它的音响特色忽略过去了。"咽咽咽"则是"蛤端"的叫声,在唱腔中至少被拖长到六个音节以上而不是三个,把它连续不断一直要到清晨才歇下来的音响特色,活灵活现地写实了出来。乃知"蛙声一片",并不是青蛙的充满激情的求偶之声,而是"蛤端"不紧不慢、不停不歇的敷衍之声。

虽然，夏秋之交的月明之夜，芦花荡里也好，稻花香里也好，"夜总会"的天籁之音除了包括青蛙尤其是"蛤蟆"的蛙类，更有众多"不可语冰"者的共同参与。但稼轩的即景写实，却不可能像"芦苇疗养院"那样地细数，把每一位登场的"演员"——记录下来，而只能记下"农民最好的朋友"蛙类。于是，一场众多鸣虫的大合唱，便变成了似乎只是"蛤蟆"的独唱音乐会。这就难免要引起有人的不满了。

事实上，"蛤蟆"的鼓噪，尤其在这场大合唱中，相比于蟋蟀、纺织娘、唧蛉子等的清脆美妙、精彩纷呈，既不响亮也不悦耳。如果说，蟋蟀们所分担的是全场的主题演唱，那么，"蛤蟆"不过是为每一个主题的演唱者作一成不变的伴奏而已。什么主题呢？当然是讴歌丰收在望。如果是这样，则"稻花香里说丰年"竟不是稼轩和他的朋友在说，而是众多的鸣虫在欢唱着诉说？如此，这阕《西江月》的上片四句，从鸟声（惊鹊）写到蝉声，再从众多的鸣虫声写到蛙（蛤蟆）声，实在并没有掺入人事，而是把天籁之音的全部参与者一网打尽在里面了？

"诗无达诂"，则"稻花香里"的蛙声，如上四释，质之杨教授，又以为如何？教授莫对，夜如幕垂。但闻四野虫声唧唧、蛙（蛤蟆）声咽咽，如送我们驱车还山。

坐听蛙声梅雨中

一、坐井观天

"坐井观天"又名"井底之蛙",是一个现代寓言。说的是一只青蛙生活在一口废弃的浅井里,或游泳水中,或栖息土堆,怡然自乐。有一天,井坎边飞来一只小鸟,青蛙便问它从哪里来;答从天边飞来,飞了好几天才到这里喝口水。青蛙大惑不解:天不就井口那么大吗?用得到飞几天吗?小鸟告诉它天是无边无际的。

这个现代寓言,出于两个历史的典故。

其一为韩愈《原道》中的"坐井而观天,曰天小者,非天小也"。但这里既没有说坐观的主角是青蛙,而不是小狗、小猫或水獭,更没有青蛙与小鸟的对话。

其二为《庄子·秋水》,说的是一只青蛙生活在浅井中,有一天一只海龟爬到井口,青蛙向它炫耀井中浅水的其乐无穷,并邀请海龟下井一起分享。海龟刚把右脚跨入井坎便被卡住,赶快抽身而退,并告诉青蛙自己所生活的海洋是何等的广大。在这里,青蛙所交谈的对象并不是小鸟而是海龟,所交流的内容也不是观天而是戏水。其所寓言的,与河伯和北海若的对话是同样的意思。

显然,井底之蛙的现代寓言,是借用了韩愈的金句而借鉴了《庄子》的内容,使之变成了一个新的故事。

事实上,韩愈的金句虽未明言"坐观"的主体是蛙黾,但即使没有《庄子》的寓言,它也非蛙黾莫属,而不可能是犬,是猫,是

徐建融《蛙》

水獭。

汉焦延寿《易林》"剥·大过·升"有"虾蟆群坐,从天请雨,云雷疾聚,应时辄下,得其愿所"句。钱锺书先生《管锥编》极赏其"坐"字之妙,曰:

> "坐"而"请雨",更包举形态。"坐"字虽可施于虫鸟,如《古乐府》:"乌生八九子,端坐秦氏桂树间",杜甫《遣闷戏呈路十九曹长》:"黄鹂并坐交愁湿。"又《见萤火》:"帘疏巧入坐人衣。"李端《鲜于少府宅看花》:"游蜂高更下,惊蝶坐还起。"然皆借指止息而已,犹曩日英语之以"sit"(坐)通于"set"(下止)也。唯谓蛙为"坐",现成贴切。何光远《鉴戒录》卷四载蒋贻恭咏虾蟆诗有云:"坐卧兼行总一般";《类说》卷六引《庐陵官下记》载一客作蛙谜试曹著云:"一物坐也坐,卧也坐,立也坐,行也坐,

走也坐"（冯梦龙《黄山谜》载蛙谜作"行也是坐，立也是坐，坐也是坐，卧也是坐"）。盖"坐"足以尽蛙之常、变、动、静各态焉。

按"坐"，专指哺乳动物臀部着地支撑身体重量的一种动作姿态；于人则于臀部着地之外，也指双膝跪地而把臀部靠在脚后跟上的姿式。《礼·曲礼》上："先生书策琴瑟在前，坐而迁之，戒勿越。""疏"："坐，跪也。"但如果臀部不靠脚跟，跪就不能称为坐。据此，虫鸟的"坐"只是"坐落"而不是"坐姿"，钱先生所论极是。但他认为"坐"姿足以包举蛙之一切动作形态则未必，如跳跃、游泳便不属于"坐"。但无论如何，在一切能坐的动物中，几乎百分之九十的动作都呈现为"坐姿"的，非蛙龟莫属。"坐井观天"这个金句，虽没有明言坐观的主角是蛙但却从没有人怀疑它不是蛙，原因应该正在于此吧？如果说"立井观天""卧井观天"，其主角究竟是谁就不能确定了。令人不解的是，钱先生博闻多识，连冷僻的书证都例举了出来，竟漏掉了韩愈的《原道》。

二、奄有四方

蛙龟是每一个农村出身的人孩提时的回忆，自然也是中国农耕文明"孩提"时的回忆。

在三代青铜器的铭文中，多见一个上"大"下"黾"（一作上"穴"下"黾"）的符号。作为图像化的文字，上"大"象形一个伸臂张腿的人（上"穴"则为"大"的舛写），下"黾"则象形为一只肥胖的蛙，这些都是没有疑义的。但这个字的含义究竟是什么呢？宋人释"子孙"，闻一多先生以为"其妄不足辩"；罗振玉释"子黾"、郭沫若释"天鼋"、孙海波释"大黾"，闻一多均不甚满意。他综合了多种铭文实例和文献典籍，认为"大黾"即为"奄"字，而"奄"

青铜铭文中的"大黾"

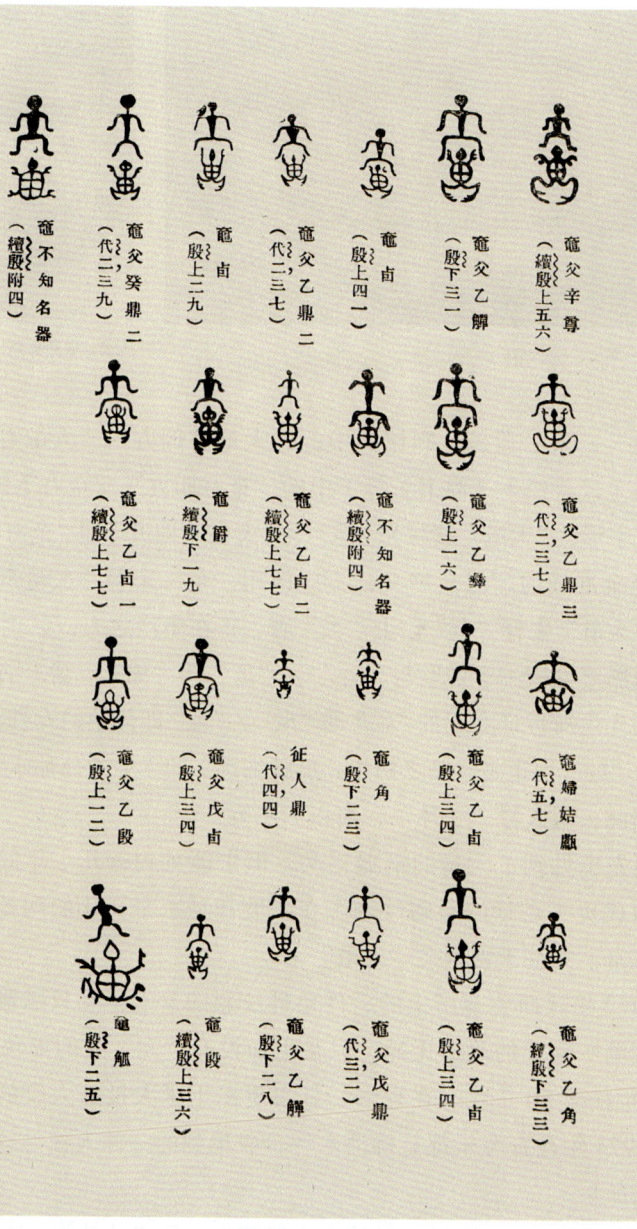

鱼蛙纹彩陶盆

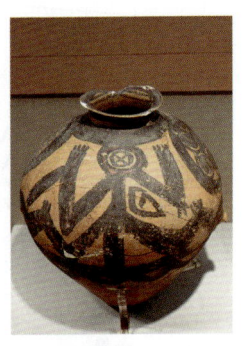

人像蛙纹彩陶壶

通"掩",表示覆盖,则铭文中的"大黾有四方""大黾有下国"即经典(《诗经》《尚书》等)中的"奄有四方""奄有下国"。

从字形,"大黾"被写为"奄","大黾有四方"即"奄有四方",这是完全准确的。但从字义,不应该用"奄"来释"大黾",而应该用"大黾"来释"奄"。上"大"者,正在生产之人;下"黾"者,刚刚脱胎之娃——"娃"与"蛙"、"黾"与"绵",皆一音之转,诚如闻先生所考证女娲的"娲"即"瓜","瓜"即怀孕的女性。则"大黾"为"娃"不正是"民之初生,瓜瓞绵绵"的"子子孙孙永无穷尽"吗?据此,宋人释"子孙",窃以为不妄。

闻先生见到了大量的铜器铭文,但未能见到近几十年间陆续出土的时代更为邈远的彩陶纹饰。在半坡和马家窑文化的陶器中,蛙纹之丰富,尤甚于青铜之"大黾"。

1972年陕西姜寨出土的一件鱼蛙纹彩陶盆上,一只蹒跚的大蛙与"大黾"铭文的象形无异,只是上面没有"大"人的形象。20世纪70年代至80年代,在青海、甘肃更出土了大批蛙人纹的彩陶,尤以1974年在青海乐都县柳湾六坪台收集到的一件人像蛙纹彩陶壶堪称绝品!

此壶瓜形,正面以浅浮雕的方式捏塑出一位丰乳鼓腹、双手摩肚、正在生产的妇人像；左右两边用黑色画出两只蛙黾——作为生殖崇拜，祈求子孙繁衍的意思再也清楚不过了。这件作品形象地告诉我们，蛙黾不仅是我们的朋友，更是我们的童年。

附带提一句，这批国宝级的文物，在今天都得到了加密的保护。但20世纪80年代，王朝闻先生主持十二卷本《中国美术史》的编撰，"原始卷"的编撰人员到当地考察调查，不仅被允许到库房中去自由地摩挲实物，更被允许将实物拿出库房置于野外的溪水边、草丛中拍摄图片。2000年版《中国美术史·原始卷》的图版有别于一般的文物图册，彩陶上的蛙人纹大多不是被封闭在展厅的橱窗中，而是活跃在自然的环境中，个中的缘由便在于此。

三、两部鼓吹

史载南齐孔稚珪门庭之内草蔓不翦，中有蛙鸣，人以其效陈蕃不扫庭除，孔对曰：聊当"两部鼓吹"。两部，本指古代乐队中的坐部和立部，用以形容音乐会的隆重盛大；后则专指蛙鸣喧天。

蛙黾既是人类的朋友，我们当然闻蛙鸣而喜，并因喜而吟之为诗、绘之为画，以极视听之娱，信可乐也。

三代以后，以"两部鼓吹"的蛙黾为素材的文艺创作，集中表现于唐宋的诗词。陶醉于蛙声的音韵旋律如：

> 君听月明人静夜，肯饶天籁与松风。（吴融）
> 流杯若仿山阴事，兼有蛙声当管弦。（胡宿）
> 一夜蛙声不暂停，近如相和远如争。（张舜民）

由蛙声而联想农业丰收的情景如：

> 稻花香里说丰年，听取蛙声一片。（辛弃疾）
> 薄暮蛙声连晓闹，今年田稻十分秋。（范成大）

126 | 动物

来楚生《春雨》

欣赏天籁的蛙鸣,一般是眼不见蛙形的。因为蛙是一种十分警觉的精灵,稍有动静便立刻停止鸣叫甚至跳开逃避。所以,"两部鼓吹"在诗人的形象思维中多表现为声音的抑扬;而无论诗人怎样地模声拟韵,总不如真实的蛙声来得动听。至于其"坐也坐,立也坐"的鼓吹姿态,则只能付诸"以形写神"的图画,且足以夺造化而移精神,虽无声而胜有声。

明清以后,以"两部鼓吹"为素材的文艺创作便集中表现于近世的图画,尤以白石老人为笔精墨妙又天真烂漫的绝唱。其《蛙声十里出山泉》一图,系应老舍先生之索求画查慎行的诗意。画面不见有蛙,只是山泉一道奔湍而下,五六蝌蚪游泳其间。其匠心之妙,一直被推为老人的童心独造。近年公开了老舍与老人的往来资料,才知道原来是老舍具体的指导。齐白石之外,潘天寿、王雪涛、来楚生、唐云、陈佩秋所画的蛙龟也各有特色。其中,来先生和陈老师所画特别值得关注。

20世纪70年代,上海的不少画家都致力于学习、借鉴齐白石的艺术。其中,唐云、谢之光先生倾向于学齐之长为我所用;张大壮、来楚生先生则倾向于学齐之无以见我在。齐白石擅画青蛙,来先生则别画蛤蟆。每年梅雨时节,他必去画院的墙角石隙阴湿处捉几只蛤蟆置于盆中,放在画桌上写生,寥寥数笔,惟拙惟巧,憨态可掬,颇有彩陶蛙纹的古朴稚拙之趣。一时画院中盛传"齐白石的青蛙,来楚生的蛤蟆"与"齐白石的河鲜,张大壮的海错",并称双绝。

陈老师画蛙也在此际,但她没有学齐白石而是以生活为师。当时画院组织下生活,地点在苏州东山。当地农村有一个少年便帮她捉了几只青蛙供她写生。后来她还把一只带回到上海家中,后腿上拴一根绳子任其"坐也坐,行也坐,立也坐,卧也坐"地自由活动,观察传写,尽得其形态神情。到了20世纪80年代末还是90年代初,这位少年已是成家立业的青年,开始懂得了书画艺术的价值和陈老

齐白石 《芦花青蛙》　　　　齐白石 《蛙声十里出山泉》

师的名声，竟然辗转打听到陈老师巨鹿路的住址，挑着两筐枇杷送上门来！我们也得以分享。

李斗《扬州画舫录》记吴天绪说书有云：

> 效张翼德据水断桥，先作欲叱咤之状。众倾耳听之，则唯张口怒目，以手作势，不出一声，而满堂中如雷霆喧于耳矣。

钱锺书先生以为"以张口怒目之态，激发雷吼霆嗔之想，空外之音，本于眼中之状……非如音乐中声之与静，相反相资，同在闻听之域，不乞诸邻识也"。其实，观音声于形色，图画相比于说书的默如雷霆，实在更加典型。而"无声诗"的美谈虽然流传千载，却未见有人抉出：在一切题材的绘画中，以蛙黾的笔墨鼓吹更具音乐的效果。如上所述的诸家画蛙，鼓吹之声无不如在耳际，尤以齐白石的《蛙声十里出山泉》堪称两部大音！相形之下，查慎行的这句诗本身其实并算不上十分的高明，倒是借齐的画名而传了。

除以蝌蚪拟蛙声外，齐白石更画有大量的《青蛙图》，一只的、几只的、成群的，或捕虫、或静憩、或鼓噪，以枯湿浓淡的墨沨点垛，寓巧于拙，声情并集。特别是他的《群蛙图》，更仿佛钱锺书先生《山斋不眠》诗所云"蛙喧请雨邀天听"，稀声喧天间"云雷疾聚"，尽得焦延寿《易林》之旨。

蝉蜎·婵娟

每天晨起，早餐后便在小区内散步半小时左右。忽然有一天，遇到一个十来岁的孩子在爷爷还是姥爷的带领下捕蝉。爷爷扛着一根长竿，抬头边走边专注地盯着树上张望，循声寻觅蝉的踪影；孩子则提着一个笼子跟在后面，笼子里已装了两三只蝉——这，可是我几十年未见的夏日风景了！不由勾起我对少年暑假生活的一段美好回忆。

20世纪五六十年代，是我的小学时代。那时的学生根本没有什么学习的压力和负担，上课之外，最多每天半小时的作业，大量的空余时间，不是干农活就是玩耍。到了暑假，不上课了，又当三伏农闲时节，玩耍便成了每天全部的生活内容。虽然，当时的娱乐完全没有今天孩子们丰富多彩的形式，但早起捕蝉，早餐后割牛草，午饭后游泳，然后捉蟋蟀、纺织娘，不捉虫子则看文学、历史的闲书，晚饭后乘凉讲故事——每天的活动"当然如此"地排得非常快乐而紧凑。暑假作业则是拖到假期结束前，集中半天时间完成的。

蝉，半翅目蝉科昆虫，雄性的腹部因有发音器，可以发出响亮的鸣声，雌性则不发声。蝉有众多的种类和别名，如蜩、蟪、蝒、蜋、蚻等，在《说文》《尔雅》《方言》中各有阐释，令人眼花缭乱而一头雾水。后来，段玉裁、郝懿行、钱绎等分别加以引经据典、条分缕析的笺义疏注，结果却使人更加糊涂了。由此而想起章学诚在《文史通义·博约中篇》中对乾嘉学派末流的批评："今之俗儒，逐于时趋，误以擘绩补苴谓足尽天地之能事。"虽然，今天我们已经明确知道全世界的蝉大约有两千多种，而且有昆虫志的图谱一一对号分类，但与我当年生活中的日常认识，俗名与学名还是不能一一对应。

　　江南地区的蝉，大致来分应该有三种。第一种名"蚱蝉"，身长在5厘米左右，通体漆黑色，如京剧行当中的"黑头"；发声"嗞喳，嗞喳……"，洪亮而且悠长，从早到晚几乎一刻不歇，偶尔还有"半夜鸣蝉"。第二种名"知了"，又称"药胡知"，应即《尔雅》中的"蜩蝉"，身长4厘米左右，通体青绿色，如京剧行当中的"文老生"；发声"胡知，胡知……"，最为动听嘹亮，多集中于中午到傍晚一段时间。第三种名"寒蝉"，应即《尔雅》中的"蜩"，身长3.5厘米左右，通体粉绿色，如京剧行当中的"文小生"；发声咽哑而轻细，而且似乎没有太长时间的连续鸣叫——卢仝《新蝉》诗中的"泉溜潜幽咽，琴鸣乍往还"，苏轼《阮郎归》词中的"绿槐高柳咽新蝉"，应该都是写的"寒蝉"，即"蜩"之鸣声。

五代　黄筌《写生珍禽图》中的蝉　故宫博物院藏

　　回到我的少年时代，只有孩子帮大人干活的，而从没有大人陪孩子玩耍的。捕蝉包括捉蟋蟀、纺织娘，当然也是自己干，而且都是各人单干，干完活再聚到一起互相攀比。

　　大清早，天刚有些蒙蒙亮，便赶紧起床，拿起顶端用铁丝弯了一个直径20厘米左右圈套的长竿，到树阴墙角，总之是阴暗潮湿之处，找刚刚织成的蜘蛛网，把它卷到铁圈上，一般要找到三四处蛛网，才能把铁圈糊实。这时，天已大亮，蝉也开始了晨唱。薰风树影中，很容易便能循声发现蝉的藏身处，举起长竿，把圈套对准了蝉轻轻按上去，涵露未晞的蛛丝黏性正强，带着鸣声的蝉虽竭力地扑腾挣扎，还是逃脱不了被收入笼中的命运。这时的鸣声短促而乱，一定充满了惊恐，因为它使附近树上的蝉霎时间都噤声了片刻。

　　这样，两个小时下来，一般可以捕到二三十个蝉。而此时，蛛丝也开始干燥失去黏性，便收工回家吃早饭。下午便是捉蟋蟀、纺织娘。蟋蟀可以一直养到冬天，纺织娘也可以养两三个月，天天听它们"瞿瞿""敞敞"地歌唱。蝉则最多只能存活两三天，当天午后还可以听到它们的悲鸣，第二天便开始陆续地死去了。而无论死去还是活着的，都用来喂鸭子，看得出，蝉是鸭子们大快朵颐的美餐。事实上，对我而言，捕蝉本有别于捉蟋蟀、纺织娘，并非纯粹为了好玩，而主要是为了"养家"。因为鸭是农家的重要经济支撑，而蝉正是不用花钱的最优质鸭饲料。所以，蟋蟀、纺织娘只要捉到一两只品质好的就可以收手，蝉一定是天天要去捕的。

　　对蝉的速死，我一度感到很迷惘。蟋蟀、纺织娘和蝉，被收入"围城"之后，我都是一视同仁地给它们喂食的。毛豆、菜叶是它们的共同主食，蟋蟀有时还特别优待以肉骨头，蝉则据说是饮露的，所以到了晚间还挂到屋外。可为什么蟋蟀们都显而易见地比野外时生活得更丰富，乐不思蜀地天天进食、夜夜歌唱，唯独蝉竟选择了绝食而死呢？难道它也有"不自由，毋宁死"的刚烈？后来才了解到，蝉的进食并不是用口齿咀嚼毛豆之类，而是用刺吸式的口器吸吮植物的汁液。

　　再后来又读到《周礼·天官》，记周天子进膳"珍用八物"，其一为"酥酪蝉"；《礼记·内则》记蜩和其他多种动物"皆人君燕食所加庶羞也"；《毛诗陆疏广要》则记"蜩亦蝉之一种，形大

陈佩秋《红叶鸣蝉》

而黄，昔人啖之"；《齐民要术》更具体记述了食蝉的三种方法："蝉脯菹法：掐之，火炙令熟，细擘，下酢。又云：蒸之，细切香菜，置上。又云：下沸汤中，即出，擘如上香菜蓼法。"也即炙烤、清蒸、油炸。开始时将信将疑，直到20世纪90年代，先后有山东烟台等地的朋友邀游当地名胜，筵席上以当地特色菜炸蝉招待。口感之佳，远在烤羊肉、炸油条之上，并被告知富含蛋白质营养。不禁深自后悔，当年食物匮乏，营养严重不良，却竟把如此珍馐佳馔的食材去喂了鸭！

除了捕蝉喂鸭，与其他孩子不同的是，我还拾蝉蜕（又称"蝉衣"），即蝉蛹（又名"若虫"）出土上树、羽化成蝉后留下的壳。那可是中药材，有什么用我不知道，也没兴趣知道；我只知道中药店里是高价收购这东西的。一个暑假过去，约略可以积攒到三四钱的蝉蜕，卖得八九毛钱。平时割牛草的所得，每天五六毛，那是自觉上交给母亲补贴家用的；卖蝉蜕的所得则不妨留下买学习用品。自古至今，论文艺以"寓教于乐"为可贵；而我们少年时代的玩耍，至少在我，是十分自觉地追求"寓劳于玩"的。不仅捕蝉、拾蜕，既是玩耍又是劳动；喂雏鸡、喂乳鸭、放羊、养猪、养兔……无不既是劳动又是玩耍。唯其如此，所以玩耍感觉充实，劳动不觉辛苦。直到今天，旁人看我每天写文章、画画，总是不解地发问："这样的工作狂，你不感到辛苦吗？"我的回答则是："我是在玩，不是在工作。"

蝉在今天，被定性为有害于自然生态的"害虫"，是危害大树的"吸血鬼"（参见《昆虫百科小学生读本》，北京教育出版社，2015年）。但且不论我从来没有看见过有哪一棵大树是被蝉"吸血"而死的，却知道在中国五千年文明史上，蝉历来就是美好愿景的隐喻。包括殷墟妇好墓在内，上古墓葬出土的大量玉器中，玉蝉占有突出的比重；商周的青铜器上，蝉纹是与饕餮纹并重的两大主体纹样。如果说，饕餮纹所象征的是传统审美中的"狞厉之美"（李泽厚语），那么，

齐白石《红叶秋蝉》

蝉纹所表现的正是传统审美中的"优雅之美"。在上古的巫术和艺术中,蝉不仅是主体动物纹饰之一,更是昆虫纹饰的唯一!这不能不引起我们特别的关注。据古今学者的研究,蝉的寓意多在出污不染、饮露高洁,虽不无道理,但我以为更在它的蜕化寓意了"入土为安"的文明"郁郁乎文"的生息——这,与青铜铭文中屡见不鲜的"子子孙孙,其永宝之"的祝辞正可互为印证。

此外,《诗经》《楚辞》、汉赋、唐诗、宋词中,更多见咏蝉的名作、名句,尤以虞世南的《蝉》至今为妇孺皆知,朗朗上口:

> 垂緌饮清露,流响出疏桐。居高声自远,非是藉秋风。

意谓一个人的成就,必须靠自己的努力登攀,而不能仅借贵人的提

徐建融《蝉》

携扶持。

至于图画中的蝉,则以近代齐白石画得最多也最好。他常常以工细的"黑头"蚱蝉,配以粗放的烂漫红叶,使工与放、漆黑与朱红,形成强烈的对比统一。尤其是蝉翼的描绘,筋脉细入毫芒而又精神焕发,"可惜无声"而又"大音稀声"、胜于有声。20世纪70年代,唐云、陈佩秋、胡若思等先生有时也画蝉,要我在乡下捉了送去作写生的粉本。所作虽各有千秋,无奈已有"崔颢题诗在上头"。我偶尔也画蝉,画法上"述而不作",全宗白石老人,但题款以诗词,庶使意在画外。

左思《吴都赋》:"檀栾蝉蜎,玉润碧鲜。"木华《海赋》:"朱焰绿烟,窈眇蝉蜎。"蜎,段玉裁引《广雅》释作孑孓,为蚊子羽化前的幼虫。我以为当为"若虫",即蝉蛹。因为,"蝉蜎"喻仪态优雅美好,而蚊自古至今为人类所讨厌,将讨厌的蚊子与美好的蝉联系在一起实在没有道理。今天的高科技摄像,使我们能清晰地看到蝉蜩羽化蜕变的快镜头全过程,那种无比稀有的生命绽放,婉娈妙曼,轻巧牵萦,正如李善、李周翰的注"蝉蜩":"烟艳飞腾之貌""远视貌"。莫非古人竟无聊到如此的有心,会在半夜凌晨起来,静静观察从泥土中钻出来的"若虫"爬到树干上后进行的蜕化?否则的话,怎么又会有如此精准的形容描述呢?

蝉蜩同时又作"婵娟"。张衡《西京赋》:"嚼清商而却转,增婵娟以此豸。""此",这个;"豸",没有脚的虫,故当指蝉蛹"若虫"。李商隐《霜月》诗有云:

初闻征雁已无蝉,百尺楼高水接天。
青女素娥俱耐冷,月中霜里斗婵娟。

如果说,由蜩而蝉,是蝉的一次生命升华;那么,由"无蝉"而"婵娟",是蝉的又一次生命升华。"婵娟"之于"蝉蜩",于笼而统之、"夏虫不可语冰"的仪态优雅美妙之外,从此又增加了两个高冷的实义——美女和月亮。

少年时捕蝉的暑期生活,是那样地欢快美好。可是今天,从那一次偶然的相遇之后,就再也没见过任何一个孩子同他的爷爷一道或独自出来捕蝉。这也难怪,今天的孩子们,学习的压力实在太沉重,而他们的娱乐活动又实在太多样。俱往矣!又到中秋,且剥白居易的《忆江南》词两阕:

蝉蜩夏,早起趁晴天。树影薰风黏聒噪,不知身在古诗篇。能不忆蝉蜩?

婵娟月,秋水泻长天。征雁初闻无聒噪,语冰不可转高寒。千里共婵娟。

皮以毛存

"皮之不存,毛将焉附"的典故众所周知。但"毛之不附,皮将焉存"却是钱锺书先生为我们拈出的同一事物的另一面。其《管锥编》有曰:"毛本傅皮而存,然虎豹之鞹、狐狢之裘,皮之得完,反赖于毛。"鞹,指去毛的皮,即皮革。《论语》中讲到,虎豹的皮如果拔光了毛,就如同狗皮、羊皮,一点不受人的待见。而狐狢之裘(皮草)却因为上面的毛绒绒而格外地为人们珍惜。钱先生此说是针对东汉焦延寿的《易林》而言的。

《易林》是一部占卜书,作者深知"言之不文,行之不远"的道理,所以措辞藻饰十分用心,四字一句,优美雅隽,琅琅上口。到了明代中叶,大为文艺之士如钟惺、谭元春辈所青睐,竟推为诗筌艺筏,认为与《诗经》并为四言诗之矩矱。对此,清代的冯班直斥为"直是不解诗,非但不解《易林》也"。于是,钱先生便有了这样的一段议论:

> 卜筮之道不行,《易林》失其要用,转藉文词之末节,得以不废,如毛本傅皮而存,然虎豹之鞹、狐狢之裘,皮之得完,反赖于毛。古人屋宇、器物、碑帖之类,厥初因用而施艺,后遂用失而艺存。文学亦然。

不仅占卜之书的《易林》被当成了文学之书,舆地之书的《水经注》,伴随着地理科学的发达而失其舆地之用,同样被当成了文

龙门石窟卢舍那大佛

学的创作。如张岱《跋寓山志之二》有云:"古人记山水手,太上郦道元,其次柳子厚,近时则袁中郎。"钱先生反诘:难道这也是"直不解文,非但不解《水经注》"吗?

钱先生没有举宗教艺术的例子。那些中外伟大的宗教艺术品,如敦煌莫高窟、云冈石窟、龙门石窟、麦积山石窟、大足石窟的雕塑画壁,如达芬奇《最后的晚餐》、米开朗基罗《末日审判》、拉斐尔《西斯廷圣母》,当初的创作宗旨,无不是为了更好地吸引信众以宣传宗教的思想。人们在它们面前的顶礼膜拜,更多的也是起皈依之想,而绝不是审美之思。然而,当文明的发展走出了迷信的虚幻，我们便买椟还珠，津津于欣赏其艺术之美而全然无视其宗教的内涵了。具体如谢稚柳先生当年应张大千之邀西渡流沙，面壁敦煌，叙录石室，自述："由于我的不懂佛经，以及当时手边又无此类书籍……因此，只能笼统的记下'经变'或'佛传图'而已。这说明都是很不够的。"但佛学上的"不够"，一点不妨碍他从中取得明清的卷轴画与眼前的壁画"正如池沼与江海之不同"的艺术真经！

这就告诉我们，古代那些旨在"用"而兼具"艺"的图书文献，当"用"失其用后，人们仍记着它、谈论它，却忘其所"用"而止叹其"艺"，完全是正常之事，不必予以"不解"的讥笑。如果它不是兼具"艺"的话，那么，伴随着其"用"的过时失效，如《九章算术》，它就从后人的日常生活中彻底地消失了。当然，如果其"用"仍不失其用的话，人们即使赏叹其"艺"也决不会忘怀其"用"。如《孟子》《史记》，其"用"在"志道弘毅"的经和"资治通鉴"的史，同时它们也富于文彩，被用作中国文学史上的经典。但直至今天，无论我们怎样高度评价它们的文学成就，也始终记着它们作为经学、史学"历天地无终极而存"的更伟大成就。

图书如此，人物亦然。千古的历史人物，为当时、后世所敬仰的，或以立德立功，或以文艺立言，或以立德立功而兼文艺立言。如唐初凌烟阁的大多数功臣，多以丰功伟绩著时名世；个别功臣如虞世南包括凌烟阁外的褚遂良、颜真卿、韩愈乃至宋代的范仲淹、欧阳修、苏轼等，于立德立功之外兼以文艺立言并开唐、宋文风；而李白、杜甫、柳永、张先、米芾、姜夔等则"以文自命"而"止为文章"，专以文艺立言为当时所称。

"德成为上，艺成为下"，这是儒家一贯的"用"（皮）、"艺"（毛）观。所以，欧阳修反复强调：士君子"自能以功业行实光明于时，亦不一于立言（文艺）而垂不腐"。而文艺"不足恃"，所以"勤一世以尽心于文字间者，皆可悲也"。刘挚则诫子孙曰："士

皮以毛存 | *141*

徐建融《狐》

徐建融《虎》

北宋　赵佶《瑞鹤图》　辽宁省博物馆藏

当以器识为先,一号为文人,不足观矣!""器识",即立德立功的担当使命。

然而,正如孔子所感叹:"吾未见好德如好色者也。""德"者,历史人物之"用"之"皮";"色"者,历史人物之"艺"之"毛"。在当时,重"用"轻"艺","请君暂上凌烟阁,若个书生万户侯";到后世,尤其是今天,好"色"忽"德",如果不是因为小说、传奇、戏曲、影视,还有谁记得长孙无忌、房玄龄、杜如晦等的功绩呢?李白、杜甫、张先、米芾的诗词、书法则万口传唱、万手临摹!至于褚遂良、颜真卿、韩愈、苏轼,虽然也名声甚著,但我们对他们的认识,究竟是在其"功业行实"呢?还是其诗文书艺呢?包括长孙无忌等在内,我们之所以会忘怀他们的功业,是因为他们的功业,除岳飞的"精忠报国"、文天祥的"天地正气"等作为"天下之大闲",一般都有特定的时间、空间、条件、对象,时过境迁,"人不可能第二次踏进同一条河流",所以"用"失其用,其人便只能以艺传了。一旦无艺可传,便不免"身与名俱灭了"。顾亭林《日知录》认为,韩愈文起八代之衰,如果但作《原道》《原毁》《平淮西碑》诸篇而不作诗文,"则诚近代之泰山北斗矣"。但问题是,如果不作诗文,韩愈的名字仅凭他的功业真能传诸后世吗?裴度的功业高出他不知多少,今天又有多少人知道呢?

"人以艺传"有三种不同的情况:其一,像颜真卿、欧阳修,既有高尚的品德、丰伟的功绩,又有华赡的文艺,至后世,"用"失其用,人们因其"艺"而犹重其人;虽重其人却不一定知晓其具体的功业行实为何。其二,像李白、米芾,虽无值得称道的品德功绩但也无大亏,但天之付与,能者得之,故号一艺,虽"不足恃""皆可悲"人们却爱其"艺"而存其人。其三,像薛稷、赵佶、赵孟頫、张瑞图、王铎等,或品德低劣,或行有大过,但文艺成就卓著,我们不可因人废艺,所以不妨重其"艺"而存其人,虽存其人却不重其人。陈继儒称董其昌"生前画以官传,身后官以画传";张之万以状元而达官生前画名藉甚,但实质画艺平平,所以身后官名、画名皆不传,无不证明了"皮以毛存"的充要条件。

杜甫评薛稷有云:"惜乎功名迕,但见书画传。"对第三种"人以艺传"情况的评价,大体是公允准确的。但米芾《画史》却斥为谬论,以为:

> 嗟乎!五王之功业,寻为女子笑。而少保之笔精墨妙,摹印亦广,石泐则重刻,绢破则重补,又假以行者,何可数也!然则才子鉴士,宝钿瑞锦,缫袭数十,以为珍玩,回视五王之炜炜,皆糠秕埃壒,奚足道哉!虽孺子知其不逮少保远甚明白。

珍重薛稷的书画艺术当然没错,但因艺重人,把他的社会贡献推到

唐　薛稷《信行禅师碑》拓本

压倒"五王"（张柬之、崔玄之、敬晖、恒彦范、袁恕己）的地位，实在是颠倒黑白、倒置本末了！

"五王"于武则天重用张易之、张昌宗胡作非为、祸国殃民之际，发动"神龙政变"，迫使武周还政于李唐，为紧接着的开元盛世奠定了基础。《新唐书》论其功绩之伟相当于陈平、周勃诛吕兴汉。而薛稷则以唐王朝的累世重臣，参与到太平公主、窦怀贞的谋逆事件之中，几乎把唐朝中兴的开元盛世葬送于萌芽之中！"五王"乏于文艺，我们固然可以忘怀他们的功业"炜炜"，但怎么可以说他们的功业"皆糠秕尘垢"呢？薛稷确实文艺超群，但附逆谋反，怎么能说他的功绩远胜"五王"呢？米芾此论，实在今天的某些"孺子"把明星的成就置于两弹元勋之上之先声，是我们所决不能同意的。倒是《昭明文选》谢灵运的《石门新营所住四面高山回溪石濑修竹茂竹诗》有"清醑满金樽"句，李善注引曹植《乐府》"金樽玉杯，不能使薄酒更厚"，谓美器无补于恶食。论"皮"与"毛"也即"用"与"艺"的关系，实在再清楚不过：我们可以同意并肯定"人以艺传""皮以毛存""买椟还珠"，但决不能盲目简单地因艺誉人、因毛夸皮、因椟赞秽。所谓"君子好色而不淫"，我们不妨"好色甚于好德"，但绝不可好色而诋德、誉恶！

忆游

泰山未游记

因为爱读侠义小说和古典诗文，我从小就有四海之心和壮游之志，心中首选的旅游目的地则是泰山。但由于客观原因，在很长的一段时期内，足迹所及，仅止于杭州、苏州、常熟等上海周边的有限几个地方。诚如苏辙所言："无高山大野可登览以自广"，所以不足"以知天地之广大"，胸中的慷慨郁勃之气亦无所以激发。

1982年考上浙江美术学院（今中国美术学院）王伯敏先生的研究生后，有一笔可观的考察经费。在导师的规划下，分两次游览了河南、山西、内蒙古、北京、陕西、甘肃、新疆的诸多名胜。过去书本上卧游的所知所得，纷至沓来地变换成眼见为实，一时豁然开朗，始知天下之巨丽，自然、人文景观之宏富，真有不可穷尽者如此！

1986年，我参与了王朝闻先生总主编的《中国美术史》课题，考察经费更加丰厚。连续十年，每年暑假都是独自一人，一个挎包、一把水壶、一份文化部的介绍信，自行选择自己想去游览的地点。除贵州、广东、福建、宁夏三省一区之外，大陆凡有古迹遗存之处几乎都跑遍了！

1997年后，我的朋友圈已扩展至各地，此后的旅游便无须公费，只要我有意向，想去哪里就去哪里。所到之处，都有朋友们热情的接待，所受的待遇比公费时更加优越便利。

但是，直到60岁之前，我居然还没有登上过泰山！

山东是与山西、浙江、江苏并列为我到的最多的四省之一，途径泰山更是经常之事。自然，山东的朋友比其他各地也只多不少而且更加有力。但当时的想法，就是上泰山实在太容易了，不是想上就可以随时上去的吗？既然机会有的是，那就把机会难得的地方先游掉再说吧！就像借来的书，必须抓紧时间先看掉；自己的书，放着以后再读又何妨呢？这泰山，仿佛就像自己家里的书一样，是一点也用不到急着去攻读的。等到明白登山与读书还是有不同的，却已经悔之晚矣。

终于到了60岁，应该是上泰山的时候了。记得上一年，与企业界的几位朋友一起游黄山，除一位年轻的女经理穿着高跟鞋登山如履平地，令我钦佩不已；其他的几位男性，比我年轻得多，却大都气喘吁吁，有两位还躺到竹椅上雇民伕抬着翻山越岭。我虽不及那位女经理的轻盈潇洒，却远胜这些"青壮年"的男儿。自觉相比于当年攀华山、上峨眉，精力似乎并未有太大的衰减。

但出乎意外的是，当年4月，先与浦东公安的几位朋友出差杭

潘天寿《岱宗》

州，公事完成之后略有余暇，便一起去登六和塔。我像平常一样，若无其事地健步逐级向上，到了第五层，可能因连续不歇的急步，突然接不上气来，一下子晕厥倒地，把朋友们吓得够呛。赶快背我下塔，准备送医院抢救。我却清醒了过来，除浑身虚脱乏力，与常人无异。当时并未引起重视，认为不过是一个偶发的意外。

6月，又在安徽朋友的邀请下游览采石矶、太白楼、牛渚山。海拔不过200多米吧？不料登山未半，又一次突然闭气晕厥！几分钟后清醒如常，赶快回宾馆休息半天，又与无事一样。躺在床上，回想起登六和塔那一幕的旧景重演，不由心生狐疑。那一次是步子走得太急，这一次可是走走停停，边登临、边观景、边聊天而行的啊！怎么会晕过去呢？百思不得其解，好了伤疤忘了疼，便再一次任由它去，依然没当回事。

是年10月，秋高气爽，风日俱佳。便与临沂的朋友约定了过几天去登泰山。朋友不久即回复，说是已与泰安方面的相关人员联系好接待的工作并安排好行程。我如约到了临沂，计划先参观当地的诸葛村、孟良崮，两天后再去泰安。在登孟良崮的时候，居然又有多次接气不上的不适感。有了上两次的教训，就再也不敢怠慢，每次不适，赶快躺下休息十来分钟才缓过神来。这样，大概有六七次的登登停停，用了几乎半天的时间，才到达海拔不过500米的山顶。这速度，如果在当年兵贵神速的枪林弹雨中，肯定是非吃败仗不可的！所以，摩挲崖壁上的弹洞累累，心情大减，再也提不起英雄主义的激情来。回到宾馆，只觉疲惫不堪。回想起谢老以前给我讲过的"岁月不饶人，人是不能不服老"的教诲，不正是孔子所说的"五十知天命，六十耳顺"吗？"知天命"所以斗天之心息、之事止，"耳顺"所以胜人之心息、之事止。"人生易老天难老"，实在是不可抗拒的自然规律。年轻时身强力壮，所以不知天高地厚，误以为自己有无穷的力量，只要有坚定的意志，就没有做不了的事；但岁月终究

泰山未游记 | *149*

钱松嵒《泰山松》

会让每一个人都认识到,自己的能力是非常有限的,尤其是上了年岁,更应该量力而行、急流勇退、息事宁人。许多事情系年轻人之所能为,老年人就不要再参与了,尤其是登山之类的强烈运动。意志虽然可以战胜困难,但往往是以损伤自己的健康为代价的。方增先先生不就对我讲过,因60岁以后继续坚持登高的锻炼,竟把膝盖骨给损伤了,而且难以修复。我把这一年的三次登高经历联系起来向朋友解说,决定泰安不去了,泰山不登了。朋友表示,完全同意我的决定。

从此,登泰山就成了我永远的一篇"未游记"。

《庄子》说:"吾生也有涯,而知也无涯,以有涯随无涯,殆矣。"任何人的生涯、精力都是有限的,而客观的世界则是无限的,所以,我们不可能什么都知道,什么都拥有。如果条件、能力许可,于不知者当然应求知之,未有者可求拥有;但超出了条件、能力范围,任其不知、未有又如何呢?如王安石《游褒禅山记》中所讲到:

> 世之奇伟瑰怪非常之观,常在于险远……故非有志者,不能至也。有志矣,不随以止也,然力不足者,亦不能至也。有志与力而又不随以怠,至于幽暗昏惑,而无物以相之,亦不能至也。然力足以至焉,于人为可讥,而在己为有悔。尽吾志也而不能至者,可以无悔矣,其孰能讥之乎?

或以不知为知之、未有为拥有,如袁宏道在《题陈山人山水卷》中所说:

> 善琴者不弦,善饮者不醉,善知山水者不岩栖而谷饮。孔子曰:"知者乐水。"必溪涧而后知,是鱼鳖皆哲士也。又曰:"仁者乐山。"必峦壑而后仁,是猿猱皆至德也。唯于胸中之浩浩,与其至气之突兀,足与山水敌,故相遇则深相得;纵终身不遇,而精神未尝不往来也。

谢稚柳《五松图》

徐建融《泰山石敢当》

  王安石和袁宏道这两个人，一个冲动冒进，一个消极逃避，都是我所不太喜欢的，但他们的这两段话却颇得我心。只是于荆公之所说的"无悔"，我还是略有后悔的。所悔的当然不是老年后的无力，而是错过了少年时的有力。所以，难得的事先办，容易的事暂缓，固然不错；但还要考虑的是这件容易的事拖到最后，是不是还有能力去办？而中郎的所论"不遇"得"精神"，又使我联想到苏轼的身在此山却不识此山真面。有的时候，旁观者确乎是可以比当局者更深得局中三昧的。

  虽然，我未能完成少年时的立志，登上泰山绝顶，览众山而小天下。但通过几十年不懈的"卧游"，读前人的泰山诗文，观今人的泰山影像，泰山的自然、人文景观，律动着中华文化的优秀传统，温柔敦厚地一直磅礴在我的心中，如巍巍丰碑，仰之弥高。

  事实上，未曾游其地而能得其地之形胜者，在古诗文中屡见不鲜。如韩昌黎之于滕王阁、刘禹锡之于石头城、范仲淹之于岳阳楼……专论未能登上泰山而与泰山之"精神未尝不往来"甚至更深入的，最典型者当推诗圣杜甫。

唐开元二十三年（735），杜甫到洛阳应试进士落第；次年，25岁的他来到山东探望时任兖州司马的父亲杜闲，并开始了长达五年的齐鲁漫游生涯。嗣后，又于天宝三年（744）到山东游历两年。在这七年间，除了写于开元二十二年（736）的那首《望岳》外，似乎并无第二首咏泰山诗传世。《望岳》的尾联"会当凌绝顶，一览众山小"千古绝唱，也是他仕途失意后发誓立志，一定要、也一定能取得功名、登上泰山的预告宣言。但他后来有没有登上过泰山呢？始终是学术界的一个谜团。

有的学者据其晚年《又上后园山脚》诗中的"昔我游山东，忆戏东岳阳。穷秋立日观，矫首望八荒"，推断他是登上过泰山日观峰而且看到了日出的。但泰山日出，是何等庄严神圣的极天地之壮观，端直忠厚的杜甫，怎么会对之起"戏"弄的不敬之想呢？所以，我的理解，联系他初到山东的《望岳》来分析，显然，他是把登岳视如登仕，必待登仕然后登岳，不能登仕则决不登岳。如今晚景凄凉，登仕绝望，回想当年的"凌绝顶"而"小众山"之誓，实在是同泰山日出的光辉普照开了一个大大的玩笑；而秋闱成功后来观日峰上"矫首八荒"的壮志凌云，也成了无法兑现的大言欺人。进而再联系这开头四句后面的连篇累牍，都是写的对当下社会动荡、民生苦难的深深忧患，兼济无位，束手无策，严酷而沉重。其视少年时的"登岳"之志为幼稚可笑未能实现的用意，再也清楚不过。这，也正是除这首《望岳》之后，杜甫再也没有写过第二首泰山诗的原因。

然而，千百年来有多多少少登临过泰山的诗人，写下了多多少少题咏泰山的诗什，又有哪一人、哪一首，可以媲美于未曾上过泰山的杜甫这首《望岳》的呢？

有"诗圣"在前，我的"泰山未游"也就完全没有什么可遗憾的了，包括错过了少年时的有力。错过的，就让它错过去吧！

比杜甫幸运的是，那一次，我虽然未能登上泰山，但朋友却临时改变行程，为我安排了参观当地一家大型金矿企业的"泰山石景园"。景点就建在平邑县金矿区内，数十上百块二三十、四五十平米的巨型泰山花岗岩，散落地布置在矿区的山壑间。把这些巨石从泰安运到临沂，该花费怎样的人力、物力啊？然而，"泰山石敢当"。五岳独尊，岳镇川灵，对于一家大型企业来说，为了辟邪旺财，多大的代价，都是值得的。不过，这家企业的老总显然并不只是简单地为了旺财，而有着更高远的文化追求。因为，早就听说泰山石的纹理森罗万象，但这里的每一块石壁上，白摧龙骨、黑入太阴地铁画银钩着的，无不是一幅幅苍茫遒迈的泰山松的水墨画！"枝如铁，干如铜，蓬勃旺盛，倔强峥嵘"，"八千里风暴吹不倒，九万个雷霆也难轰"地"挺然屹立傲苍穹"！

如果说，泰山日出，可以使观者开拓"小天下"的万古心胸，而胸中浩浩者，虽未登泰山、未见日出，望岳影亦已沐其辉煌遍照；那么，泰山青松，正可以使观者立定际风云的弘毅精神，而胸中浩浩者，虽未登泰山、未抚屈铁，观石骨亦能得其脉拍振发。

《诗》云："泰山岩岩"，华夏是瞻！

"失真"的"逼真"

天门中断楚江开,碧水东流至此回。
两岸青山相对出,孤帆一片日边来。

李白的这首《望天门山》,千百年来脍炙人口。它所给人的印象,就是浩浩长江,载着一片帆影,穿过崇山峻岭的千岩万壑向东而来;而江水到此,又拐了个弯向西逆流过去。山高水急,风掣电驰,颇有"两岸猿声啼不住,轻舟已过万重山"的惊心动魄!不仅我的感觉如此,看到近代不少山水画家图写这首诗意,大多也是这般的处理。

天门山,在安徽当涂县,据《江南通志》:"两山石状巉岩,东西相向,横夹大江,对峙如门……总谓之天门山。"十年前,我应朋友之邀游访此地,才知这里并不是三峡那样的山区,而是平原地带,沃野千里,一望无际,只有天门山孤零零地形影相吊,座落在长江的两岸。其实,感觉上不过两亩地占方、十几层楼高的两个大石墩,全无峰峦起伏、龙脉形势"莫可穷其要妙"的"奇崛神秀",其景象平平无奇,实在是称不上"山"的。

沿南岸自西往东走,但见两岸山势相接,仿佛合上了两扇大门,把长江截断了。西来的江水浩荡而洋洋缓缓地东流至此,似乎就到了尽头,不见前途。不禁暗暗发笑,"浪漫主义"的李白总爱大言欺人!但"飞流三千尺""白发三千丈"的豪言壮语,作为真实的夸张令人气壮;而这首"天门山"的夸张就有些不知从何说起了。

继续往东走,"西"江渐渐不见,而"东"江逐渐进入到了眼帘,江水西向回流，汹涌澎湃。正诧异间，突然，相接的两山戛然打开大门，眼前豁然开朗！"东"江与"西"江连成一片，原来"东"江之水正是"西"江之水的后浪所推出！因为门户的锁钥，水道变窄，所以水势突然变得激荡。而西向回流的雪浪卷起、惊涛拍岸，不过只是近岸边的景观，遥望整个江面的波涛，仍是滔滔东流的！不由击节称奇，慨叹李白的诗思之妙、诗才之高，于天门山的开合之神奇，借长江水的中断而贯通、平缓而激荡，写得如此地活灵活现，真堪称"夺造化而移精神"，诚"笔补造化天无功"！

不由联想起钱锺书先生在《管锥篇》中关于"逼真"与"失真"的观点：

> 诗文描绘物色人事，历历如睹者，未必凿凿有据，苟欲按图索骥，便同刻舟求剑矣……盖作者欲使人读而以为凿凿有据，故心匠手追，写得历历如睹；然写来历历如睹，即非凿凿有据，逼真而亦失真。

李白的《望天门山》，所"逼真"的是断江开江，"失真"的则是名山实墩。而钱先生所举的例子则是苏轼的前后《赤壁赋》。后赋有曰："江流有声，断岸千尺……履巉岩……攀栖鹘之危巢……"《东坡志林》亦曰："黄州守居之数百步为赤壁……断崖壁之，江水深碧，二鹘巢其上。"而与苏轼年辈相接的韩驹，《登赤壁矶》则云"岂有危巢与栖鹘，亦无陈迹但飞鸥"！

至明，袁中道《东游日记》记："读子瞻赋，觉此地深林邃石，幽蒨不可测度。韩子苍、陆放翕去公未远，至此已云是一茅阜，了无可观，危巢栖鹘，皆为梦语。故知一经文人舌笔，嫫母化为夷施，老秃鸱皆作绣鸳鸯矣！"清邵长蘅《游黄州赤壁记》则云："余曩时读子瞻赋所云……意必幽邃峭深，迥然耳目之表。今身历之，皆不逮所闻。岂又文人之言，少实而多虚，虽子瞻不免耶？"

傅抱石《后赤壁图》

拉斐尔《大公爵圣母》

这，实际上牵涉到艺术真实与生活真实、艺术美与生活美的关系问题。

生活是一切艺术的本源。但艺术真实并不等同于生活真实，艺术美也并不等同于生活美，所谓二者之间必须拉开距离。

生活是唯一的"这一个"，但艺术可以千姿万态。所谓"有一千个读者，就有一千个哈姆雷特"；同理，"有一千个画家，就有一千座黄山"。而千变万化，不外乎侧重于客观的再现和侧重于主观的表现两大法门。前者强调"形似逼真"的艺术真实、艺术美，往往被斥为没有与生活拉开距离而不过是"与照相机争功"。如宋人的山水、花鸟画，便曾被认为"只有工艺的价值，没有艺术的价值"。后者强调"遗形传神"的艺术真实、艺术美，即所谓"论形象之优美，画不如生活；论笔墨之精妙，生活决不如画"，通常认为这才是与生活拉开了距离，如八大、石涛的山水、花鸟画，庶为艺术的真谛。

其实，艺术以生活为源泉而又与之拉开距离，不只"形象不真"者可以神韵高标；"形象逼真"者同样可以神韵高标。

毕加索的《阿威农少女》，论形象，不仅不美而且丑于生活中的少女；而论神韵，其艺术之美远胜生活中的美少女。这样的艺术，是负方向地与生活打开距离，而以不真更胜真。

拉斐尔的"圣母"，论形象，其自述是综合了不同美女的身材、五官、手足于一人，现实生活中根本找不到这样十全十美的模特；

而论神韵，其艺术之美同样远胜生活中的任何美女。这样的艺术，正如清代顾翰所说："美人"为"书中三不可信"之一，为正方向地与生活拉开距离，而以"失真"为"逼真"。

李白的《天门山》诗，苏轼的《赤壁赋》文，乃至宋人的山水画、花鸟画，包括今天中国画、油画创作中的写实风格，无不属于"失真"而"逼真"地与生活拉开距离。所以，每有人振振有辞，认为照相机发明之前，画家用功于写实还有它的意义；照相机发明之后，画家再用功于写实就毫无价值。我辄反问：诚然，则摩托车发明之前，马拉松长跑比快还有它的意义；摩托车发明之后，马拉松长跑再比快就毫无价值。所以，或者，体育竞技中应该取消马拉松；或者，仍设马拉松而改比快为比慢。

至于负方向的拉开距离而"艺术美"不如生活美，正方向的拉开距离而"艺术美"不如生活美，纯粹是做得好不好的问题，而绝不是方向对不对的问题。

仙人不遇遇仙草
——辛丑仙居、龙泉游小记

"四海之内皆兄弟"。先儒如是说，我亦如是行。这不，仙居一位素未谋面的王先生，说是杨尔教授在执教浙江财校时的学生，竟连续几年邀游其地的名胜"神仙居"，即李白在新昌天台时所梦游的天姥山。说是风景奇谲诡丽，徐先生不可不来，亦可为太白圆梦。我辞以年老体衰，60岁以后戒不登高。回答说不用攀爬的，缆车送上山后即在同一海拔高度回绕游走，与平地散步无异。盛情难却，我便电话杨尔兄，说是确有这个学生，非常忠厚，但毕业后未曾见过。于是，便约定辛丑的夏天同去一睹仙容。

因疫情防控期间，乘火车前往多有不便，所以由高申杰兄驾车。先到诸暨与杨尔兄会合，再去仙居。王先生父子接待我们入住神仙居下淡竹乡的一家民宿，洞天名山，烟霞葱茏，屏蔽周围。

第二天一早，微雨初霁，便乘缆车到了山上。空翠浓雾，竟对面而闻语不见！虽撑开雨伞，也抵御不了濛濛水汽的沾面湿襟。除了石壁山径，放眼所见，只有一片溟漾蒸腾，蓬勃氤氲地似静还涌，时有朦胧的山影隐现起伏其间，仿佛海上的仙岛。这样也好，因为我是略有恐高症的，如果天色清明，那么，山径的另一边是悬崖深谷，一定会给心理增加不小的压力。移步换景，一片汪洋又气象万千。联系一个山头到另一个山头的，是介于索道和桥梁之间的索桥。我过去走过索道，都是动荡摇晃的，非常受不了，但开弓没有回头箭，只能硬着头皮走过去。但这里的索道却是钢缆、钢板制成的,安忍不动,实在应该名为虹桥!格外地使人有踏实的放心。看着别的游客先走上去的,开始时是走在桥上,很快就变成走在空中,又很快连人也不见了!记得古龙的哪一部武侠小说,也曾写到过如此景致的情节。本认为是他天马行空的超人想象,原来是有生活之源的。

整整四五个小时的游程,恍惚乘云驾雾,凭虚御风,泛不舟无系于水晶宫中。虽然没有遇到仙人,却真的进入了仙境,而且一点不累,实在是一生游历中的"快哉"之事。

回到民宿,交流一天的感受,我以之为生平所游天下名山的第四,前三依次是华岳、峨眉、黄海。朋友以为天姥小山不足与名山巨镇相提并论。答曰:"岂不闻山不在高,有仙则名?"同时又慨叹李白的《梦游天姥吟留别》诗,由"越人语天姥"的"云霓明灭"竟联想出"身登青云梯""空中闻天鸡""千岩万转路不定,迷花倚石忽已暝""云青青兮欲雨,水澹澹兮生烟""霓为裳兮风为马,云之君兮纷纷而来下"……简直就像身临其境的所见一样,诚所谓"真如梦,梦亦真"者!不过,诗中的"熊咆龙吟殷岩泉,栗深林兮惊层巅""列缺霹雳,丘峦崩摧""忽魂悸以魄动,恍惊起而长嗟"的惊心动魄,却与事实不尽相符。无论如何,越中的山水当如越中的美女,属于西施一类的明慧而清纯,而绝非执铁板铜琶的关西大汉所能拟议。

说到西施,自然绕不过越王勾践。而仙居向南的不远处的龙泉,正是勾践为报仇雪恨作积蓄的秘密炼剑处。正说到龙泉,突然接到夏先生的电话,原来他看到杨尔兄发出的微信,得知我们在仙居,便邀请我们"顺便"去龙泉住两天。

虽说"水不在深,有龙则灵",而龙泉的水不仅灵,而且深。其所蕴藏的奇玮瑰怪可以说是深不可测,好像永远竭之不尽。记不起到龙泉畅游过几次了,反正每一次的景观内容都各不相同、无有

江寒汀《九龄图》

重复：青瓷、宝剑、浙大抗战校址、江浙第一高峰、叶绍翁诗馆、盆景园……这一次给我们安排的是去泉灵谷。

  泉灵谷位于龙泉市锦溪镇的山坑林场，距城区约20千米，森林资源丰沛，植被茂密超常，生态环境特佳，尤以灵芝的野生培育、示范种植、中药传承，被誉为"中华灵芝第一乡"。

  灵芝，我当然很小就知道的。作为菌，本属于一种低等的植物，但它却不同于一般的菌，自古至今，被视为祥瑞，称作仙草。《白蛇传》中，白娘子为救许仙起死回生拼了命盗取的仙草便是灵芝。但见到灵芝的真容，应该是1973年以后的事。那一段时间，陈佩秋老师正在画灵芝，所据以写生的，是一支干的灵芝。她说自己是见过生的灵芝的，还见过它的"开花"，而并不只是以干枯的标本为粉本。但我在此之前，除了从图画中，从未见过真的灵芝，包括其干枯的标本。20世纪80年代后，陆续有朋友给我送来干灵芝，说是拿去中药店加工打磨成粉，每天一勺，是滋补养生的上品；也可以碎裂后浸酒，药效更佳。于是我也据之画起了灵芝。再后来，又有朋友送我袋装的、瓶装的"灵芝粉""灵芝孢子粉""灵芝破壁

陈佩秋《灵芝》

孢子粉"等。除了粉末，还有片剂，不同的名目，据说各有不同的功效，但我一直没有弄清其间的玄机，也不想去弄清。诚则信，信则灵，反正是仙草，深信不疑。但直到去泉灵谷之前，一直没有见到过生的灵芝。不过，灵芝的诗读到过不少，自己却一首也没有写过。原因是历代的灵芝诗，几乎没有一首好的，无非感皇恩则瑞应祥符，求长生则延年益寿而已。灵芝的画也见到过不少，自己虽也画过但不多，原因还是历代的灵芝画几乎没有一幅好的；有的将灵芝与兰花画在一局之中，意谓"芝兰之室"，但格调亦不高。灵芝画得好的，我以为除了陈老师，还见过徐小飞兄收藏的一把江寒汀《九龄图》成扇。九朵如意状的"蘑菇云"，紫色的、绿色的、红色的、黄色的、白色的，大大小小地从怪石旁、苍苔里升华起来，谐音"九龄（灵）"，庶几为"铁笛仁丈六十晋四寿"。虽为当时流行的世俗风气，但画得实在精彩，尤其是怪石块磊的勾皴点染，浑厚华滋，为纷陈散漫的九芝立定了精神。

言归正传。在夏兄和龙泉朋友的向导下，我们很快到了锦溪镇。泉灵谷的主人蒋总早已候在路口，当即换了他公司的车直奔藏在此山中的深谷而去。山路很狭，一边是山体的削壁，一边是奔湍的溪流，只容得一辆的车距。我不禁担心："如果山上有车迎面下来，如何交会避让？"回答说："这条路只通谷中的灵芝园，为本公司专用，所以上下山的车辆，都是事先调度停当的。"约略一刻钟的时间，便到了灵芝园的门口。门前的停车场上，一辆满载着毛竹的小卡车见到我们上来便立刻发动下山了。

门头以简陋的竹木构成，属于"柴扉"一类。入门，路侧的山脚下一朵碗大的灵芝红白相间，显得特别的耀眼。在我的心目中，以干灵芝为标本，一直认为灵芝的颜色是紫酱暗红色的，画虽有作朱砂五彩，不过是艺术的加工。所以一见惊艳，夸耀蒋总的"创意"："进门有灵，这颗假灵芝做得太漂亮了！"蒋总立即表示："这是真的！"俯身翻看青苔，掩盖着一段腐质木，化腐朽为神奇，灵芝就是从这上面长出来的，不由慨叹："真得像假的一样！"众人绝倒。

缘溪向里，一路曲折，山脚旁总是不断地给人惊喜，红的、赭的、黄的、白的、绿的、大的、小的、零散的、密集的灵芝，"呼吸沆瀣兮餐朝霞"，光采晃耀地散落遍地！不由想到宋代无名氏的《步步娇》：

> 遍地有灵芝，人人都不识。作得业又大，难敌。我今
> 欲待说与你，只恐你不信，谈非。

有些灵芝被用塑料布搭棚保护了起来，棚内的灵芝还一个个地套上了口袋。说是开花了正在放粉，即所谓破壁孢子粉，是像烟雾一样散发空中的，所以必须套袋才能收集起来。蒋总让我们揭开一角，里面果然烟雾腾腾的，赶快合上不使外溢。原来灵芝的价值主要在这孢子粉，被采粉后的植株基本上是没有什么用的。

徐建融《灵芝》

渐渐地，溪水的叮咚声变成了隐隐的轰鸣声。又是一个转弯，一道八九十米的瀑布声若雷震，从前方的高峰上直挂而下扑入深潭。一直流到山下的溪水便以这里为源头，同时也是灵芝园的尽头。

下山后，蒋总又带我们去参观了他的灵芝博物馆。天啊！世界上竟有如此千奇百怪的灵芝——当然，都是干枯的紫酱色的标本。大到雨伞般的，小到铜钱样的，单株的，聚生的，云朵样的，拳头状的……只有想不到，没有见不到；见到了这么多的想不到，却想到了苏轼在黄州时醉卧"乱山攒拥，流水锵然，疑非尘世"时所作的那阕《西江月》：

> 照野弥弥浅浪，横空隐隐层霄。障泥未解玉骢骄，我欲醉眠芳草。　　可惜一溪风月，莫教踏碎琼瑶。解鞍欹枕绿杨桥，杜宇一声春晓。

"乱山攒拥，流水锵然，疑非尘世"。未遇仙人的仙居游，欣遇仙草的龙泉游，不正可以此词概之吗？同时，由大椿千年朝菌夕晦的一死生，联想到同为万物之卑的菌类竟有毒株、食材、仙草之别，一如同为万物之灵的人类而有奸恶、众人、圣贤之分，于庄子的齐物论不仅又多了一分感慨，而于孟子的"人而异于禽兽者几稀"更唏嘘不已。质之杨尔、申杰兄，皆曰："然！但先生不可无诗。"欣然口占：

仙人未遇遇仙草，自古仙缘春梦迢。
一片滉漾人不见，还看遍地是琼瑶。

寒食《春秋》忆旧游

我从少小就怀有壮游之志，但限于家庭的经济条件，足迹所涉，不过江浙有限的几个地方。直到1982年考入浙江美术学院（今中国美术学院）研究生班，两年的学习期间，每年都有足够的考察经费；1986年后又参加了王朝闻先生总主编的《中国美术史》的编撰，获得了更充实的经费保障。在十多年的时间里，每到暑假必有一个多月的外出，挟《中国地图》一册，孤身一人，几乎跑遍了先前所"卧游"过的神州景观。

我的行旅，志在考察人文景观的历史，而与山西的关系最为密切。这一方面缘于山西的地理环境，使历代的人文景观得到了最好的保存；另一方面，更因为中国历史上最精彩纷呈、跌宕起伏的人文事件，尤其是"春秋"的轰轰烈烈、荡气回肠，大多是演义在三晋这方舞台上的。为此，我还结交了《太原日报》的一批朋友，并长期为他们的副刊写稿，少年意气，文酒相交，极慷慨磊落，仿佛穿越到了热血的"春秋"时代。

大约是三十年前，那一次山西之行的目的地是绵山。到太原与朋友相聚后，第二天便驱车直奔介休，追寻介子推的故事去了。入山，杂木繁茂，溪流屈曲，一洗山下的风尘仆仆、灰头汗脸。如果不是森郁的古柏成林，标举着三晋的雄风霸气，真使人宛如置身江南清秀，虽酷暑而不觉炎热。山中有李姑崖，传为李世民妹妹的修道处；山巅有云峰寺，一坪如砥，峭壁下另有抱腹岩、佛掌痕。而介子推

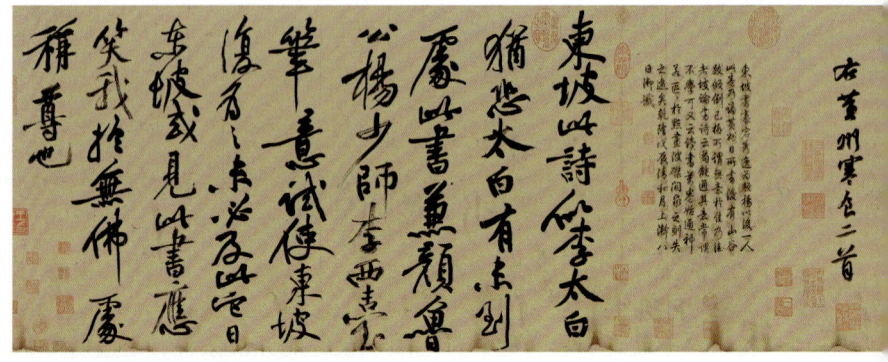

北宋 苏轼《黄州寒食帖》 台北故宫博物院藏

的遗迹,虽曾在此山中,却踪迹无处寻了。

山上没有一个游人,寺庙也冷落得很,只有我们二三子。薄暮时分,居高临风,四望空阔,在漠漠烟色中凭吊介子推淡泊名利的高风亮节,眼前渐渐浮现出"刀枪剑戟摆得齐,五色旌旗空中起,人马纷纷绕树迷"的喧嚣,幻化在夕阳的残照下,飞腾起熊熊似火!不由我引吭高唱了一曲马连良先生的《焚绵山》:"春草青青隐翠溪……莫不是来访我介子推?任你搜来任你洗,稳坐绵山永不离!"

世人有热衷并追逐名利的,也有淡泊并逃避名利的;有为追逐名利而死的,却几乎没有为逃避名利而殉的。严子陵"天下有大有为之君,则必有不召之臣",便足以留下"万世仰高风"的"山高水长";为逃避名利而付出生命的代价,介子推算得上是千古一人!但"四海同寒食",后人景仰介子推,只是因为他"士甘焚死不公侯""满眼蓬蒿共一丘"(黄庭坚《清明》)的鄙弃功名利禄吗?近年重读《春秋》,忆想绵山旧游,对介子推的高风亮节又有了新的认识,而颇感千百年来我们对他约定成俗的评价,还是不无误解的。

"王迹息而诗亡,诗亡而春秋作",这是《孟子》说的。什么是"王迹"呢?就是周公制定礼乐统治下的西周三百年历史。除立国之初的管蔡之乱、中间的厉王之昏，几乎天下无事。相比于东周以来，重大的事件几乎年年有、月月有、天天有，西周也许是中国历史上最为平淡乏味的一个时代。或言，这是因为文献记载的缺失所致。但此前的文献记载更为缺失，不也有牧野之战、大禹治水、黄帝战蚩尤、共工触不周的惊天动地吗？而正是这个平淡乏味的时代，却被孔子视作"郁郁乎文"的理想社会，各阶层人等正常地"日出而作，日入而息"，皆得以安居乐业于风、雅、颂。这就是"诗"。《诗经》三百篇，一言以蔽曰"思无邪"；《孟子》十四卷，自强不息在"行无事"。"思无邪"则各安本分，"行无事"则各尽本职。那不是教人不要有上进心？不是埋没了人才吗？不是的。因为社会的分工中，舜以不得禹、皋陶为己忧而不忧稼穑，农夫以稼穑为忧而不忧皋陶，每一个人只要安分尽职，不需要怀才不遇的抱怨，也不需要毛遂自荐的钻营，自有相关的职能部门以发现人才，考察人才，擢用人才为自己的本分本职。"诗亡"，并不是说采诗的制度消亡了，采诗的制度一直到春秋还保存着；而是指思无邪、行无事的风俗消亡了，由一部分人并带动许多人，都有了不安分的想法，并付诸不安分的行动，天下从此便纷扰多事了，风起云涌，惊心动魄。折腾的事端虽各有不同,思有邪、行生事的性质则一。而孔子删《春秋》的目的,正在于"惧乱臣贼子"的邪思生事,庶使天下复归于无邪无事、安分尽职的礼乐初心。

《春秋》的微言大义,《公羊》概括为"大一统,攘夷狄";《孟子》则说"诛乱臣贼子,治邪说暴行"。后来,常州学派的钱名山先生发挥为"大一统,重人伦;警僭窃,正名分;诛弑逆,外夷狄"(《名山六集·左传论》)。"大一统"所以"尊王室","重人伦,警僭窃"所以"思无邪","正名分,诛弑逆"所以"行无事",然后可以"内中国而外诸夏,内诸夏而外夷狄",天下归心,变非常为正常。

但我们读《春秋》尤其是《左传》,既愤慨于乱臣贼子的倒行逆施,又感动于忠臣烈士的成仁取义。那么,为什么孔子、公羊、孟子们包括名山先生删、释《春秋》,只重诛乱贼而不言褒忠义呢?因为,在他们看来,"春秋无义战",根子便在思有邪、行生事,包括后世所认可的忠臣烈士,事实上也并非思无邪、行无事意义上的理想人物。如专诸刺王僚,站在姬光的立场上,专诸固然称得上是一位义士。但姬光之于王僚,实非以正义易不义,而是以不义易不义。这一点,即使当事人之一的季札也是看得很清楚的。

只是,孔子删《春秋》而真使"乱臣贼子惧"的实在少之又少,不惧而变本加厉者则前仆后继。于是,大约从董仲舒的《春秋繁露》开始,《春秋》义例,便以诛乱贼、治邪暴与褒忠义、奖贤良并重了,遂使"惧乱臣贼子"演义为"见善足以戒恶,见恶足以思贤"。但这样一来,也就遮蔽了安分尽职的《春秋》本义。

介子推,正是《春秋》所褒奖并受到后世敬重的人物之一。他与狐偃、先轸等追随重耳,颠沛流离,历尽艰辛,终于复国。在这期间,包括晋文公后来成就了霸业,介子推的事迹并称不上特别的忠臣烈士,而狐偃等更不是什么"乱臣贼子"。那为什么《左传》要褒介子推而贬狐偃等呢?难道真的仅止于对淡泊名利和热衷名利

徐建融《玉峰琪树》

的褒贬吗?显然,《春秋》大义绝不可能是如此的简单,因为它所褒奖的人物中,有不少便是以艰难困苦地成就功名著称的。

原来,追随重耳助其复国,在介子推仅视作自己的本分、本职,"如吃饭睡觉,当然如此"(钱名山先生语);而在狐偃等,则一个个胸怀图谋、行有目的,视作霸业的博弈。所以,侥幸成功之后,介子推视作"天之功"而"不言禄",狐偃等则视作"己之力"而争功名;且晋文所赏,在彼而遗此。这就使他"且出怨言"。所怨者,当不在自己的"禄弗及",也不在狐偃等的得享高官厚禄,而在思无邪、行无事的风俗沦丧,而思有邪、行生事的风气大炽,"上下相蒙,难与处矣"。介子推的悲剧,不正是"王迹息而诗亡"的一个具体例证吗?

一个平凡的人物,坚守着一颗平凡的日常之心同时也是礼乐之心,在"春秋作而霸业兴"的背景下,就这样引发了一场风风火火的历史大事件,并因此产生了中华民族一个重要民俗节日,与后来屈原的端午节火烬水濯,并垂千秋。但屈原之死,高扬的是英雄主义的忠义精神,而介子推之死,伤逝的只是日常生活的无邪无事。所以,后世的人们过端午节,没有不怀想屈原的高风亮节的;而过寒食节、清明节,又有几人联想到介子推无邪无事、安分尽职的《春秋》大义呢?至于历代的诗人,多有借寒食节作怀才不遇感叹的,实在是离题愈远了。

近年,山西的朋友时有相邀,说是介休县正以"介子推就住在这里"为题,大力打造旅游胜地;今日的绵山,也远非三十年前的景象了。我却以种种原因,"树犹如此",无暇再作旧地重游,乃以小诗一首为寄:

> 寒食春秋忆旧游,风云龙虎斗恩仇。
> 心无邪思行无事,天下归仁乐九州。

庐山与石钟山

庐山飞峙九江口，石钟小隐鄱阳湖。二山者水脉相通，距离相去并不十分遥远，而所蕴涵的道理却截然相反、判若泾渭。

横看成岭侧成峰，远近高低各不同。
不识庐山真面目，只缘身在此山中。

苏轼的这首《题西林壁》万口传诵到于今。它所告诉我们的是这样一个道理：要想认识一个事物的真相或做好一件事情的真谛，不在置身山中，而必须移足山外。也就是"当局者迷，旁观者清"的意思。例如一个画家，要想画好画，必须"功夫在画外"，摒弃形似造型的"画之本法"而求诸诗文、书法等"画外功夫"。

但苏轼的《石钟山记》同样众所周知：

事不目见耳闻，而臆断其有无，可乎？……士大夫终不肯以小舟夜泊绝壁之下，故莫能知。而渔工水师，虽知而不能言。此世所以不传也。

它所告诉我们的是这样一个道理：要想认识一个事物的真相或做好一件事情的真谛，必须像认识石钟山一样，要深入彭蠡的绝壁实地；远离绝壁的实地，根本搔不到痒处。也就是"不入虎穴，焉得虎子"的意思。具体仍以绘画为例，要想画好画，必须锤炼坚实的"术业有专攻"，即求诸"以形体为第一要义"的"画之本法"。

| 忆游

明　沈周《庐山高图》
台北故宫博物院藏

那么，苏轼所主张的识事、处事方法，究竟是求诸事外呢？还是求诸本事呢？

我多次提到，有别于科学上的真理如勾股定理和圆周率，正确的答案只有一个而且适用于所有的三角形和圆，不同于这个答案的结论都是错误的；文化艺术上的真理却是多元的，甚至两个截然相反的观点也都可以是真理。山外求山与穴中求虎如此，"画外功夫"和"画之本法"如此，可杀不可辱与忍辱负重亦如此，陈言务去、蹊径独辟与踵役常途、窥窃陈编还是如此。但它们各有特定的时间、空间、条件和对象，离开了时空条件来讨论哪一个观点对，哪一个观点错，实际上并无意义而只能使真理愈辩愈糊涂。

庐山为巍峨的大山，宽广而高峻，森罗万象，其"真面目"在全局的气势。郭熙《林泉高致》曰："远观之以取其势。"如果置身山中，必然"一叶障目，不见森林"，故以山外为重。石钟山为幽深的"江湖锁钥"，其名声在绝壁中流"空中而多窍"的一石。郭熙《林泉高致》又曰："近观之以取其质。"如果不临其地，难免臆断其奥而不中，故以穴中为宜。

以绘画论，泛滥于明清以降的文人画为综合艺术，须赖诗文、书法的文化修养而成笔精墨妙的高雅意境，徐渭、董其昌、八大、石涛等，是谓山外得庐山。执于"逸笔草草"的"不求形似"则陷"荒谬绝伦"（傅抱石语），"家家石涛，人人清湘"，是谓山中失庐山。盛行于唐宋之际的画家画包括士人画和工人画为造型艺术，须凭"真工实能"（李日华语）的六法皆善而成形神兼备的高华境界，黄筌、李成、李公麟、张择端乃至莫高窟的众工，是谓穴中得石钟。疏于以形写神的规矩法度则沦"徒污绢素"（张彦远语），"具其形似则失其笔法，备其彩色则无其气韵"，是谓浅尝失石钟。

可是，在现实中，人们总是偏执于自己所认同、践行的观点而排斥、否定不同的尤其是相反的观点。无限放大自己观点的正面例

清　石涛《岷江春色图》

证和相反观点的反面例证，而无视自己观点的反面例证和相反观点的正面例证，来证明自己的观点为唯一的绝对正确，其他观点，尤其是相反的观点都是绝对的错误。这使人联想到祖孙携驴进城的故事，孙骑祖步、祖骑孙步、祖孙并骑、祖孙并步的不同方式，在苏轼看来，它们本身应该并无对错，须视不同的实际情况而定夺取舍。然而，在执一者的眼中，却不问实际的情况，认定只有自己认可的方式才是对的，否则便是错的。结果，祖孙俩也就只能扛着毛驴进城了。

　　卧游庐山、石钟山，有感于今天学术、艺术界不同观点的论争如此。

"扬声息苦"的钟声

中国古代的城市和寺庙中,大都设有钟鼓楼,用以播报时辰。一般以撞钟报晓,击鼓播晚,即俗称的"晨钟暮鼓"。如陆游《短歌行》所云:"百年鼎鼎世共悲,晨钟暮鼓无休时。"我们今天所读到的古诗词中,自然也多闻晨钟的堂堂之音、正正之声,如"清晨入古寺,初日照高林……万籁此俱寂,惟闻钟磬音"(常建《题破山寺后禅院》)、"金阙晓钟开万户,玉阶仙仗拥千官"(岑参《奉和中书舍人贾至早朝大明宫》)、"长乐钟声花外尽,龙池柳色雨中深"(钱起《赠阙下裴舍人》)、"晓上篮舆出宝坊……已觉钟声在上方"(高翥《晓出黄山寺》)等。

基于这样一个常识,对于唐代张继脍炙人口的绝唱"月落乌啼霜满天,江枫渔火对愁眠。姑苏城外寒山寺,夜半钟声到客船",北宋欧阳修便在《六一诗话》中提出了质疑:"句则佳矣,其如三更不是打钟时?"

不过,这一质疑也遭到了后人的反驳。南宋叶梦得《石林诗话》认为:"盖公未尝至吴中。今吴中山寺,实以夜半打钟。"

但是,这样的解释事实上并没有恰切地说明打钟的时间问题。在古代,不仅包括寒山寺在内的"吴中山寺",天下寺庙皆然;不仅寺庙,甚至城市亦然,除了清晨拂晓,夜半也常被规定为打钟的时间。汉崔寔《政论》:"永宁诏钟鸣漏尽,洛阳城中有不得行者。"三国魏田豫则有言:"年过七十而居位,譬犹钟鸣漏尽而夜行不休,

徐建融《云林兰若》

是罪人也。"后二句意谓夜半钟声响过之后，还在城中行走，不肯睡觉休息，等同犯罪的行为。无非清晨的打钟制度较为普遍并执行得相当严格，而且钟声嘹亮，人们已早起，故闻者众；夜半的打钟制度不太普遍并执行得相对宽松，而且钟声空寂，人多在深睡，故闻者罕。致使大多数人误认为打钟只能在清晨，不能在夜半。王维《山中与裴秀才迪书》中提到："夜登华子冈，辋水沦涟，与月上下……村墟夜舂，复与疏钟相间。"这里的"疏钟"，显然也是在深夜打响的。当然，它未必出于辋川山庄，而是来自远处的城市或寺庙。

尤其在寺庙中，除清晨和夜半之外，其他时间也是可以打钟的，其目的不一定是为了播报时辰，而是为了做功课，作法事，集聚僧众，接待香客等，则主要是作为一种宗教的仪轨了。

著名的"饭后钟"故事，打的是午钟，用来召集僧众用餐。王定保《唐摭言》记："王播少孤贫，尝客扬州惠昭寺木兰院，随僧斋飧。诸僧厌怠，播至已饭矣。后二纪，播自重位出镇是邦，因访旧游，向之题已皆碧纱幕其上。播继以二绝句曰：'……上堂已了各西东，惭愧阇黎饭后钟。二十年来尘扑面，如今始得碧纱笼。'"

至于暮钟，那就更清响不绝于古诗文中了，如"浩浩风起波，冥冥日沉夕……独夜忆秦关，听钟未眠客"（韦应物《夕次盱眙县》）、"客心洗流水，遗响入霜钟，不觉碧山暮，秋云暗几重"（李白《听蜀僧濬弹琴》）、"古木无人径，深山何处钟……薄暮空潭曲，安禅制毒龙"（王维《过香积寺》）、"别来沧海事，语罢暮天钟。明日巴陵道，秋云又几重"（李益《喜见外弟又言别》）、"卧闻岳阳城里钟，系舟岳阳城下树"（欧阳修《晚泊岳阳楼》）、"但闻烟外钟，不见烟中寺……惟应山头月，夜夜照来去"（苏轼《梵天寺见僧守诠小诗清远可爱次韵》）、"晚度孔间袨，林间访老农。行冲落叶径，坐听隔江钟"（贺铸《题诸葛袨田家壁》）、"鸟外疏钟灵隐寺，花边流水武陵源"（洪炎《四月二十三日晚同太冲表之公实野步》）等等。"西湖十景"的"南屏晚钟"，更为众所周知。这些钟声，不外是做功课，作法事，召集僧众，接待香客时所撞发。它的意义，与播报时辰基本无关，而是重在"扬声息苦"。

据佛经所载，昔罽昵吒国王贪虐作殃，受马鸣大士教化，殁后生大海中作千头鱼，常受剑轮斩截，苦不胜忍，唯闻某寺钟声，剑轮暂停，苦亦少息。王致梦白维那曰："惟愿大德垂怜，矜悯击扬，延之过七日已，罪报毕矣。"以是因缘，西域诸寺，不时扣钟震响，遍地咸闻。我国则肇始于梁武帝问志公："朕欲息地狱苦，宜以何法？"曰："冥界惟闻钟声，苦能暂息。"于是遍诏天下佛寺，凡击钟声，随缘不时，宜舒其声，庶几无尽法音，响震重泉，超拔冥界，惊醒尘寰，护佑福报，广大教化。

今天，无论城市还是寺庙，基本上都已不再用钟鼓来播报时辰。即使大年三十（除夕夜）的烧头香、撞头钟，也只是象征意义上的。但寺庙里凡做功课，作法事，召集僧众，接待香客等活动，仍不同程度地保留着撞钟的仪轨。自然，这时钟声在什么时候响起，是因人因事，随缘无定的。

以我个人的经历，浙江慈溪的伏龙禅寺，是与我十分亲近的一座千年古刹，寺中的大部分建筑包括钟鼓楼，早已毁于日寇的兵火。一口大钟，便只能置于重建的琉璃宝殿内。我每次上山，一般多在薄暮时分，首先到大殿中上香礼拜，礼毕，便在住持传道法师的引导下撞钟三响。这钟声，同样不是按规定的时间所击发。

附带提一句，朱自清先生的名篇《荷塘月色》中曾提到"月夜蝉声"。抗战前几年有一位陈少白写信给他，说"蝉子夜晚是不叫的"。朱问了好几个人，都说陈说得对。又写信请教同事的昆虫学家刘蒙乐，刘翻了许多文献"好容易找到这一段儿"："著者说平常夜晚蝉子是不叫的，那一个月夜，他却听见它们在叫。"也就是说，"这一段儿记录也许是个例外"，所以，"以后再改，要删掉月夜蝉声那句子"。抗战一年后，陈先生在正中书局的《新学生月刊》上发表了一篇文章，再次论证"月夜蝉声"的不可靠，而朱先生在这段时间以特别的关注，竟"又有两回亲耳听到月夜的蝉声"，而且，"这两回的经验是确实的：因为听到的时候，我都曾马上想到这问题和关于它的诗论"。

其实，这个问题早在宋代便已聚讼。王安石的《葛溪驿》云："缺月黄昏漏未央，一灯明灭照秋床……鸣蝉更乱行人耳，正抱疏桐叶半黄。"就有不少人质疑蝉声夜鸣。《艇斋诗话》曰："予尝疑夜间不应有蝉鸣。后见说者云：葛溪驿夜间常有蝉鸣。此正与寒山半夜钟相类。"而张文虎《舒艺室胜稿·书艇斋诗话后》则表示：岂止王安石，李商隐的《蝉》诗便有"五更疏欲断"之语。此外，唐彦谦的《夜蝉》则云："清夜更长应未已，远烟寻断莫频嘶。"此后，更有辛稼轩《西江月》的"清风半夜鸣蝉"脍炙人口。

结论，便是朱自清《关于"月夜蝉声"》所说的观察之难，我们不可以"常有的经验作概括的推论"，并"相信这种推论便是真理。其实只是成见。这种成见，足以使我们无视新的不同的经验，或加以歪曲的解释。"

西藏半游记

　　1986年夏，王朝闻先生总主编的《中国美术史》十二卷本编撰动员会在北京隆重召开。大会小会，前后四天，会议结束后，与会的近百位专家带着各自的任务纷纷打道回府。我被分配撰写"清代的雕塑和壁画"。这方面的内容，在前此的各种《中国美术史》中近乎空白；尤其是藏传佛教的美术，在清代十分兴盛，青藏地区之外，更进入到皇宫紫禁城！可是，又有哪一部《中国美术史》对之作了哪怕蜻蜓点水般的记载、评述呢？所以，我提出需要立即外出做实地调查考察。编辑部批准了我的请求。并去文化部开了一份"上方宝剑"式的介绍信，又拨给近乎"天文数字"的出差经费。由于当时人民币的最高面额只有十元，全部带在身边不方便，所以只暂领了一半，另一半待需要时发电报让编辑部汇过去。

　　一切就绪，准备出发，分卷主编薛永年兄找到我，希望我带袁林一起出去。袁兄为中央美术学院首届美术史系的高材生，永年、杨新兄的同班同学。因毕业分配在天津一家工艺美校，觉得大材小用，所以一直心情不畅。这次，永年兄正接手央美美术史系的主持，准备把他调到北京来，所以也邀他参加了《中国美术史·清代卷》的编撰，具体承担"中外美术交流"的写作。因为我的性格、精神状态无论阴晴圆缺，都能随遇而安地"为仁由我"，所以让我一路上"开导开导"他。

　　行程的规划，本来是先到青海，再由格尔木入藏。原因有三：一是藏传佛教发展至今蔚为大宗者称喇嘛教，属黄教格鲁派，而它的创始人宗喀巴（1357—1419）正是诞生于青海省。直到今天，包括当世的达赖、班禅，许多活佛的轮回转世，诞生地也多在青海。所以，喇嘛教的政教中心，固然在西藏，但它的渊源却是在青海。其二，青海与西藏并称"青藏高原"，而西藏的海拔尤高，内地的汉人贸然入藏，往往引起强烈的不适甚至严重的后果。所以，先到青海，可以对高原的缺氧反应有一个适应的过渡。其三，西藏的居民几乎为清一色的藏族，青海则藏汉多民族杂处，先到青海，又可对藏族的风俗禁忌取得先行的了解。

但现在有了袁林的加入，我就不能只顾自己，也应该兼顾他的任务。清代中外美术的交流，为众所周知的内容，无非晚明利玛窦带来西洋画的写实技法，入清后，郎世宁、艾启蒙等供职内庭，创造了"中西合璧"的画风，在画坛产生极大影响；至晚清，又有上海土山湾的开设，开启了民国学习西洋画大潮的先声。这一切本与西北之行完全无关。我却灵机一动，向他建议，既然是"交流"，就应该是双向的，而不应只写单向的这两大事件，也可以考虑写一写同时期西方美术是如何受中国影响的。怎么写呢？晚清时期斯坦因、伯希和等的盗宝敦煌不也是清代中外美术"交流"史上的一个重大事件吗？袁兄振奋地表示赞同。于是，便把行程调整为青海考察结束后折兰州，走丝绸之路到敦煌，再由格尔木入藏，庶使袁兄也能通过考察有所收获。由于我是第二次丝路行，并正在写《佛教与民族绘画精神》的书稿，所以，一路上便当起了袁兄的导游。天天晚上讨论丝绸之路上的中外交流课题；到了莫高窟又重访了段文杰、史苇湘先生，以中外交流的新认识向两位请教，颇得允赞。后来，袁兄把我们一路上的讨论，以对话的形式写成一篇《丝路夜话》发表出来，被收入《1987中国游记年选》，我亦得附骥尾。而西方美术受中国影响的研究，更使袁兄成了中外美术交流研究领域独树一帜的名家。

回到喇嘛教美术考察调研的主题。从北京到了西宁，联系到省文化厅的相关人员，便由当地一位长期致力于民族宗教工作的同志给我们介绍藏族的民俗常识和宗教仪式。然后便是参观塔尔寺。一种默如雷霆、无比稀有、妙曼庄严、不可思议的震撼，尤胜于几年前初到云冈、龙门、敦煌时的醍醐灌顶！曼荼罗的神秘力量，弥漫在寺院的空气之中，包围了我的全身心。到处都是塑像、壁画、唐卡、经幡，微笑、慈悲、念想、畏怖的佛陀、菩萨、度母、明王，在艳丽的流光溢彩和昏暗的香烛烟雾中，强烈地压迫并加持着人的灵魂，耳际心头，彷佛升华起"唵嘛呢叭咪吽"六字真言的大音稀声。

接着又去了同仁县。这里不仅是藏民族的聚居区，更是喇嘛教"热贡艺术"的发祥地。青海地区，包括西藏、内蒙古各地喇嘛教寺庙的雕塑画像，大都出于当地的艺人之手。谢稚柳先生曾给我讲过，当年张大千到敦煌临摹壁画，为了弄明所用的颜料，特地从塔尔寺请了五位藏族画师帮助研制，这些画师就都是同仁县人。我便向向导打听是否还有健在者？回答都已经过世了，但当时他们都有小徒弟随身陪同，有一位叫夏吾才郎的正在县城的某一村落。我便让他带我们去拜访。到了夏吾才郎的家里，这哪里是世俗的家庭啊？简直就是一座小型的寺庙！大红大绿的塑像、壁画、唐卡、香烛，琳琅满屋，一应俱全！原来在藏族文化中，不仅宗教与政事是一体化的，宗教与世俗也是一体化的。

如今的夏吾才郎，已是喇嘛教美术制作的大名家。但谈起当年随师傅为张大千"打工"的往事，一点不见他有"曾经沧海"的荣耀；对自己今日的成就，更毫无欣然的自得。一种虔诚的卑微渺小，升华为庄严的崇高伟大，与塔尔寺的所见，相辅相成，构成我对喇嘛教美术的初步印象。

从敦煌直下格尔木，袁林又突然表示对高原反应似乎有一点点敏感，不敢进藏了。给他一讲，竟也引起我的恐惧，万一发生强烈的高原反应，孤身一人又该如何应对？这时，一位年轻人主动过来与我们亲近，说是青海某高校的美术生，如果我们能提供他的车旅食宿，愿意陪我进藏并照顾我。当即决定，袁林转游四川自贡，年轻人陪我入藏。便把身边的全款大部分给了袁林，足够他一路畅游直至返回天津。

当天，我和年轻人从格尔木乘长途车一路风尘，颠簸着到了昆仑山脚，四野茫茫已是漆黑一片。在山脚的旅社大统铺上和衣而睡，第二天刚蒙蒙亮又重新出发。两小时后到达海拔四千七百多米的昆仑山顶，司机停车，让大家一睹莽昆仑横空出世的壮观。我下车来到公路边，纵身一跃跳过一道七八十厘米宽的壕沟，准备向山坡走去；忽听司机大喝："不可跳跃！"顿觉胸口剧烈的压迫，喘不过气，约略二三分钟才缓过神来，算是真正领教了高原缺氧的厉害！

中午到达拉萨，即在市政府招待所住下，年轻人突然说病了！我从来不会伺候人，但也只能陪他去卫生室看医生。说是没事，不过正常的轻度高原反应。配好药让他回宿舍躺下休息，又买好饭菜票请服务员代为关照，我便匆匆外出。先到附近的邮局给编辑部发电报，告知汇款的地点；简单的午餐后又赶去区文化厅开介绍信，落实考察拉萨、日喀则、阿里的事宜。然后便到布达拉宫旁边的农业展览馆找到文化厅安排的向导叶星生，也是早已闻名的一位青年画家。

为了节约开支，连续几天都在叶兄那里蹭饭对酒，并在他的陪同下游览了布达拉宫、大昭寺、八廓街以及近郊的藏民家庭、拉萨

布达拉宫　　　　　　　　大昭寺

野景……如果说，青海考察所得的印象，是曼陀罗的神秘加持充沛在寺庙和藏民的居所里；那么，拉萨游览所给我的感受，不仅寺庙、民居中充沛着更加强大的密法神力，就是整座城市，从天空到地面，从高山到流水，莫不弥漫着政教合一、教俗合一的曼荼罗氛围。尤其是以坛城五方为标志所凝聚的天下和同、藏汉一家的巨大向心力，更如金刚不灭，无坚能摧！

芝麻刚刚开门。然而，身边有一个病人，后续的经费又迟迟没有消息，到了第四天，便只能离开拉萨，结束西藏之行。后来得知，编辑部的钱款其实早已汇来，只是不是通过邮局，而是打到了附近的银行里，只要我持证件去银行自报姓名便可取出。

一次好不容易西藏游的因缘殊胜，就这样草草地半途而废了。

回到格尔木，年轻人便活蹦乱跳，完全恢复了。我终于松下一口气与之分手，中午前后到了西宁，购买当天回上海的火车票。售票员说，硬卧已售罄，只剩下硬座和软卧。我一算手头的所剩无几，如购硬座，还有略多的余款；如购软卧，便只剩下4毛——上海站到摆渡口公交8分，摆渡6分，陆家嘴到高桥公交2毛5分。也就是说，从现在开始到明天下午，整整24小时不能吃饭！究竟是坐着吃饭还是躺着饿肚子？这是一个问题。我当机立断：软卧！

空着肚子在车站广场附近闲逛了半天，挨到傍晚终于上了火车。同一个软卧车厢里，只有我和一位泰国华侨两人，相谈甚欢；一会儿，广播里提醒乘客用餐，华侨邀我同去餐车，我推说不饿，他就独自去了。十来分钟后，华侨捧着一大堆啤酒、饭菜，回到车厢摆满小餐桌，请我同饮。我大喜过望，客套了几句便与之杯觥交错起来。从早上到现在，足已十多个小时没有好好进餐的我，天上掉馅饼，终于完美地解决"躺着饿肚子"的难堪。第二天清晨，华侨在西安下车，剩饭剩菜又成了我当天的口福。

回家之后，立即开展了对喇嘛教美术的"研究"，以这次青藏的实地考察为基础，后来又请谒拜访了赵朴初会长等宗教界和藏学界的权威人士，调研了北京、山西的相关遗存，陆续在《新美术》《朵云》《雪域艺术》等报刊上发表了多篇论文。

由于涉及诸多错综复杂的民族、宗教政策，所以，20世纪80年代，喇嘛教文化研究近乎一个禁区。而我们这些文章，不仅破了天荒，更为各方面所认同并关注。尤其是我在为"清代卷"交差中所总结的喇嘛教美术的五大特色："数量的浩瀚，体（面）积的庞大，材料的贵重，制作的精巧和供养的普及"，以及"这固然是反映了信徒们现实的生活理想或幻想，同时也折射了他们对于信仰的无比坚定和不惜一切的奉献精神"的美学评价，更得到审稿专家的充分肯定，认为言简而全面深刻。

不过，我对于学问的认识，无论"读万卷书"还是"行万里路"，始终以为有三：补苴掌绩、万宝无遗以求"熟"，知识的学问以陆澄为典型；探赜钩深、见微知著以求"精"，学术的学问以阎百诗为典型；观其大略、不求甚解以求"通"，学养的学问则是我从韩愈、欧阳修的实践中总结出来的。细想起来，走马观花、浮光掠影。尝浅辄止，"知之为知之，不知为不知"，是我一生最大的缺点，尤使我在治学上吃了不少的亏，所以也就占了许多的"便宜"。

西藏半游记，其亦庶几乎？

观剧

一样心情别样娇

传统的戏曲和书画是关系亲密的一对姊妹艺术。老一辈表演艺术家和书画艺术家之间的情谊，梅兰芳、程砚秋、俞振飞等的一手翰墨丹青，关良、林风眠、程十发等的擅作戏曲人物，都是"戏画相通"的绝佳诠释。中央电视台戏曲频道有一档"翰墨戏韵"节目，则是专门论证"戏中有画"，尤其是"画中有戏"的。被采访的书画名家们不约而同地有一个共同的观点：传统的书画与戏曲是相通的，它们有同样的风格，体现同样的艺术境界。所举的例子，则有诸如以一支蜡烛于光明朗照中表现伸手不见五指的黑夜，以抑扬顿挫的节奏处理唱腔和笔墨的变化，以"少少许胜多多许"的写意手法来象外取神等。

这不禁使人联想起钱锺书先生的《中国诗与中国画》。相比于"戏画相通"，"诗画一律"在中国艺术史上有着更悠久、广泛的众所共识。"我们常听人有声有势地说，中国旧诗和中国旧画有同样的风格，体现同样的艺术境界"。但钱先生却提出了疑问："那句话究竟是什么意思？这个意思能不能在文艺批评史里证实？"经过反复的论证，他的结论是："诗和画既然同是艺术，应该有共同性；它们并非同一门艺术，又应该各具特殊性。"典型的例证，便是"在中国文艺批评的传统里，相当于南宗画风的诗不是诗中高品或正宗，而相当于神韵派诗风的画却是画中高品或正宗。旧诗和旧画的标准分歧是批评里的事实。我们首先得承认这个事实，然后寻找解释、

南宋　佚名《杂剧卖眼药图》　故宫博物院藏

鞭辟入里的解释，而不是举行授与空洞头衔的仪式"。需要补充指出的是，诗画标准的分歧还有一个例证，这就是钱先生在《宋诗选注》中所指出的"具体的诗中有画"，也即闻一多所说的"用颜料来吟诗"，并没有被作为"诗中高品或正宗"；而"具体的画中有诗"，也即闻一多所说的"用文学来作画"，却被作为"画中高品或正宗"。

　　戏曲与绘画的相通关系，大抵亦如此。它们也有两个共同话题可以分说。

　　梅兰芳先生有一句名言："移步不换形。"这个话题，是从郭熙《林泉高致》的画论中变用过来的:"山,近看如此,远数里看又如此,远十数里看又如此,每远每异,所谓山形步步移也。山,正面如此,侧面又如此,背面又如此,每看每异,所谓山形面面看也。如此,是一山而兼数十百山之形状。"其意为,山水画的写生、创作取景,不宜固定一个位置作"焦点透视",而应该上下、左右、前后多角度地作"动点透视",应使"山重水复疑无路,柳暗花明又一村"的景象能尽萃于一局之中而引人入胜。

但梅先生的"移步不换形"却不是讲艺术的处理手法,而是讲艺术的创新问题。任何艺术都需要创新而不能墨守成规、故步自封,这就是"移步";但任何创新都不能偏离该艺术的本质属性,这就是"不换形"。用程砚秋先生的话说,便是:"守成法,要不拘泥于成法;脱离成法,又要不背乎成法。"程先生的表演尤其是唱腔,在发声、吐字、行腔、归韵方面,恪守皮黄的基础,又广泛汲取各地方剧种乃至民间小调,更自觉地借鉴西方的音乐元素为我所用。如其代表作《锁麟囊》"春秋亭"一折的流水板"忙把梅香低声叫……"一句,末尾加上了十几板的拖腔,便是从欧洲电影《翠堤春晓》中施特劳斯的《大圆舞曲》中引进过来的,使唱腔更显美丽多姿,但又一点不露西方圆舞曲的痕迹!同剧"团圆"一折中最后的"哭头",也巧妙地糅入了美国电影《凤求凰》的歌曲音调,丰富了旋律的色彩效果,尽其妙曼。

绘画中的"移步换形",与戏曲中的"移步不换形",其涵义的不同如此。

"行家"和"戾(一作利、隶、力)家",也是戏曲界和书画界常用的一对术语。"行家",本指经过专业训练而具有过硬专业技能的职业从业者,即"内行";"戾家",则指未经专业训练的疏于专业技能的业余涉事者,即"外行"。宋元时梨园中所称的"行家",当然是专职的优伶,而"戾家",则为"追星"自娱的票友。

徐建融《京剧连环套》

但赵孟頫却为之翻案，他认为"良家子弟"才是杂剧界的"行家"，而"娼伎优伶"应为"戾家"。他的本意，主要是以戏文的编剧多为文化人，对杂剧的发展具有领衔的意义，所以应为"行家"；而优伶不过是逢场作戏、照本宣科的工匠，所以应为"戾家"。在很长的一段时期内，无论杂剧还是传奇，编剧的关汉卿、王实甫、徐渭、汤显祖、李渔、孔尚任、洪昇等成为中国戏曲史上的显赫人物，而表演的优伶则基本上不著其名，应该正是受赵孟頫这一观点的影响。但从清代徽班进京以后，花部的势头压倒了雅部，传统的戏曲亦由重文学的剧本变而为重演艺的角色。专职的演员作为"行家"，而业余的票友即使如溥侗、程君谋、张伯驹、韩慎先也只能作为"戾家"，就再也没有争议了。

长安戏院的赵洪涛兄曾为我讲解"行家"与"戾家"的分别。第一，"戾家"一定是按照"行家"的标准来唱念做打的，功夫非常到家，

徐建融《京剧苏三起解》

甚至专业的年轻演员也需要向他们请教。所以,并不是所有的戏曲爱好者都有资格称得上"戾家"、票友的。第二,根本的是,"行家"以唱戏为职业,可以挂牌卖座;而"戾家"则仅以唱戏为业余的爱好,更不能挂牌卖座。一言以蔽之,在戏曲界,"行家""戾家"仅是职业身份的不同,至于在艺术要求上,容有水平的高下,却并没有标准的分歧。而且,支撑戏曲发展、繁荣的核心力量,是"行家"而不是"戾家",如佛门中的和尚与香客。

赵孟頫不仅为戏曲中的"行家""戾家"作翻案,他还与钱选一起,率先将这一对概念引进了绘画。《六如画谱》中记载了一段二人的对话:

> 赵子昂问钱舜举曰:"如何是士夫画?"舜举曰:"隶家画也。"子昂曰:"然观之王维、李成、徐熙、李伯时,皆士夫之高尚者,所画盖与物传神,尽其妙也。近世作士夫画者,所谬甚矣。"

在钱选眼里,绘画的"行家"如吴道子、黄筌、崔白等职业画工,具有"与物传神"的真工实能；而文人士大夫中有游戏翰墨者，不过"隶家"而已，不足称道。赵孟頫却提出了异议，他认为李成等非职业的士夫画家同样具有"与物传神"的真工实能，决不能一概地归于"隶家"。但他又承认"近世作士夫画者，所谬甚矣"，虽未具体点名，所指应是类似于苏轼、米芾之类"心识其然而不能然""不学之过"的逸笔草草。

李成等"戾家"，相当于溥侗等票友，虽不以绘画为处世立身的专职，但水平并不在"行家"之下甚至在其上，而苏轼等"戾家"，则相当于荒腔走板的戏曲爱好者。这样的"戾家"，相比于"行家"，不仅身份不同，更在于标准相异。"行家"画的标准，在"与物传神"的"画之本法"的深厚扎实。从这一意义上，李成等的身份虽为"戾家"，但他们的艺术仍属当行本色的"行家"。而"戾家"画的标准，则在疏于"画之本法"却具有专职画工所阙如的丰厚博洽的"画外功夫"。赵孟頫虽然不同意把李成等归于"戾家"，但对于把苏轼等归于"戾家"，应该是没有间言的。

然而，进入明清以后，文人画沛然大兴，蔚为画坛的主流，画家画则被排斥到了画坛的边缘。从此，"戾家"成为绘画艺术批评史上表征高雅的褒词，而"行家"则成为表征低俗的贬词，如禅林中的南宗与北宗。

戏曲中的"行家"与"戾家"，与绘画中的"行家"与"戾家"，其涵义的不同又如此。

其实，何止诗与画，戏与画，世界上任何两样不同的事物，其基本的道理都是一律的、相通的。但此事物之所以为此事物而不为彼事物，彼事物之所以为彼事物而不为此事物，根本上不是因为它们的一律、相通，而恰恰是因为它们的分歧、不同。正如钱锺书先生所言："我们首先得承认这个事实，然后寻找解释、鞭辟入里的解释，而不是举行授与空洞头衔的仪式。"

常把老娘挂心怀

《四郎探母》是传统京剧的一出经典骨子老戏，同时又是一台喜庆祝寿的吉祥大戏。故事取材于《杨家将演义》，但戏文略有不同，加强了对杨四郎在忠孝两难境地中矛盾纠结心理的铺陈刻画。故事背景是宋辽交兵，杨四郎（延辉）被擒后改名木易，为辽邦招为驸马，与铁镜公主成婚。夫妻恩爱十五年后，萧天佐摆天门阵，佘太君押粮草至边关御敌。四郎得知后思母心切，为公主看破，乃以实相告。公主甚为同情，计盗令箭，助其出关，私回宋营，母子、夫妻、兄弟相会，互诉离情，绵绵无尽。无奈时限将至，不得已挥泪相别。四郎复回辽邦，萧太后欲问斩刑，幸公主代为求免。

相传此剧最早为张二奎（1814—1860）改编。张原为道光年间工部都水司经承，因酷爱皮黄，常客串"和春班"的演出，触犯朝廷官员不得粉墨登场的规定被革职，当时才二十四岁。后自组"双奎班"，为老生主演，与程长庚、余三胜并称京剧"老三杰"，兼"精忠庙"庙首，以体表英伟，扮相雍容，嗓音宽亮，唱腔豪迈，气沛神足而又朴素自然，被誉为"奎派"，俞菊笙、杨月楼等皆得其教授。"四郎"一剧以唱工见长，尤集西皮之大成，将西皮的各种板式、唱腔，应有无遗地发挥到高难度的美轮美奂、淋漓尽致。三眼、二六、导板、原板、流水、快板、摇板、散板……从开场唱到收场。老生（杨四郎、六郎）、青衣（铁镜公主、萧太后、孟四娘）、老旦（佘太君）、小生（杨宗保），各有精彩的戏份和表演，尤以杨四郎和铁

徐建融《京剧四郎探母》

镜公主的唱予和汝,抑扬顿挫,以情催声,节奏紧逼,最为扣人心弦。众所周知,在京剧的两大主要腔调中,二黄长于表现低回凝重、悲伤感叹的情感,而西皮则更适合于焕发活跃畅快、慷慨激昂的精神。此剧却大胆地将西皮唱腔密集地组织在压抑郁闷的剧情氛围中,好像置鲲鹏于牢笼、困蛟龙于浅水,使痛快豪迈在迂回低沉的掣肘中,因一波三折、不能舒展而愈显痛感之美。

张二奎之后,谭鑫培更以《四郎探母》为代表作之一,"杨延辉坐宫院"和"老娘亲请上受儿拜"两个唱段叫天遏云,万口传诵。再后,余叔岩、马连良、杨宝森等皆擅演此剧;铁镜一角,则以梅兰芳、尚小云、程砚秋、张君秋等所演惊采绝艳、脍炙人口。作为一出高扬精忠孝义、祈盼天下和同的传统优秀剧目,经过几代艺术大师的千锤百炼,在艺术性、思想性上,日臻圆满。今天更成为戏曲舞台上一道不可或缺的视听飨餮大餐,尤以北京京剧院杜镇杰、张慧芳的主演，在前辈矩度的基础上立定精神，使唱念做演，愈趋炉火纯青，对剧中人物的性格、心理，有了更清晰、细腻的刻画和更合于今天时代精神的诠释。去年中秋节，在长安大戏院的策划下，由杜、张两位老师与上海京剧院的郭睿玥等名家在周信芳艺术空间作了一场全本《四郎探母》的交流演出，南北合作，雄秀交辉，极盘郁慷慨、委婉豪迈之致。

清人刘献廷有云：“传奇堪比六经，虽圣人复起，不能舍此为治。”意谓明隆万以降，因性灵的泛滥而导致名教的崩坏；"礼失而求诸野"，赖戏曲主要是花部乱弹演义忠孝、教化人伦，好比是六经（《诗》《书》《礼》《乐》《易》《春秋》）的形象化，使读书人与不读书人，尤其是不读书之妇人小儿，皆易懂而受其感动。特别是《春秋》"左传"中的故事，诛乱臣贼子、治邪说暴行、明华夷大防，更成为各地方剧种尤其是京剧剧目所取材的核心内容。后来专把京剧称作"粉墨春秋"，正是就其作为"名教乐事"、载歌载舞以尽善尽美的忠义千秋而言。明末清初，张溥曾发问："编伍之间，素不闻诗书之训"辈，却能够"激昂大义，蹈死不顾，亦曷故哉？"顾炎武更将"文化"所系的"天下兴亡"，责之于"匹夫之贱"。根本上，正是归功于此际传奇戏曲的兴盛，使闾阎大众得到了忠义的潜移默化，所以能葆斯文不丧。

天波府杨家将的故事，父子兄弟、婆媳妻女、主仆妇孺，一门忠烈，千秋正气，为保家卫国前仆后继、可歌可泣。作为《春秋》义例在宋代的演绎，在京剧剧目中占有突出的比重，正是传奇而代六经为治的典型例证。从《金沙滩》《李陵碑》《清官册》到《太君还朝》，传统剧目不下二三十出，《四郎探母》正是其中之一；新编剧目亦有《状元媒》《雏凤凌空》《女将穆桂英》《杨门女将》等六七出。这些剧目，故事情节各异，但无不围绕着北宋朝廷的忠奸之争和边关的华夷之防，高扬了杨家将大义凛然、一往无前、慷慨赴死的爱国主义和英雄主义精神,惊天地而泣鬼神!然而,杨四郎的表现却与此主调似乎显得格格不入,甚至让人不免有"软骨头""投降派""不忠不孝""给杨家将脸上抹黑"的遗憾。在宋与辽、母(佘太君)与子(大阿哥)、原配(孟四娘)与后娶(铁镜公主)、兄与弟妹(杨六郎、八姐、九妹)的二选一中,他最终选择的是弃宋,弃母,弃原配,弃弟妹!那么,精忠孝义又从何谈起呢?如果以其所弃取者为不忠、不孝、不义,那么,演绎这一出剧目的教化意义又何在呢?

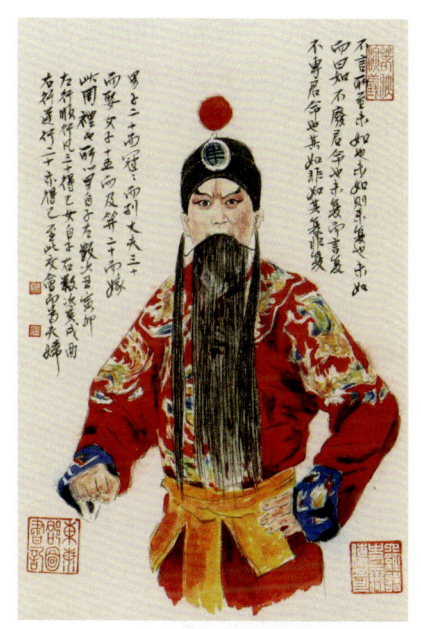

徐建融《京剧四郎探母》

带着这个问题,我曾几次请教过杜镇杰、赵洪涛兄。他们谈到,其实,在很长一段时期内,戏曲界对这一问题也颇为纠结,所以,一度还有过修改剧本的反复尝试。在蒲剧中,甚至把故事情节改为杨四郎最后被佘太君杀死而收场。这一"大义灭亲"的改动,虽然简捷痛快,令人有热血沸腾的冲动,但实际的效果却殊不佳。冷静下来,联系前后的剧情细加回味,杀子之举不仅有悖人伦,而且实在太过简单化,让人不能接受。结果,"还是老一辈有本领",杜镇杰说,"我们所想到的,其实前辈们都已想到过了。"于是,就像对待断臂的维纳斯一样,保留其残缺正是最大可能的完美。"四郎"的情节,也以恪守前辈"缺憾"的处理为最大可能的圆满。

剧情即人情。人情的难处,不只在非此即彼的二选一,而更在亦此亦彼的二选一。"熊掌,我所欲也;鱼,非我所欲也",当然是取熊掌；"熊掌，我所欲也；鱼，亦我所欲也"，虽然弃鱼而取熊掌，但实际上已经有些为难了。女朋友落水了，我要去救；母亲同时落水了，我也要去救，则究竟救哪一个？或者先救哪一个、后救哪一个？这样的两难，必须而且只能选一，才是真正的让人情何以堪！对于四郎来说，返回辽邦，固然是对母亲、原配、弟妹的"不孝""不义"；但如果留在宋营，又让公主、阿哥怎么办呢？

恰好，在《名山九集》中有两则关于《春秋》义例的讲解，与杨四郎的两难之选以及我们应该如何看待其选的问题相关。其一"父重于君"：

> 邴原别传：太子曹丕燕会，众宾百数十人。太子建议曰："君、父各有笃疾，有药一丸，可救一人。当救君耶？父耶？"众人纷纭，或父或君。时原在座，不与此论。太子咨之于原。原勃然曰："父也。"太子亦不复难之。

其二"孝弟"：

> 圣人之言孝也，合弟而言之，合友而言之，合慈而言之。未有疾视兄弟、鞭挞子女而可以言孝者也。故曰："妻子好合、兄弟既翕、父母其顺矣乎。"子路问士，子曰："朋友切切偲偲、兄弟怡怡。"是语也，包乎忠孝而言之……孝不可不弟，忠可不和乎？宋明忠臣乃始有水火冰炭不相入者，其误天下事必矣。

试将钱名山先生的这两段话，与韩愈《原道》所言"孔子之作《春秋》也，诸侯用夷礼则夷之，进于中国则中国之""夫所谓先王之教者，博爱之谓仁，行而宜之之谓义，由是而之焉之谓道，足乎己无待于外之谓德。"结合起来，再来看四郎的不能尽忠，不能尽孝，不能尽义，实非不忠、不孝、不义，而是将至忠、至孝、至义的中华美德,置于一个"人有悲欢离合,月有阴晴圆缺,此事古难全。但愿人长久,千里共婵娟"的情境之中。

四郎身在辽邦一十五载,既没有乐不思蜀,更不是卖国求荣,而是沙滩会的铁血豪情时涌心头,对老娘亲的念想常"肝肠痛断""珠泪不干"。相比于轰轰烈烈的精忠孝义,杨四郎不能尽忠、尽孝的至忠、至孝,对于日常生活中的人们,实在具有更深、更扪心自问的精神感染力。通过四郎从"坐宫""见母"到"返辽",一段又一段声情并茂的唱腔,或委婉沉郁,或豪迈激越,或欢欣鼓舞,或痛彻肝腑……重要的并不在告诉我们应该何取何弃,而更在告诫我们,能够平平常常"只如吃饭睡觉"般的工作生活,以报效国家,侍奉父母,慈爱子女,是多么值得珍惜的无上福分啊!如果把四郎和六郎的忠孝,视作如"水火冰炭不相入者,其误天下事必矣"。

徐建融《京剧四郎探母》

回想20世纪90年代初,家慈在劳作时不幸遽然离世。嗣后的一段时间里,我翻来覆去地读欧阳修的《泷冈阡表》,听余叔岩的《四郎探母》,每次都有一种"子欲养而亲不待"的伤痛油然涌上心头,逼到眉头不能自禁地潸然泪下,引起小女的困惑不解:"爸爸,你怎么又哭了?"——胸中一段,"哭头"三叠,回肠九转,"每年间花开儿的心不开"。于兹而对四郎的精忠孝义有了更切身的体会。

天长地久,此情无绝:愿天下的"老娘,福寿康宁,永和谐无灾"!

鬼音仙韵听秋声

程砚秋先生的程派艺术，以其独特的"程腔"唱功最为脍炙人口，令人百听不厌。关于"程腔"的艺术特色，通常归之为忧郁婉转、缠绵深沉、悲切幽怨和以气催声、低回绵延、若断若续，等等。这当然是不错的，但主要是就其腔式、调门而言。一个具有独特风韵的流派唱腔，腔式、调门必然是与演员独特的音质、音色不可分割地结合在一起的。腔式、调门的独特性，可以通过训练而加以复制、推广；音质、音色的的独特性，则更归诸天赋，具有不可替代的唯一性。

那么，程派唱腔的音质、音色特点又是什么呢？便是民国年间李宣倜所揭示的"鬼音"："程艳秋（即程砚秋）……其嗓音狭而浑，不吐开口之字，迄今犹带脑后之鬼音。凡低亢不续之处，能藉鬼音以维系之，独开前辈未有之奇举，世诧为异禀。腔调则私淑瑶卿，而每参以己意，变本加厉，幽诞亦如其人，故时称程调。"

所谓"鬼音"，是当时戏曲界的一个术语，专指"童年旦角未变嗓以前，皆有极幽细之高腔"。按程砚秋六岁从荣蝶仙学戏，十一岁登台演出，十三岁倒仓，旋得罗瘿公的帮助，十五岁变嗓成功，乃问学王瑶卿，并拜梅兰芳为师，十八岁开始独立挑班，一举而声名鹊起。李宣倜"鬼音"的点评，便在此际。

虽然，当时还只是程砚秋的莺声初试，但这个"鬼音"的点评却异常精准，提醒了程派唱腔的精华神采，不久即与梅兰芳几乎并驾齐驱，并和尚小云、荀慧生被称为"四大名旦"。尤其是程派的经典《荒山泪》《文姬归汉》《六月雪》等悲剧，我们可以比较一下程砚秋本人和他的传人们所唱，那种"凡低亢不续之处，能藉鬼音以维系之"的幽咽效果，轻如吁气，细若游丝，其间的区别，再明显不过。其啾切凄警，低而不沉，亢而不高，微妙稀有，直如鬼斧神工，不可思议而难能企及。

程砚秋晚年曾自述，少年时每天早起到陶然亭喊嗓，"从低到高再转下来，越到高音越觉得音在脑后，好像打一个圈子再回来似的"，正是通过脑后音的共鸣，有别于胸腔的共鸣，使"极幽细之高腔"的"鬼音"表现出魔幻一般的迷离。又说："唱要分什么戏，悲哀时就要唱悲音，声音要带一些沉闷，好像是内里的唱……特别是一句中最后的一点尾音，对唱有很大的关系，尾音的气一定要足……气的控制要轻重得宜，音出来要有粗有细。"这"内里的唱"和尾音的气足而控制得宜，好比金庸武侠小说《天龙八部》中段延庆的腹语，与"鬼音"互为因果，极大地提升了唱腔的悲剧质量。还说："要叫观众听着鼻子酸！只要一点儿，搁对了就行了……如果搁对了，再用一种带悲的声音去表达它，往往就能产生预期的效果。"可见，程派的唱腔之美，不仅在腔式、调门的设计处理，更离不开其得天独厚的音质、音色。虽然"只要一点儿"，但如果搁对了，便能让"带悲的声音""叫观众听着鼻子酸"！所以，同样的腔式、调门，演员天赋的音质、音色不同，唱出来的效果也就不可能一样。当然，异

程砚秋剧照

徐悲鸿《山鬼》

禀的音质、音色,也需要相应的腔式、调门去量身定制地配合,才能最大限度地发挥其悦耳动心的精神意境。

李宣倜早年毕业于日本陆军士官学校,历任大总统侍从武官、军事幕僚,后特任文威将军,晋陆军中将。虽为武人,却雅爱文艺,尤沉湎梨园,与罗瘿公、梅兰芳等交游,并担任梅兰芳的诗词老师。当时戏曲界风行品剧捧角,李氏俨如菊部司命、角色权衡,天下的名伶俳优一经品题,便作佳士。但由于"鬼音"的用语,无论从字面上还是"童年旦角"的辈分上,对程砚秋都显得不太尊敬。尽管当时的程砚秋还只是一个刚崭露头角的小青年,传统的戏曲也素有"搬演古今事,出入鬼门道"(苏轼)的代称,包括元代钟嗣成的戏曲论著也以《录鬼簿》为名,但在大多数观众,毕竟都是把自己所喜爱的角色视作天人的。再加上李氏在抗战期间出任汪伪政权的印铸局局长、陆军部政务次长等职,所以,这一精准的评语,后来自然不为人们所广泛认可了。

然而,如果舍弃了"鬼音"二字,对深刻精准地认识程派唱腔的幽婉之美实在是一大遗憾。窃以为,如果从屈原《九歌·山鬼》的意象来认识、评价"程腔"的"鬼音",那也就不存在什么不敬了。"若有人兮山之阿,被薜荔兮带女萝。既含睇兮又宜笑,子慕予兮善窈窕……怨公子兮怅忘归,君思我兮不得闲……君思我兮然疑作……思公子兮徒离忧。"王夫之"释":"此章缠绵依恋,自然为情至之语,见忠厚笃悱之音焉。"这段"凄凄惨惨戚戚"而"声声慢"的一唱三叹,"缠绵依恋"于"忠厚""情至","怎一个愁字了得"?既是"山鬼"之音,不也正是"程腔"之声,足以"叫观众听着鼻子酸"?

山鬼当然不是离魂的倩女,而应该是藐姑射山仙人的原型。《庄子·逍遥游》:"藐姑射之山,有神人居焉,肌肤若冰雪,绰约若处子,不食五谷,吸风饮露,乘云气,御飞龙,而游乎四海之外,其神凝。"王夫子专"解"其"凝":"神人之上,凝而已尔。凝则游乎至小而大存焉,游乎至大而小不遗焉。物之小大,各如其分,则已固无事,而人我两无所伤……所存者,神之凝而已矣。""程腔"幽诞而凝,庄骚诡谲而凝,凝之以神,小大如其分,高低如其分,并存而无遗,是"山鬼"即仙人,"鬼音"实仙韵。

古今的画家,有不少人画过山鬼的形象。或奇形怪状似妖,或披头散发如鬼,实皆未解山鬼即神仙之义。也有画成姣好的藐姑仙人容样的,尤以徐悲鸿和刘旦宅先生所画,最能得其美丽之旨。虽然,二家所作同为无声诗,

徐建融《京剧春闺梦》

徐建融《京剧荒山泪》

但相对而言，徐悲鸿笔下的山鬼，更适合于为程派艺术的"鬼音"作有形的造像；而刘旦宅笔下的山鬼，则更适合于为程派艺术的"鬼音"作希声的传神。

据老辈相告，程砚秋身形高大，所以每次登台，出场伊始，不少观众甚至有心中暗喝倒彩的；而当他启唇吐声，幽咽的"鬼音"仙韵立刻弥漫全场，惊采绝艳，引起满堂的叫好和掌声，如雷似潮，此起彼伏。予生也晚，当然无缘观赏程砚秋的演出，但他唯一的影像《荒山泪》还是不止一次地看过的。只觉其形象，恰如徐悲鸿的《山鬼》；而其音韵，恰如刘旦宅的《山鬼》。"硕人"而倩影，"鬼音"而仙韵，秋之为气，悲而不哀，哀而不伤，幽诞两清绝。则大地欢乐场中，石破天，鬼夜哭，秋声大雅，自以"程腔"为绝唱！恰好在诗歌史上也有一位"鬼才"即中晚唐的李贺，"秋坟鬼唱""雨冷香魂"。稍后的杜牧有《李长吉诗序》，评其："云烟绵联，不足为其态也；水之迢迢，不足为其情也；春之盎盎，不足为其和也；秋之明洁，不足为其格也；风樯阵马，不足为其勇也；瓦棺篆鼎，不足为其古也；时花美女，不足为其色也；荒国陊殿，梗莽丘垄，不足为其恨怨悲愁也……"并认为"盖《骚》之苗裔"——移作对程砚秋先生程派艺术的评语，实在也合适不过。

更加巧合的是，在词曲史上也有一位"鬼头"，即北宋的贺铸。称他为"鬼头"，是因为他的相貌，"长七尺，面铁色，眉目耸拔"（《宋史》本传）。但其所制词曲却一片倩影楚楚，以缠绵美艳著称，黄山谷推为"解作江南肠断句，只今惟有贺方回"。论者以为出于李商隐、温庭筠、杜牧、李贺，张耒序《东山词》则以为"幽洁如屈、宋"——看来，一切美丽之鬼，都可以追溯到《楚辞》的传统。则我以程砚秋先生的"鬼音"为似黄泉而实碧落的"山鬼""姑射"，也就绝非无端的比拟了。

噫嘻，悲哉！秋声胡为乎来哉？念天地之义气，亦何讳乎"鬼音"。

秋声谁识《女儿心》

今天的传统戏曲艺术,程砚秋先生的"程派"唱腔和剧目,是最受大众尤其是年轻人欢迎的流派艺术之一。而说到"程派",百里挑一,为众所周知且脍炙人口的自然是《锁麟囊》;举一反三,则是"锁(麟囊)春(闺梦)荒(山泪)"。那么,如果一双成对呢?也许就无有答案了。因为,无论"锁春"还是"锁荒",都是难分轩轾的。其实,根据与程砚秋合作时间最长的翁偶虹先生在《知音八曲寄秋声》中的回忆,无独有偶而足与《锁麟囊》并称的剧目应该是《女儿心》。

程砚秋(1904—1958)

这出《女儿心》系出于明人传奇《百花记》,在昆曲和多种地方戏如粤剧、越剧、黄梅戏、山西梆子(晋剧)中多有演绎。京剧则由清逸居士(溥绪)和景孤血先后编剧,梅兰芳的祖父梅巧玲("同光十三绝"之一)和梅的老师陈德霖都曾演出过,但反响不是太大。剧情大体是讲元代时安西王造反,其女百花公主才貌出众,又文武双全。朝廷派江六云化名海俊潜入王府并骗得公主的爱情。后被将军叭喇识破,但因公主的褊护铸成大错,致使兵败凤凰山,安西王战死。公主遁入德清庵为尼,海俊眷念旧情,使苦肉计赢得公主的谅解,终成眷属。但大多剧种剧目以大团圆的结局为赘瘤,认为公

徐建融《京剧锁麟囊》

主既失慎于先,当愧悔于后,所以改为手刃情人、自刎以殉收场。

　　程砚秋之所以会想到编排"百花"故事,缘于其日新又新、自强不息的创新精神。整个20世纪30年代,他声名日甚,主要是以悲剧的形象擅长的,如《鸳鸯冢》《青霜剑》《春闺梦》《荒山泪》《文姬归汉》等,无不是"寻寻觅觅,冷冷清清,凄凄惨惨戚戚"的"声声慢",以哀婉伤悲催人泪下。于是而有喜剧《锁麟囊》的创新。但无论悲剧还是喜剧,又都是以唱功先声夺人,念、做、舞、打虽然也穿插在不同剧目的相应情节中,但人们说到"程派"之美,总是等同于"程腔"之美而不涉其他。包括《红拂传》《聂隐娘》等,虽有舞蹈而剧情平平;《金山寺》《穆天王》等,虽有武打而戏文不足。于是,他便与翁偶虹商量,于成功编演《锁麟囊》之后,如何再编排一出武舞兼备、服装藻丽、结局美满、文武并重风格的代表作,以全面展现自己的唱功、武功和舞蹈。

事实上，程砚秋在学旦之初，便从丁永利学过一出《挑滑车》，打下了扎实的武功基础。嗣后几十年如一日，从未荒废过武功的研习，又从武术前辈醉鬼张三和武术名家高紫云学了不少真功夫。1943年，程砚秋由沪返京，日伪特务意欲对他图谋不轨，于前门东站无理寻衅，他以孤身一人，击溃了几个特务，自身毫发无损，足见其武功的真功实能而绝非花拳绣腿。因此，对于戏曲的武打表演，从兵刃到动作、技术，他都曾有过新颖的设计，只是没有一出剧目是适合于他的用武之地。

此时，便有朋友向他推荐了全本《百花公主》，说此剧是如何如何的花雨缤纷、虹光绚丽、眩人心目。而程砚秋年轻时也曾学过昆曲《百花赠剑》和《百花点将》，便怦然心动，觉得可以一试。翁偶虹恰好也多次观看过韩世昌的昆曲《百花赠剑》《百花点将》，觉得事有可为。二人一拍即合，便开始了"百花"故事的编排。

其时，恰逢山西梆子进京演出，其中便有《百花亭》一出，有些表演的技术，细腻处尤胜昆曲。程、翁多次观摩了演出，从中得到颇多启迪。而谈到结尾问题，程砚秋表示："我反复看了传奇原本，觉得百花不死、终成眷属的结局，不无道理。"他认为，安西王造反，起因于与朝中左丞相铁木迭尔的不同政见，为泄私怨，破坏国家的统一；百花恃勇而骄，帮助父亲发动内战，无疑火上浇油。而海俊（江六云）为制止内乱，暗探王府，遇百花公主而赠剑联姻，可以写一写婉劝百花以国家统一为重，万不可轻举刀兵；百花则刚烈单纯，置国家大义于不顾。海俊无奈，只得履行预谋，使安西王兵败。最后在德清庵外施苦肉计，再次阐明弭止内乱、造福黎民的初衷，感动百花，悚然而悟，悔不当初，终成良缘……这就写出了百花公主从正义与非正义的是与非，所表现出百炼钢化为绕指柔的女儿心肠，剧名也因此定为《女儿心》。

1941年11月9日，《女儿心》首演于上海黄金戏院，演出的阵容，与《锁麟囊》一样的整齐。程砚秋不仅创造了多阕合符百花性

李世芳(1921—1947)

情的新腔,还特制了豹尾双枪的兵刃,大显武打的身手。"点将"一场,更打出二十四面百花旗,按二十四个节令各绣应时花卉,花旗招展,文武并重,歌舞绝伦!许多表情和身段,融合昆曲和山西梆子的精华化为我有,创出了崭新的风格。"赠剑联姻"时,百花、海俊翩翩起舞,合"扇"的身段,高矮的亮相,化用了芭蕾的舞姿,在步法轻盈、造型优雅的氛围中,酣畅地表现了舞蹈的美轮美奂!一时轰动海上,报刊不仅热烈宣传这出戏的演出成功,更为"程派"代表作中又增添了一出集唱功、武功、舞蹈、舞美于一局的新作而致贺祝福!据翁偶虹的回忆,《女儿心》取得成功之后,1942年程砚秋又精心新排了《楚宫秋》。当年秋天,程再度赴沪,准备向上海的戏迷们奉献新剧,不料"由于《锁》《女》二剧先声夺人,观众一再请演,盛况不衰。前台后台都主张不必再排新剧,《楚宫秋》的演出计划遂成泡影"!

谁知,当时"四小名旦"之首的李世芳也在其父李子健(山西梆子名旦)的帮助下移植此剧,取名《百花公主》,正在紧张的编排之中,很快就将脱颖而出。突然听到程砚秋演出《女儿心》大获成功的消息,不由心生担忧,生怕前珠先发,光彩满堂,后珠不免相形减色。便找到程砚秋,婉请他关照。李是梅兰芳的入室弟子,对程也事以师礼。程一听他《百花公主》的苦心经营,便安慰他说:"你大可放宽心,我这出《女儿心》以后只在上海公演,决不在京津各地演出。希望你不要动摇,全力以赴排好此剧,需要我帮助的地方尽管提出来,我必定尽力而为,助你成功……"1942年,李世芳的《百花公主》首演于天津,果然轰动津门!

嗣后，直至 1947 年，李世芳的《百花公主》既露演于京津，也到上海演出；程砚秋的《女儿心》却绝不在京津演出，只在上海的舞台上连演而盛况不衰。致使京津的戏迷们，尤其是"程派"的"粉丝"因各种原因未能赴上海观演者引为憾事。

1946 年底，李世芳结束了在上海黄金大戏院和天蟾舞台的公演，转眼便进入了 1947 年。因惦念家中刚生产后还在坐月子的妻子归家心切，执意搭乘飞机返京。但春节临近，上海飞北京的机票

徐建融《京剧百花公主》

早已售罄，只有"四大须生"之一的杨宝森夫妇托人买到了两张。因杨夫人突然身体不适，不得不延期返京，便将机票转让给了名丑马富禄夫妇。李世芳得知后恳请马转让，马碍于情面无奈让出一张，另一张干脆再托人卖出，夫妇改乘火车回京。

1 月 5 日，121 号客机从上海机场准时起飞。飞抵青岛上空时因浓雾弥漫与地面失联，7 时 45 分坠落于李村的山头，三十九名乘客和机组人员全部罹难！年仅 26 岁的一代名伶李世芳，就这样香消玉殒！

噩耗传开，各界人士无不为之痛惜，北京梨园界更在中山公园为李世芳举行了公祭。

而令人不解的是，从 1947 年之后，程砚秋就再也没有上演过他的《女儿心》，甚至连音像资料也没有留下一点！一出相比于《锁麟囊》更全面地展现了"程派"艺术集大成高度的优秀剧目，竟从此而失传了！

20 世纪 70 年代，梨园中的前辈曾为我讲起过这一段故事，认为

李世芳去世之后，程四爷应该不再有承诺的约束，不仅可以在上海继续演出《女儿心》，还可以到京津去演出。因为"戏比天大"，多少观众、戏迷，都翘首以待地盼望着欣赏他的《女儿心》啊！四爷为什么竟中止了这一出最全面展示其艺术风采的剧目了呢？这不仅对不起观众，也实在对不起他自己啊！但当时，我对京剧的兴趣完全在老生，尤其是马连良、杨宝森，所以听过之后并没有放在心上。40岁之后逐渐好上了旦角尤其是"程派"，便开始寻绎其间的缘由。窃以为，程先生对诺言的恪守，不仅仅停留于"戏比天大"，更上升到了"人为戏先""义比戏大"！《周易》以"地势坤，君子以厚德载物"，则"女儿心"者，"并声影跪尘埃苍天可鉴""天下的人情总一般"——这就是爱，而且"爱人大于爱戏"！

作为名伶，除了演骨子戏、流派戏，更需要能演"不可无一，不可有二"而专属于自己的本色戏即私房戏，如梅兰芳的《西施》《洛神》《天女散花》《贵妃醉酒》，程砚秋的《锁麟囊》《春闺梦》《荒山泪》《文姬归汉》等。而《百花公主》正是李世芳成功唱出了自己名声的本戏。如果他还活着，以他的来日方长而且才情横溢，一定可以继续编排出更多高质量的本戏；但是他已走了，《百花公主》便成了他唯一的本戏。作为"义伶"（时人对程砚秋的评语），为使观众的心目中，说到皮黄的"百花记"，只有李世芳的《百花公主》，便只能牺牲我程砚秋的《女儿心》！

俞伯牙摔琴谢知音，吴季札挂剑酬友好，程四爷绝唱成人美——千古说仁义，一出《女儿心》。我们知道，张大千早年亦工画虎，名声不下乃兄；后来，张善孖以画虎得享大名于世，不久又英年早逝，大千便终身不再画虎，以成就兄长的画名——正是同样的大仁高义。而《女儿心》之于程砚秋的艺术，相比于画虎之于张大千的艺术，重要性不可同日而语；这样的大仁大义，施之于普通关系的晚辈，相比于施之于兄弟之亲，其意义更大相径庭！

不幸中小幸的是，尽管程砚秋绝去了《女儿心》的一切声形资料，大中华唱片公司却在1947年留下了他的弟子李蔷华的几个《女儿心》唱段。不过，程砚秋择徒极严，在"四大名旦"中，他的弟子是最少的，更坚决不收女学生。他九大及门弟子中唯一的女弟子江新蓉还是中华人民共和国成立以后因周恩来总理的面子介绍给他的。所以，像李蔷华包括李世济等女弟子，都属于私淑而未能入门，虽得到了老师耳提面命的指点，毕竟有别于正式的入门弟子。则李的唱片究竟保存了"程派"唱腔原汁原味的几成？因为没有比照的样本也就不得而知，只能聊胜于无了。至于武功、舞蹈、服装的精彩绝伦，则全都成了"此情可待成追忆，只是当时已惘然"。而自李蔷华先生于2022年去世之后，今天在世的人中，曾观看过程砚秋《女儿心》现场演出的人，估计也观觅稀有了。

附带提一句，"程派"最早的传人新艳秋，虽以齐如山的面子，不仅没能入门，连私淑也算不上。她的"程派"戏全都是"偷"来的。"偷艺"，是当时梨园界渺视师道尊严的大忌。而新艳秋不仅"偷艺"，更负气争胜，于程"蹭名号"（程原名艳秋，新原名王玉华），对程"挖墙脚"，与程"打对台"，给程砚秋制造了不少麻烦，弄到势若水火。但1954年，两人在上海相遇，程当面夸她才分高、演得好，并表示有机会时给她讲戏。新艳秋感动不已，深悔年少时的胡作非为。遗憾的是，四年之后，未来得及面授戏艺，程砚秋竟去世了；但程的夫人果素瑛却明确告诉新，老师早已承认她也是程门的弟子。这一事例，包括他对荣蝶仙后人的照顾，再次见证了程砚秋如孔子与进互乡般成人之美的"女儿心"。

锁春荒炙万人口，舞动百花天下馨。
舍己成人其往矣，秋声谁识女儿心。

值此程砚秋大师诞辰120周年，谨撰此文以缅怀大师的德艺双馨。

观剑说春秋

这幅《观剑图》，在相当长一段时间里被名之为"观刀图"。因为它是任伯年在光绪戊子（1888）为上海豫园点春堂所作的中堂"补壁"。

作为近代海派绘画的代表人物，同时也是整个晚清绘画史上杰出的画家，少年时的任伯年曾参加过太平天国的起义并任旗手。而上海小刀会则是响应太平军的一支盟军，并以豫园点春堂为指挥部。虽然，太平天国运动早在1864年以后已经结束，但这位曾经的天国战士，在晚年受邀为盟军当年的"司令部"作中堂，心中一定热血沸腾、感慨万千！因此而有这幅似乎蕴藏着不可告人"密谋"的名画传世：画中的三人躲在高树巨石的一个角落，紧张而又警惕地交接兵器似正图谋起事。虽然画中的兵器不是刀而是剑，但不平事、点春堂、小刀会，把这三者联系起来，当初为它命名的专家指剑为刀的"错误"，显然更深刻地赋予了此图以特殊的意义。

这件美术史研究中的轶事，使我联想起老一辈梨园中人曾讲到过关于谭鑫培的一段传闻：有一次，谭老板主演《文昭关》，伍子胥顺利出关之后重新上场，有一段腰挎宝剑的唱词：

过了一天又一天，心中好似滚油煎。
腰中枉挂三尺剑，不能报却父母冤。

但打理行头的人心不在焉或忙中出错，竟然给谭老板挂上了一把刀而不是剑。谭出场，过门响起，刚把手放到"剑"把上，马上发觉

任伯年《观剑图》

徐建融《京剧文昭关》

不对,但又不能退场,便不假思索地唱出:

> 过了一朝又一朝,心中好似滚油焦。
>
> 父母冤仇不能报,腰中空挂雁翎刀。

后来,侯宝林大师在他的相声中把这段唱词又加以改编,成为:

> 过了一朝又一朝,心中好似滚油焦。
>
> 身上盘缠都花了,卖了宝剑我买一把刀。

不过,此图的蹊跷还不在指剑为刀。把《观刀图》还原为《观剑图》是很容易的,但它所画的究竟是什么故事呢?画中人又究竟在"密谋"什么大事呢?

众所周知,任伯年的人物画大都是有历史典故的,尤其是用心的大创作。这幅当然也不例外。但它究竟是何出典,一直是困扰着美术史学界的一个"谜"题。秋树下,三个人,很隐秘的形态和神情:两人为男子,颇有"特务"的机警,一人或为女性,稍松弛,但亦非"善类"。秋风说剑,虽然是古典诗词中的常用典故,但却并没有故事,无非聊抒文人骚客慷慨国事的胸臆。谢玉岑先生在年轻时便画过一幅《秋风说剑图》,吴放以为"男儿当爱国,热血一腔红"。"风尘三侠"虽然也是两男一女隐秘以谋大事,但此图中无有虬髯者且没有马匹,显然也不相干。两男一女对剑相盟,颇有"今日把试君"、为酬不平事的意思。但历数历史的故实中,究竟有何案例呢?应该是没有的吧?

其实是有的。他们便是春秋时的欧冶子、干将和莫邪,只是典籍文献中没有讲到他们三人在一起共事。但综合汉赵晔《吴越春秋·阖闾内传》和袁康《越绝书·越绝外传》的记载,我们知道吴人干将与越人欧冶子为同学,俱为铸剑高手;而楚人莫邪则为干将的妻子,也擅铸剑。

在《吴越春秋》中,干将、莫邪为吴王阖闾铸名剑两把,曰干将、莫邪,而仅献其一。

在《越绝书》中,欧冶子为越王勾践铸名剑五把,曰湛卢、钝钩、胜邪、鱼肠、巨阙。后楚昭王命风胡子至吴国访"欧冶子、干将,凿茨山(今浙江龙泉山),泄其溪,取铁英",铸名剑三把,曰龙渊、泰阿、工布——春秋无义战,战胜仗利器。而天下利器,至三剑而登峰造极、能事已毕!

显然,《观剑图》所描绘的正是这一典故。欧冶子、干将铸成了龙渊、泰阿、工布三剑,正在鉴验其中之一,莫邪则捧二剑立于侧待鉴。虽然文献中未提及莫邪参与了三剑的铸造,但

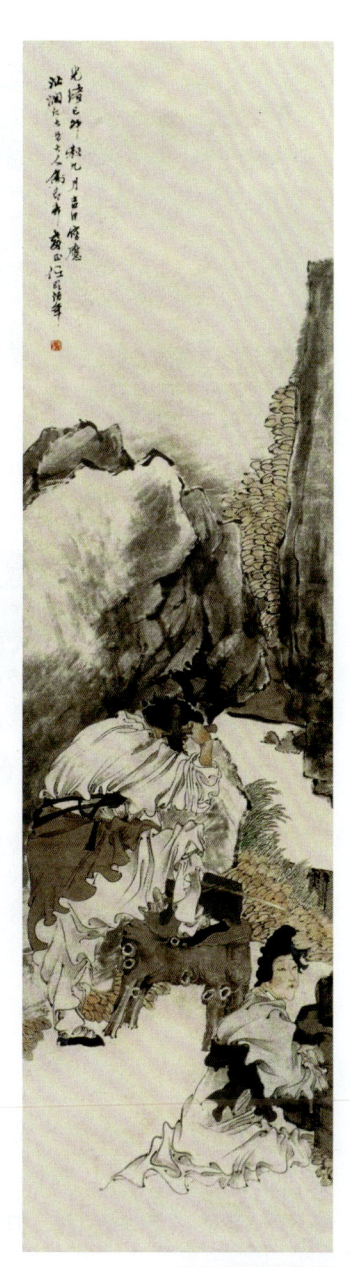

任伯年《干将莫邪图》

陈佩秋《金枫灰鸠》

夫唱妇随，何况她本人也是铸剑的高手，则干将既与欧冶子合作，作为妻子的莫邪当然不可能置身事外。据此，我以为《观剑图》如果更名为《鉴剑图》应该更合于此图的立意。因为，观剑可以兴奋，但用不到如此紧张；鉴剑，则是对自己夺造化之功创新成果的成败即将"揭晓"的高度关注——包括今天的莘莘学子在高考揭榜前的那一刻，也无不是如此的心情。

上海在晚清成为国际性的大都会，但在春秋时期，则属于吴根（脚跟）越角（头角）楚尾（尾巴）的蛮夷之地。欧冶子、干将、莫邪三位铸剑大师分属吴人、越人、楚人，则将三人合铸三把名剑的故事绘成图画，悬挂在上海点春堂的中堂，实在是再合适不过的。看来，任伯年接受为点春堂"补壁"的创作任务，确实是下了一番苦心的。但其意却不一定在缅怀小刀会，而更在数典不忘祖。

图中人物形象近乎隐秘的神情，既是任伯年对铸剑师揭晓"成败在此一举"心理的精准刻画；又与他长期寓居上海，熟睹了上海滩上"冒险家"的众生相不可或分；更与他在构图布局上好用"藏"的匠心密切相关。

　　通常的绘画创作，为了突出主题，大多把主体形象安置在空白、显眼的位置，使观者一目了然，留下深刻的印象。然而，任伯年却独创出一个"以隐藏为彰显"的章法，欲扬而先抑，虽抑而益扬。20世纪70年代，陈佩秋老师常把禽鸟、蝴蝶等动物画在枝叶的密集繁茂处。她表示，这个方法正是从任伯年那里借鉴过来的。她翻着任伯年的画册给我看，包括《观刀图》（即《观剑图》）在内，不少人物画的人物都是隐藏在树石后面的，不少花鸟画的禽鸟同样是隐藏在枝叶中间的；而在新罗山人之前，历代的一切绘画，无论人物、山水还是花鸟，主体形象无不凸现于显眼的位置。不过，这个方法也常常使主体形象不够明显，需要读者在观赏时花点心思去"寻找"。为了克服这一弊端，陈老师又借鉴了西方伦勃朗高光的处理手法，在禽鸟栖息的繁密处留出一圈透亮，"混沌中放出光明"，庶使主体形象"藏"

程十发《牧牛图》

而愈显。除陈老师之外,程十发先生也从任伯年那里成功借鉴了"藏"的手法来布局,如他的《范蠡与西施》《月光》《牧牛图》等作品,都把主体的人物隐藏在树石花竹的后面,再通过笔墨、光色的对比,使形象达到"显于藏"的艺术效果。

当然,《观剑图》的如此处理,不仅仅是为了追求"以藏为显"的艺术效果,同时也是为了客观地写实铸剑场所"只在此山中"的深藏不露。此图现藏上海历史博物馆并为该馆的镇馆之宝。而类似的题材,任伯年应该画过不止一幅。今藏故宫博物院的《干莫铸剑图》,画干将、莫邪夫妇正在山中鼓火锤炼为吴王铸剑的情景。但无论笔墨技法还是构思立意,都没有此图来得精彩。尤其在构思方面,"干"图所描绘的仅仅是漫长铸剑"过程"中的一个中间段落,不仅没有"断发剪爪投于炉中,使童女童男三百人鼓橐装炭"的惊心动魄情节,离宝剑铸成的"结果"高潮更遥遥无期。而"观"图所描绘的恰是高潮来临之前的一刻,所以其千钧一发的期待尤扣人心弦。

尊师

分钗半钿尽生尘
——谢稚柳先生的艺术观

一

老友郭慰众兄雅好收藏近代海派名家的书画,数十年来所获颇丰并精。前不久,郭兄邀赏其近几年新得的佳作珍品,谢稚柳先生的一卷《梅竹双清图》给我留下了极其深刻的印象,并勾起我对二十五年前一段往事的记忆。

1995年的春夏之交,谢老突然冒出"准备后事"的念头,而且颇为迫切。他的所谓"后事",也就是把他一生的著述尽可能完整

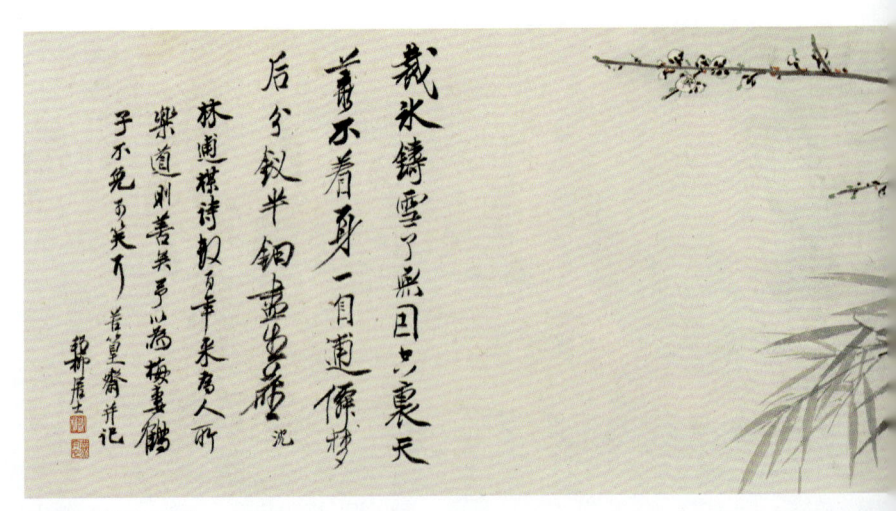

谢稚柳《梅竹双清图》

地整理、结集出版。产生这一念头，也许是因为他预感到属于自己的时间已经不多了。但除此之外，在与他的交谈中，我还了解到至少有三方面的原因：

一、他对自己的著述成果非常看重，因为他坚信自己的思想观点绝不是"从文字到文字"的无的放矢，而是有着切实的意义和价值。但在特殊的背景和形势下，长期以来未能引起学界应有的关注，尤其是伴随着岁月的推移，他的不少文字在社会上已经难以觅得，更使他的观点未能在继承、弘扬优秀传统的实践中产生应有的作用。

二、他深信并已经看到，经过实践的检验，书画界形势的发展正在证实着他思想观点的价值，因此，因势利导，将过去的著述重新整理并结集出版恰当其时——果然，在先生身后不久，"晋唐宋元书画国宝展"的推出、《宋画全集》的出版等，谢老所倡导的传统观获得空前的肯定和推赞，优秀传统文化的复兴势不可挡。

三、在他的晚年，有些署他姓名的著述并非出于他的亲笔，而是由友朋、门生捉刀。尽管所体现的是他的思想，但他表示，为了

不"掠人之美",在新的结集中一律不收入这类文字,以免后人误传。

当时,先生命我参与其著述的编辑出版事宜。我根据先生的意图分为三部:《敦煌石窟叙录》的再版;《鉴余杂稿》(增定本)的整理,主要是加入《水墨画》;《壮暮堂诗钞》的收集整理。最后一种是在1984年香港赵汉钟《壮暮堂诗词》的基础上再增加一倍的内容,基本上是从1993年开始,由大家分头搜集供稿,再由谢老亲自确认誊抄而得。在紧锣密鼓中,1995年12月,《壮暮堂诗钞》率先正式出版;翌年6月,《敦煌石窟叙录》的新版又正式推出,而《鉴余杂稿》(增定本)也已发排,定于同年12月出版。所以,1996年的夏天,先生的心情特别舒畅,认为自己的"后事"已经全部办妥,可以"放心"了。其间,还特地为我班级的同学作了一次关于美术史研究的讲座,时间长近两个小时;后来由王彬同学根据录音整理成文,发表在2000年出版的《朵云》第五十二集上。

我们从一开始便不同意"后事"的说法,现在,当然更不同意"后事"做好、可以"放心"的话头。可是,又有谁能料到,一语成谶,木崩山坏,天丧斯文!7月的某日,我们高高兴兴地准备送先生去美国休养,临行前一小时,突然有客人上门索书对联二十副。我们正要拒绝,先生却摊开早已收起的笔砚说:"给他写!"于是,我们便帮助折纸、拉纸、收起、钤印,三分钟一副。客人乘兴而来,满意而归,而先生却不免稍显倦色。一个月后,先生在美国查出胃癌晚期并手术,至1997年初回沪继续治疗,仅半年的时间,便真的离我们而去了。

二

回过头来说《诗钞》佚诗的搜集。从1995年12月正式出版到1996年7月谢老赴美之前,我又陆续从画册、拍卖图录和公私收藏的原迹上找到二十余首谢老未入集的诗作,并一一请先生过目、确认。

其中尤以1993年出版的香港《名家翰墨》(谢稚柳特集)所刊的《梅竹双清图》卷(即今慰众兄所藏者)题诗最称精彩:

> 裁冰铸雪了无因,空里天花不著身。一自逋仙沉梦后,分钗(一作衩)半(一作寸、残)钿尽生尘。林逋梅诗数百年来为人所乐道,则善矣。予以为梅妻鹤子,不免可笑耳。苦篁斋并记。

熟悉谢老的朋友都知道,谢老的诗,渊源于李长吉、李义山。但长吉诗的呕心沥血、石破天惊,义山诗的朦胧冷艳、缠绵深至,在谢老的诗中却几乎完全不见影响。谢老表示,这是因为他三十岁时认识了沈尹默先生,同住重庆陶园,仅两间之隔,朝夕相见,谈诗论书。见谢老的诗仿长吉、义山体,沈先生便告诫他:"不要专学长吉、义山,还要研究一些宋人的诗。"谢老自述这一告诫使自己"获益匪浅",所以,嗣后的诗风便倾向于宋人的自然平实,以"真切感受"的说理明事为旨,尤其是论说画理。而就我所见到过的谢老题画诗、论画诗,包括《诗钞》所收入的和失收的,这首《题梅竹双清图》堪称第一;所以,"诗钞"的失收,实在是非常遗憾的,而责任主要在我的疏忽。

题诗未落年款,但从画风看当作于20世纪50年代。而从诗意来分析,又与新中国所倡导的文艺思想相合拍。因为印刷品甚小,所以我就把它抄下来并画册一起拿给谢老求教。谢老明确表示,画作于1955年,卷后拖尾上还有他1990年在香港见到此画后应藏家之请所作的题跋。诗则是他三十岁上下时写的,表明他对于中国画传统审美的认识,开始由早年的倾慕明清文人画转向唐宋的画家画。

首句讲梅花在三九严寒时的绽放,完全是当然如此的自然现象,而绝非历代文人自鸣清高地认作是因为遭到群芳的妒忌迫害,或为了嘲弄众香的趋炎附势。如陆游的"无意苦争春,一任群芳妒。零落成泥碾作尘，只有香如故"，王冕的"冰雪林中著此身，不同桃李混芳尘"，或李方膺的"清香传得天心在，未许寻常草木知"。

第二句借用了《维摩诘经》中"天女散花"的典故，意谓心无俗念则花不沾身，而孤芳自赏恰恰是最大的其俗入骨。亦即黄庭坚所说的平居无异俗人，此不俗人也；平居大异于俗人，此真俗人也。

最后两句则由附注点明：林逋的"疏影横斜水清浅，暗香浮动月黄昏"当然是千古传唱的咏梅名句；但"梅妻鹤子"的风雅标榜实属亵渎人情物理的画蛇添足，不值一哂！

青原惟信禅师云："老衲三十年前未参禅时，见山是山，见水是水；及至后来亲见知识，有个入处，见山不是山，见水不是水；而今得个休歇处，依然见山是山，见水是水。"英国文艺批评家罗斯金（Ruskin）则说："我们有三种人，第一种见识真确却没有感情，对于他，樱草花是十足的樱草花；第二种人感情用事，所以见识错误，对于他，樱草花就不是樱草花，而是一颗星或一位被遗弃的少女；第三种人见识真确又有丰富的感情，对于他，樱草花永远是它本身那么一件东西，一枝小花，从它简明的连茎带叶的事实认识出来，不管有多少联想和情绪纷纷围着它。"由此得到结论："这三种人的身份高低大致可以这样定下：第一种完全不是诗人，第二种是二流诗人，第三种是一流诗人。"

准此，在中国文化包括中国画的比兴传统中，对于梅花乃至一切自然造物的审美，撇开纯粹实用的图谱不论，明清文人画家便属于"第二种人"。梅花到了他们的笔下，被愤世嫉俗、高自标置到曲折支离，实际上物本无与，全是文人的一厢情愿。常州学派的代表人物之一龚自珍曾为此专门撰写了一篇《病梅馆记》，认为梅花的自然本性是正、直、密的，但当时"文人画士"的"孤僻之隐"偏偏以此为俗，而以欹、曲、疏为雅，乃"斫其正，锄其直，删其密"，"遏其生气"，遂使天下之梅尽为"病梅"，"文人画士之祸之烈，至此哉"！

"忽漫赏心奇僻调，少时弄笔出章侯"。谢老的绘画，是从梅花开始的；而他的画梅，则是从陈老莲（章侯）开始的。陈氏的梅花，恰恰是明清文人画"病梅"的典型：粗干细枝、盘郁残缺、坎坎坷坷、节节疤疤、伤痕累累、冰心点点。谢老的画笔，直到三十岁前后，无论梅花还是其他花卉，包括书法，几乎全出章侯一脉。而他对章侯的推崇和痴迷，尤其可以从他二十五岁所撰的《陈老莲》一文看出，"固以天胜，然各有法"，简直集古今之大成，无与伦比！当时，张大千知道他痴迷章侯，所以每见到陈氏真迹，便拷贝一份白描供他借鉴。这批张摹陈老莲的白描稿，谢老曾给我欣赏过约有六七件。因为上面没有钤印，而大千弟子顾福佑手里保存有部分乃师的早年印章，顾先生去世后归其女婿马戁文所有，而马先生则与我相熟，所以还曾拿去马家加盖了大千的印鉴。

1937年清明后一日，日寇侵华形势严峻。谢老在南京吊明孝陵，"念离伤乱，其心实悲"，赋《瑞鹤仙》一阕（亦《诗钞》所失收），末有句云："土花凝碧，南枝破寂。疏影荡，玉箫咽。怕淡妆轻委，分钗残钿，流怨裁冰笔。休唤醒，沉梦逋仙，旧情总别。"翌年寓重庆，作陈氏画风的梅花一帧并题此词。到1941年作《杂画册》，还是陈氏画风，其中梅花一开上所题，即《梅竹双清图》上的那首，但无注，证明谢老回忆诗作于三十岁前后是完全准确的。同时，也说明从此时开始，谢老对陈氏的孤僻画风已经有所反思，由"见山不是山，见水不是水"逐渐转向唐宋画"粉饰大化，文明天下，观众目，协和气"的"见山还是山，见水还是水"。所以，从三十岁到四十岁之间，谢老的画笔中，老莲体和唐宋风是并存的。直到四十岁之后，才最终告别了老莲体，但书法的老莲体一直保持到六十岁前后究心张旭《古诗四帖》之前。且看其此际所撰《水墨画》一书中对陈氏的评价："他对于一些形象所须强调的动态和神情，在他的脑子里

谢稚柳《梅竹双清图》引首

又是怎样的一种幻觉啊！""他的这种迂怪的个性表现，是不足为训的。"他对梅花的欣赏，便由陈老莲为代表的"第二种人"的"病梅"，彻底转向了"第三种人"的健梅。扩展到整个中国文艺包括绘画审美的认识，便是以唐宋画为中国画优秀传统总体上的先进典范与先进方向，而明清画纵有个别的天才杰出，整体上却"已如水流花谢，春事都休了"！

三

展开见证谢老画学思想转捩的《梅竹双清图》画卷，引首是陈佩秋先生所题："梅竹双清。高花阁健碧。"虽未署年，从书风看应为1990年前后，与谢老同赴香港时所题。

画心上，谢老题款的书风虽然仍是老莲体，但画风却从老莲的迂怪幡然改图，归于平正。行干出枝，长条挺拔，刚健婀娜，梢头更见弹性，似微微颤动；盛开欲放的花朵、花蕾，疏疏密密、正反转侧地点缀在枝头，与宋人扬无咎的画风若合符契，而更得之于生活真实物理、物性、物态的观察剪裁。一种疏影横斜、暗香浮动，散发着大自然的清新，夺造化而移精神，绝去文人画屈曲贫病的愤世嫉俗、怨天尤人。

"德不孤，必有邻"。相比于其早年同样题有此诗的《梅花图》，

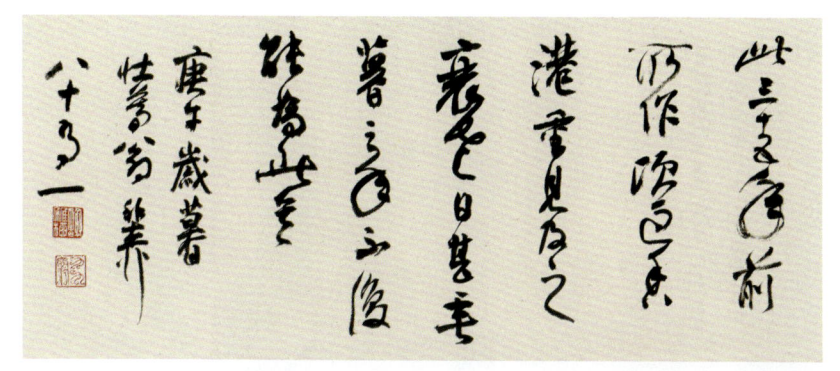

谢稚柳《梅竹双清图》题跋

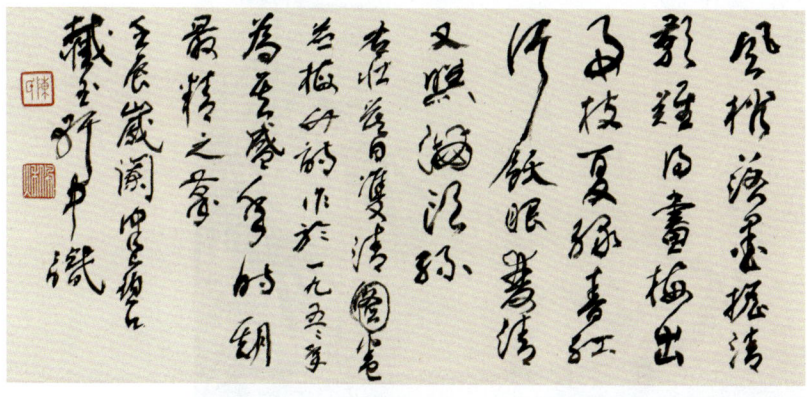

陈佩秋《梅竹双清图》题跋

谢稚柳《梅竹双清图》

不仅形象、骨气、用笔由陈老莲的"病梅"转向了宋人的健梅,更在梅香的后面撇出了一片娟娟净秀的竹影;画法一变明清文人画"个"字叶"分"字叶"介"字叶的程式化、符号化,而是学宋人徐熙、文同的"胸有成竹",源于生活,又高于生活。

抗战期间,谢老寄寓重庆江北苍坪街,屋后一片竹林,吟风筛月,露涵雨洗,天天耳濡其声,目染其形,心悟其神,于画竹之道竟一超直入,秀出千林。龙须半剪,凤膺微涨,月明风嫋,潇洒出尘,致使张大千先生也惊叹为"(画竹)无人能及"!此卷中的竹子虽非画面的主体而只是陪衬,但行竿、出枝、撇叶、勾节,无不"论形象之优美,画高于真实;论笔墨之精妙,真实绝不如画"。尤其是竹叶的撇出,有在淡墨的梅干之后的,竟能至梅干的边缘戛然而止却又笔势不断。这在一般的情况下,简直是不可思议。但谢老曾对我讲起过,在重庆时见到徐悲鸿画修竹仕女,仕女背倚在毛竹竿上,竹竿一笔而下却没有污掩到人背上,令他诧异莫名。徐便对他说,这很容易的,只要按仕女的背影剪一块薄纸板覆盖其上,撇竹竿便能既纵其笔势又不污人背了。则此图的竹影梅干不相掩映,很可能也是借鉴了此法。

抗战胜利后,谢老由重庆回沪,对竹子的一往情深,几不可一日无。但在溧阳路寓所的小园里栽竹,却多不能成活,遂颜其居曰"苦篁斋"。题款"苦篁斋并记"及押角"苦篁斋"章,便由来于此。后来迁居乌鲁木齐路、巨鹿路,艺盆竹、栽林竹,便又郁郁葱葱了。

此图拖尾先是谢老的题跋:

> 此三十五年前所作,顷过香港重见及之。衰老日甚,垂暮之年不复能为此矣。庚午岁暮壮暮翁稚柳八十有一。

接着是陈老师的题跋:

风梢落墨摇清影，难得画梅出好枝。夏绿春红行饫眼，双清又照满头丝。右壮暮《双清图》卷并梅竹诗，作于一九五五年，为其盛年时期最精之笔。壬辰岁阑，健碧截玉轩中识。

陈老师在这里所录的梅竹诗，即《诗钞》中所收的《为客写梅竹二图即题卷后》，应该是谢老 20 世纪 70 年代之后所作。

赏画读诗，二十五年前拿着《名家翰墨》向谢老问学请教的情形历历在目，而谢老离开我们竟有二十三年了！在谢老身后，我依然用力于搜集《诗钞》外的佚诗，加上谢老生前所确认的，得五六十首。2003 年，与定琨兄一起编选谢老《中国古代书画研究十论》时还商定，到谢老百岁诞辰（2010 年）时再出一本更完整的《壮暮堂诗钞》以为纪念。但痛心的是，后来不知什么原因，翻箱倒柜也找不到那些以十五年心力搜集到的佚诗，而由于我不思上进，竟至连手机、电脑也不会用，没能及时将佚诗录入存档，至为可惜！

谢老有诗云："春红夏绿遣情多，欲剪烟花奈若何。"值此谢老冥诞 110

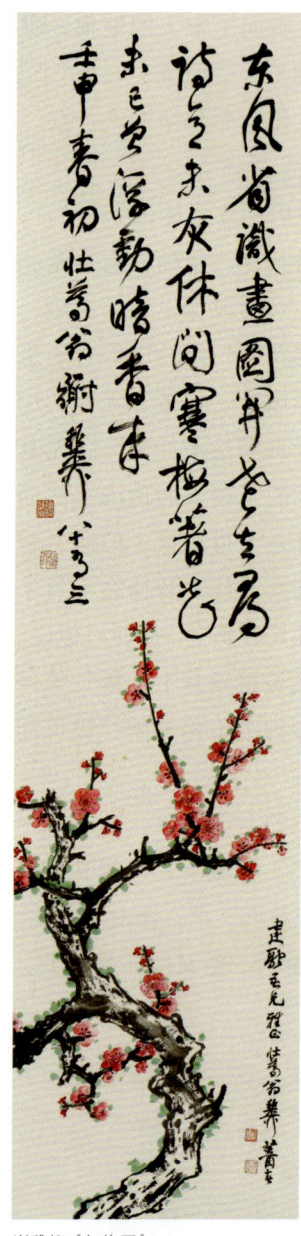

谢稚柳《红梅图》

周年，又当慎终追远、民德归厚的清明祭扫时节，可以告慰先生的是，他倾注了毕生心血所倡导的中国画优秀传统的"先进方向"，在坚定文化自信的今天，赢得了广泛的认同，并正由年轻一代孜孜矻矻地在实现它的创造性转化和创新性发展。

高花阁说诗
——纪念陈佩秋先生百年诞辰

"诗画一律"是中国画由来已久的一个传统。特别是元代以降，文人画成为画坛的主流，画家是否能文工诗并在画面上题诗，几乎成为人品、画品雅俗的一个分水。这一传统一直延续到20世纪的老一辈，在我所接触的名家中，几乎没有不能诗的，无非有些做诗热情高一点，有些则似乎不太有兴趣；即使"不为也"，大多也非"不能也"。

但知道高花阁陈佩秋先生会做诗，应该是1993年以后的事。其时，谢稚柳先生有慨于历年所编的《鱼饮诗稿》《甲丁诗词》《壮

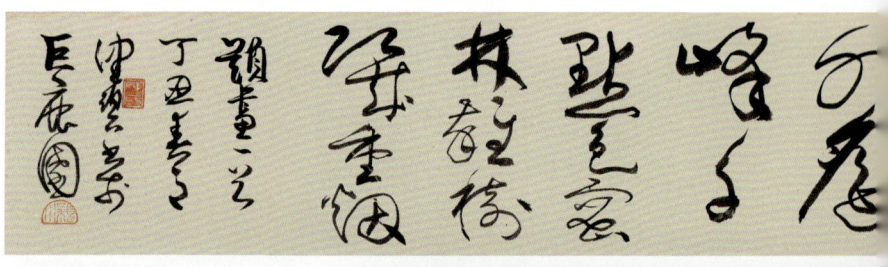

陈佩秋《溪桥策杖图》

暮堂诗词》多有疏漏缺遗，要我们帮他关心、搜集散佚的诗稿，以编一部更全的《壮暮堂诗钞》。对我们来说，这当然是一个难得且极佳的学习机会。由于我在这方面所表现的积极性比较高，所以，谢老为我作诗词的讲解便相对多一些。有时，陈老师便也参与进来，说他们那一代人，因为有《笠翁对韵》《千家诗》等的"第一口奶"，所以，只要读到初中的程度，不管今后从事什么职业，一般都会做诗，至于做不做、好不好别论。她还从楼上拿下一本小册子给我看，上面记录了有几十上百首诗，作于20世纪六七十年代，大多是五绝、七绝，也有少量五律、七律。诗风近于王维、韦应物，内容则有感怀的，更多题画的。但她的题画诗一般并不题在自己的画上，而是抒发画了一幅画后的感想。她自己对这些诗的说法是"写得不好，见不得人，只能藏着，作自我反省"。但我感到实在是很不错的。

从那以后，我的朋友中有托我向陈老师求画的，我便乘机多求一幅，并"要求"她一定要题写自己的诗。如《溪桥策杖诗书画》卷的题诗：

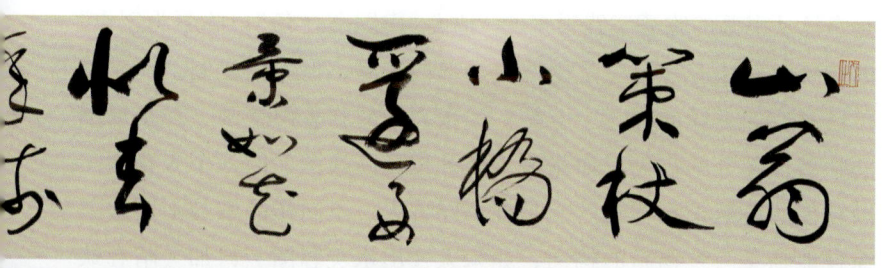

山翁策杖小桥边，好景如花似去年。
浅水遥峰千点色，密林杂树几重烟。

风格清新大方，境界平远开阔，一点看不出女诗人作品中常见的闺秀气。这与她论画只分优劣好坏、不分性别男女的艺术观是完全一致的。我们看周鍊霞、陈小翠等女画师的诗词，当然都写得很好，但一看就出诸玉台，蒨华婉约，楚楚可怜，论气局，与陈老师是不能相比的。

陈老师给我讲诗，主要在1993至1996年谢老被查出癌症之前；此后1997年6月1日谢老逝世，很长一段时间，她都处于焦虑忧患、悲恸伤痛之中。我们陪着她关注谢老的病情，料理谢老的后事，较少谈诗。到了1997年秋天，陪她去西安游览了法门寺、茂陵、乾陵、碑林、兵马俑、华山，她才走出伤痛的阴影，再次兴致勃勃地给我讲起诗来。

陈老师说诗，予我感受最深的，便是学诗可以从"剥体"入手，最为方便快捷。这一观点，我以前从未听说过。陈老师说，这一体会，是自己从书画的临摹实践得来的。她说，中国书画有"以临摹为创作"的传统，其法有三：一是全部或局部的临摹，但不是复制，而是略参己意，如王铎的临《十七帖》，张大千的临敦煌壁画。二是局部的临摹加部分的自创，如张大千取孙位《高逸图》的一个人物而配以自创的芭蕉松石背景。三是把不同古人、不同作品中的不同形象综合地临摹为一幅新的构图，如宋人《出水芙蓉图》再加《晴春蛱蝶图》。而诗词杂体中的"剥体诗"类似于书画中的第一种临摹，"借句诗"类似于第二种，"集锦诗"相当于第三种。在诗词的创作中，以"集锦"为最难，王安石、文天祥等多所擅长；以"借句"为最妙，如李贺的"天若有情天亦老"、钱起的"曲终人不见"常为后人所借用；以"剥体"为最易，所以也最不受重视——但这是从创作的立场言，

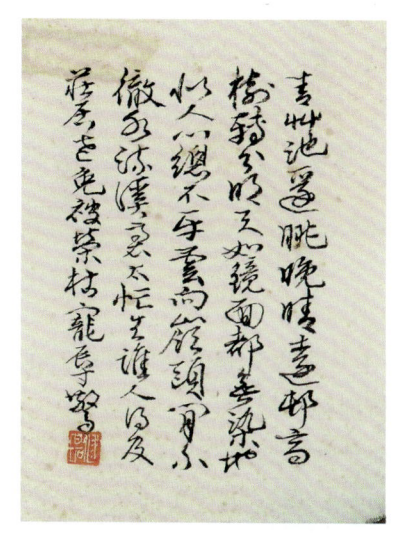

陈佩秋《青绿山水图》题诗

从学习的立场，实在是最值得重视并推广的。

　　陈老师的绘画，从宋画经典的临摹入手，这是大家都知道的。但直到三四十岁，她的书法总是写得不尽如意，于是便向潘伯鹰请教。潘教她一个快速见效的方法，便是把纸蒙在褚遂良、倪云林的帖上描摹。以陈老师长期临摹宋画的实践，不出半年，她的书法便脱胎换骨，于褚、倪书的风神体态，若合符契！这一方法，施诸书画的学习既可，施诸诗词的学

陈佩秋《青绿山水图》

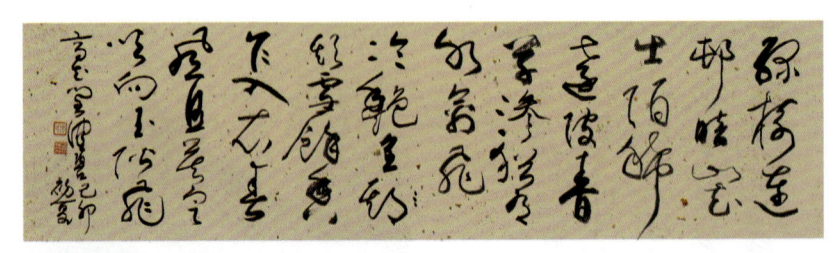

陈佩秋草书《剥古人诗》

习当亦无不可。于是,"剥体"这一本是古人无聊的文字游戏,在陈老师便认为可以作为今人有用的学诗捷径。

陈老师的讲解,总是充沛着热情,而且常有具体的当场示范。所以,那一段时期,留下了不少这方面的资料,可惜保存在我手里的并不太多。如《青草池边图》上的题诗便剥自唐罗隐的《晚眺》:

> 凭古城边眺晚晴,远村高树转分明。
> 天如镜面都来静,地似人心总不平。
> 云向岭头闲不彻,水流溪里太忙生。
> 谁人得及庄居老,免被荣枯宠辱惊。

只是改第一句的"凭古城"为"青草池",第三句的"来静"为"春染",便把一首因面对古城荒芜的景象而发的人生落寞感慨,转换为因身临江南春早的景象而发的韶华易逝感叹。仿佛不是我去为古人的诗作"诗意画",而是古人来为我的画作"题画诗"!

又如唐张乔的《小松》诗:

> 松子落何年,纤枝长水边。斫开深涧雪,移出远林烟。
> 带月栖幽鸟,兼花灌冷泉。微风动清韵,闲听罢琴眠。

她取其首联而弃其颔联、颈联,再续以尾联,略改动数字为"绿竹种何年,细枝灌水边;微风动清韵,吟罢抱琴眠"。一首咏松诗,

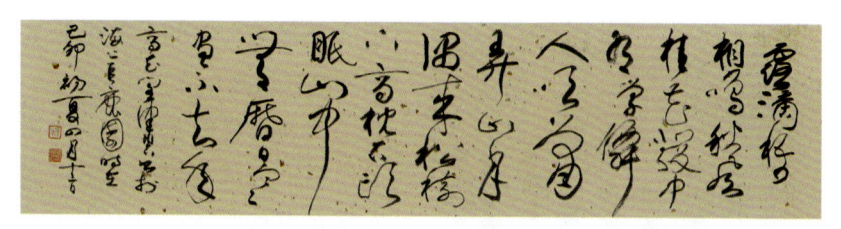

陈佩秋草书《剥古人诗》

竟然变成了咏竹诗！但等到看出第二句孤平却没兴趣改了。

司空图的《独望》诗：

绿树连村暗，黄花出陌稀。
远陂春草绿，犹有水禽飞。

陈老师认为"绿"字两见不尽合宜，所以剥为"绿树连村暗，山花出陌稀。远陂春草渗，犹有水禽飞"。又觉得意境未有创新，所以再剥为"古木连村暗，山花临岸稀。高天春水阔，时有远人归"，豁然开朗出一个全新的境界！陈老师的这些"剥体诗"，平仄粘对、押韵合辙，俨然古人，置诸古人诗中，使人难辨今古；一如她的古画临摹，"下真迹一等"而能夺古人神韵。

不仅剥古人的诗信手拈来，反掌即成，有时她还剥自己的诗。1997年3月，香港一客人拿了她几年前在美国洛杉矶作的《浅水遥山图》卷来求题跋。当时陈老师刚给我作了前述《溪桥策杖诗书画》小卷，便把前诗剥体后题到拖尾上：

密林杂树几重烟，风景依稀似去年。
浅水遥山千点色，家书远在洛城边。

盖此卷没有山翁溪桥策杖的形象，画面上唯朦胧的树影山光、茅屋云蒸，故删去首句"山翁策杖小桥边"，庶使更合画意。而"家书

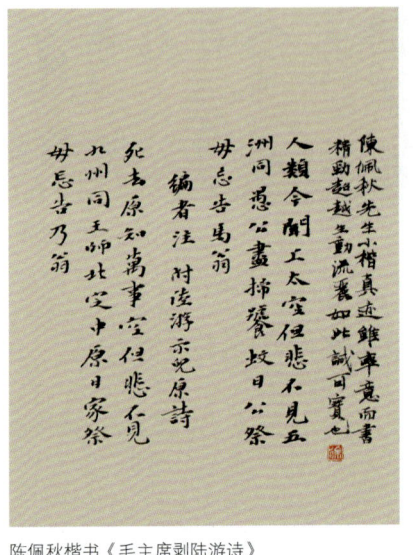

陈佩秋楷书《毛主席剥陆游诗》

远在洛城边"一句,尤见陈老师当时沉重的心情。当年春节,在美国发现胃癌并切除后的谢老回到上海继续治疗,年夜饭安排在南京西路的锦沧文华大酒店,国外的子女也全部回家团聚,亲朋至友,共祝谢老康复。但过了春节,子女陆续回美国,谢老却又住进瑞金医院,诊断的结论是病情未有好转。

"家书远在洛城边",正是陈老师与美国的子女随时保持联系、通报谢老病情变化的心情之真实写照。我当时读到了不禁泪水盈眶。如果说,前面所引的多首剥体,不过体现了诗人对文字游戏的娴熟,是做诗所必要的技巧,那么,这首剥体却远远超过了文字游戏的技巧,流露出了诗人的真情!

我后来翻检家中的箧笥,发现了陈老师20世纪70年代末给我的一张纸条。具体已经记不清哪一年,当时的报纸上公开发表了毛主席晚年的一首剥陆游《示儿》诗的绝句:"人类今闻上太空,但悲不见五洲同。愚公尽扫饕蚊日,公祭毋忘告马翁。"后面附了陆游原诗。陈老师把两诗都用小楷抄录了下来,可见她对剥体诗的关注已久和体会之深。所以,剥弄起古人的、自己的诗作来,简直像摆布七巧板一样,逆来顺往,旁见侧出,横斜平直,各相乘除,游刃有余,运斤成风,得自然之数,不差毫末,而能出新意于法度之中,寄妙理于格律之外。我曾论谢老的诗画:"不知夫子之诗者,请观其画,知夫子之画者,益宜观其诗而已矣。"今天看来,这一认识,同样适合于陈老师的诗画。

幽香刚节待薪传：忆卢坤峰先生

"君子其来，竹有清芬兰吐馥；先生既往，花无颜色鸟喑声。"这是我清明晨起，惊悉卢坤峰先生去世消息后立即书写的一副挽联，表达了我对卢先生一生艺术成就的心赏意会，同时也勾起了我与卢先生三十五年交谊的记忆。

卢先生以兰竹驰誉当代画坛，花鸟亦佳。他以真功实能作水墨清淡，整整斜斜，得形神兼备、物我交融之致。他一代的画家中，在"新中国画"的创作方面作出了重要贡献的有不少，但在传统文脉的传承方面能有所成就的实在是非常稀有，卢先生正是其中出类拔萃的佼佼者。20世纪70年代初，由他主笔，方增先、姚耕云点景的《毛竹丰收》轰动大江南北，一时《橘子丰收》之类风漫画坛，唐云先生的青眼却独许于渠。后来更知道，早在他的学生时代，浙江画坛的潘天寿、吴茀之等耆宿便对他格外看好，寄予厚望。而陆俨少先生评他的画品，许为"处子淑女"，令观者不敢轻渎。这个"处子淑女"是谁呢？我曾戏答卢先生，以为是苏轼《水龙吟》中的"赠赵晦之吹笛侍儿"："楚山修竹如云，异材秀出千林表……为使君洗尽，蛮风瘴雨，作霜天晓。"词画相映，如镜照影，不正是同一个秋水伊人吗？

水墨兰竹，本是传统绘画中的清品第一。但正如苏轼所言，越是"非高人逸才"不能为的画品，越是便于为"欺世取名者"所窜托。所谓"播下的是龙种，孵出的却是跳蚤"，后世的附庸风雅者，无

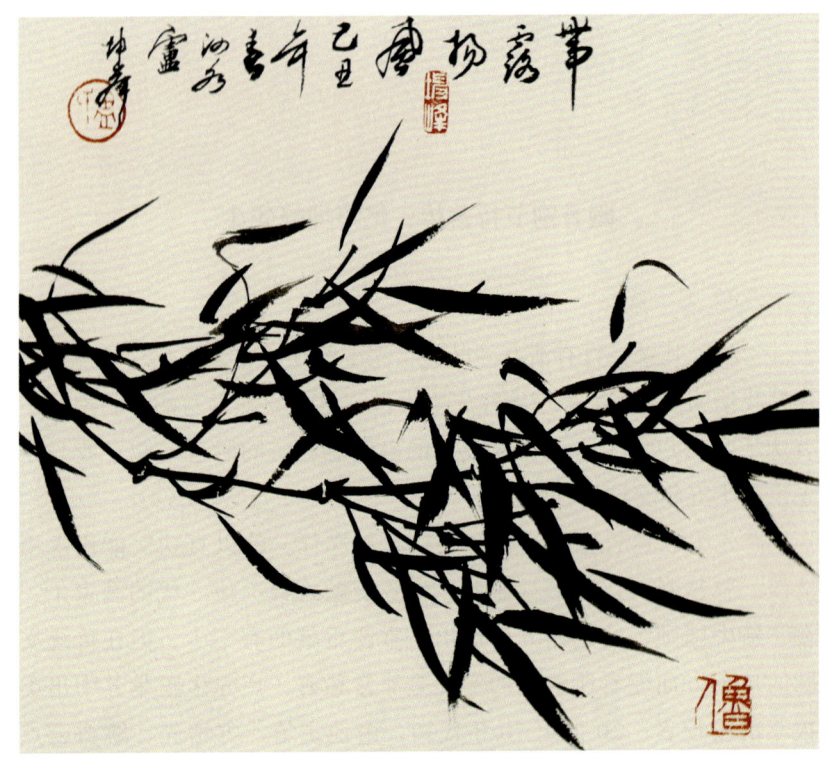

卢坤峰《墨竹》

"胸中逸气"而竟效"草草逸笔",遂使它竟成了天下俗品无双!宋人真德秀有云:"子猷行不副名,见谓污浊,然则子猷固爱此君,政恐此君不爱子猷耳。"而近世既爱此君又能为此君所爱的,唐云先生之后,则首推卢坤峰了。我所撰挽联的上句,便是就此而言。

老友郑重兄想必也是受唐先生的推许所影响吧,很早就求得了卢坤峰的一幅兰竹,约有五六方尺,湘烟楚雨,月明风娬,画得十分精到。后来装裱成轴,还请我长题了裱边。2002年,我搬迁新居,朋友们来祝贺,郑、卢邻座而坐。我以为两人是旧相识,所以没有特为作介绍,却看着他们似乎无话可谈,不由发问,才知道他们原来是第一次见面,那幅画是写信求到的！一座绝倒。

我与卢先生的相识,是在1982年考入浙江美院之后。初次到他景云村的蜗居拜访之后,便成莫逆,我视卢先生为师,卢先生却视我为友。他第一本八开本豪华版的《卢坤峰兰竹谱》出版,便请陆俨少先生题签,而命我作序。当时,像他这一辈的画家还没有出版社为之出八开画册待遇的,这样一桩艺术人生的大事,他何幸而遇到了,又竟然让一个刚刚入学的研究生为序,一时引起不少人的惊讶。孔仲起先生还专门找到我,说:"老卢的胸中可是一肚皮墨水,眼界之高,百无一可。他能请你作序,你一定不简单啊！"我赶忙分辩:"不是卢先生'请'我,是卢先生提携我而已,实在惭愧惶恐得很。"而孔先生也锦上添花地"求"我为他的一本画册写了一篇。从此之后,我为前辈的翰墨文字撰序,便一发而不可收了。

说到卢先生的"一肚皮墨水",人们熟知的是他的诗词。一部《林菽庐诗草》,使季羡林先生也为之击节三叹。其实,卢先生胸中的墨水何止诗词,更在经史。他出生孔孟故里,心志所在,自与江南文人有别。早在20世纪80年代初,他便以稿费所得,购置了一橱二十四史,勤读不辍。据我所知,当时书画家而坐拥一橱二十四史的,仅谢稚柳先生和他二人。而说到诗词,在他的周围还有几位不得不提。一位是他的夫人卢师母。卢先生的诗词多为题画诗,卢师母的诗词题材则更为广阔,是真正的诗词。委婉娟静,清丽雅隽,几可雁行朱淑真、李清照。另一位是他的同学、同时又是最佳拍档的金鉴才,学生时代便被称为"秀才",直到后来,卢先生都是这样称呼他的。金老师一生致力于践行并推广潘天寿"三绝四全"的艺术主张,又富于社会活动的热情和能力,今天浙江书画界一批坚信传统的年轻人,包括近年调进上海而大展身手的张索,便都是受到他的熏陶。此外还有他的另一个同学俞建华和夏承焘先生的学生吴战垒,在"天之将丧斯文"的形势下志道弘毅,当仁不让,共同构成了一个为"文

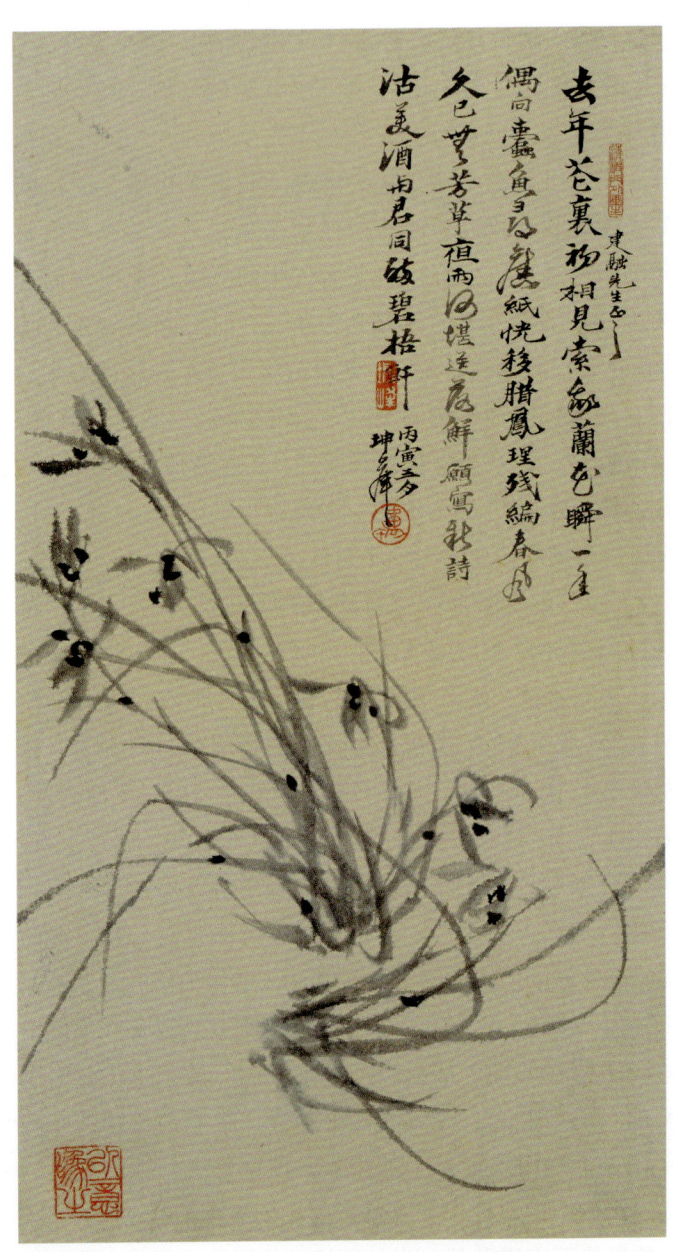

卢坤峰《墨兰图》

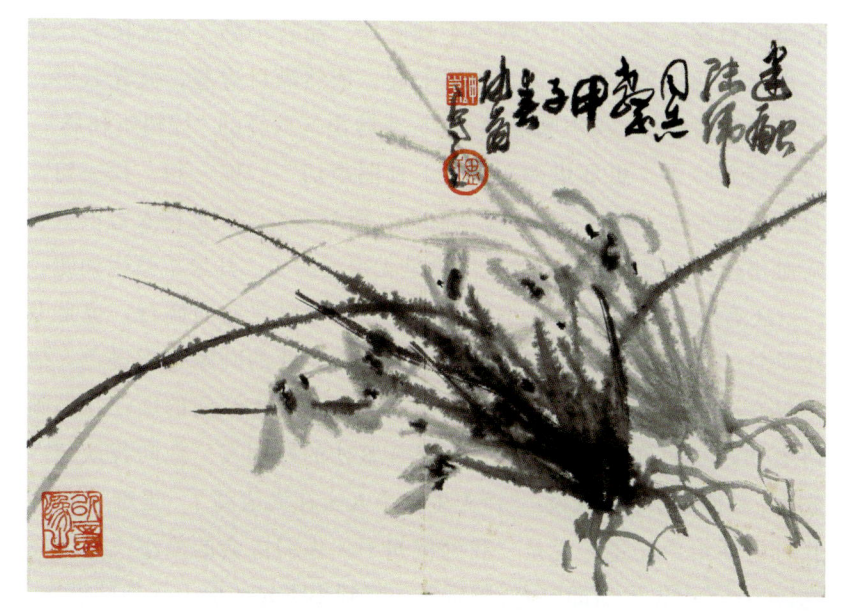

卢坤峰《墨兰》

为画之极"作承前启后的中坚。

当时正值反传统的新潮汹涌澎湃,所以,我与卢先生的交往几乎三天两头,于"今人多不弹"的古调聊作"吾道不孤"的自我慰藉和自信坚定。进入 20 世纪 90 年代后,新潮退潮,传统才有所起色,读传统也开始流行了起来。卢先生的又一本大型画册将出版,他特地从杭州赶到上海,要我写一篇五千字左右的文言。序成交卷,其中有一句论到传统热中所遮蔽着的问题,在"知者不言,言者不知"。卢先生引为知音,以为偏见比无知距离真理更远,反传统不可能真正打败传统,而谬知的"弘扬传统"却可能最终败坏传统。当晚设宴,陪座的有卢师母、吴战垒夫妇和我在浙美正读研究生的学生张春记。席间,吴老师说:"真正懂传统的实在没有几个。"卢先生会心一笑,"知者不言,言者不知"句脱口而出。

那一段时间,我每年必到杭州一二次看望师友,卢先生则必专程陪同整整一天。两个人找一个幽胜处,品茗小酌,论画谈艺。有一次是在西湖郭庄的水榭,秋风乍起,依然满目青葱,波光云影,平淡中涌动磊落。鸟声唧啾中,卢先生吟出辛稼轩的"绿树听鹈鴂",我紧接着吟了"更那堪鹧鸪声住,杜鹃声切"。你一句,我一句,直到"谁共我,醉明月",戛然而止,相对无言。只觉得衣冠俱雪、啼血化碧,"却道天凉好个秋"也是无须道的了。其温柔豪迈如此。

还有一次,永康的徐小飞置业杭城。他以贾业而儒行,也是专攻兰竹的,画蒲华的一路酣畅淋漓,较之专业的画家毫无逊色。他不仅在浙美进修时听过卢先生的课,还是卢先生掌门的浙江花鸟画协会创始时的第一个赞助人,也是金鉴才的好朋友。他向我谈起卢先生,敬仰之余,感叹说:"卢先生这个人实在太清高了,很难亲近。"我打电话给卢先生,说是"我到杭州了。你们协会的徐小飞想请你吃饭……"卢先生当即应允,餐后还一起到小飞兄的府上评他的近作,相处甚欢。其高冷热情又如此。

大约十年前后,卢先生因冠心病而装了支架。本来就疏于应酬的他,此后就更少出门了,朋友们戏称他开始"闭关修炼"。而我与他的联系,也改为与他的公子卢勇相交接。2012年,金鉴才为他办了一个大型的画展,一片水墨清华,功力猛晋。2014年,中国美院又为他办了一个早年墨竹、墨兰谱新编重版的展事,再次引起轰动,我的几个学生后来还把它引到了上海。

无色胜于有色,无声胜于有声。这是传统花鸟画足以"粉饰大化,文明天下,观众目而协和气"的文脉所在。如今,卢先生既已归去,薪尽火传,这一文脉也就只能期望着后来者的承继接续、发扬光大了。我所撰挽联的下句,便是就此而言。

斯人虽往,斯文未丧。呜呼先生,后已不已,而已于斯。

四家学齐

20世纪前半叶，北京的齐白石在陈师曾、陈半丁的指点下借鉴了海派大师吴昌硕的艺术成果而卓然崛起，这是众所周知的事实。因为"袭取皮毛""暴得大名"而引起近代画史上一段吴、齐的恩怨纠葛，更为好事者津津乐道。但进入20世纪下半叶，尤其在20世纪70年代，上海的画家自觉地学习齐白石的艺术以推动海派绘画的创新，却罕有人提及。在我则以亲历亲见，虽几十年过去，至今印象深刻，许多情节犹历历如在眼前。

当时，我因常去汾阳路上的上海中国画院向老画家们问学求教，见到不少花鸟画家都在兴致勃勃地研习齐白石的绘画，尤以唐云、谢之光、张大壮、来楚生四位最为积极。其中，唐、谢二先生注重于学齐之长，为我所用，张、来二先生则注重于学齐之无，以见我在。异曲同工，各臻其妙。

谢之光先生早年擅画吴门画派工细的一路，尤以月份牌仕女画极惊鸿之美。中年后进入画院，因服膺于钱瘦铁先生"泼墨写意大丈夫，闺中女儿描工笔"的豪言壮语，便以钱为师，转向了粗头乱服、不求形似的大写意，且多作花卉、山水。我多次见到钱先生画花卉，每把齐白石的画册摆到画桌上，翻到相关的画页，葡萄、牵牛、荷花、红梅之类，作"依样画葫芦"。但又绝不是模拟皮相，而是遗形取神、我用我法，不仅构图章法与齐白石绝不相同，笔墨色彩的颠倒淋漓更与齐白石大相径庭！这使我联想起方增先生给我讲到过年轻时陪黄宾虹到西湖边写生,黄抬头看一眼、低头画一笔……但画面上的景物与眼前的景物迥不相侔!实景中并没有船,他却画上了船;实景中明明有一棵树,他却没有画树。谢之光"临摹"齐白石,同样也是如此。他所临的只是齐白石的"葡萄",而不是"齐白石的葡萄",所成就的当然是"谢之光的葡萄"。"齐白石的葡萄",其形其神、其构图其笔墨,所展示给我们的是白石老人天真灿漫的童心未泯;"谢之光的葡萄",其形其神,其构图其笔墨,所展示给我们的则是之光先生玩世诙谐的从心所欲。

唐云先生擅长山水、花鸟,亦能人物,取法八大、石涛、金冬心、华新罗,尤以小写意花鸟画的成就最为突出,也最为世所羡称。其实,他的粗笔山水、大写意花鸟也非常精彩,即专攻大写意的画家也要让一头地。而他在这方面的取法除八大、金冬心之外,便是齐白

谢之光《牵牛花图》

唐云《小鸡》

石。他爱齐白石画入骨髓，在他的收藏中，便有好几幅白石老人的精品；他看齐白石画入骨髓，白石老人的画风画法，从造型塑像的习惯，到用笔的轻重疾徐，运墨的枯湿浓淡，在他正如数家珍、了然于胸。因此，他画齐白石，从来不需要把齐白石的画放在面前，而是凭空可就，脱手即来，落笔便成。尤其是墨笔的雏鸡、螃蟹、河虾，与白石老人形神毕肖、直入三昧，几乎可以乱真！但仔细地体味，二者的笔墨性格还是判然可辨的，齐白石是稚拙的，所体认的是复归婴儿的童心无邪；唐先生则是清新的，所体认的是潇洒倜

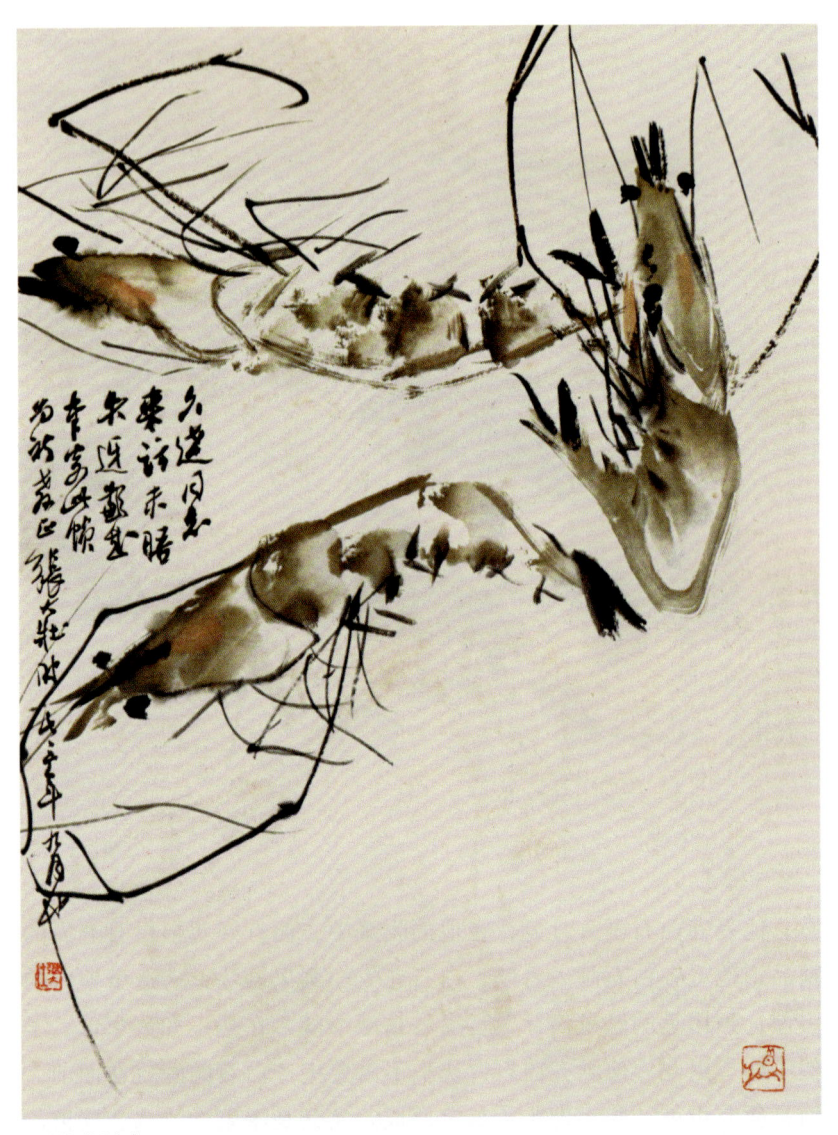

张大壮《明虾》

张大壮《明虾番茄》

傥的名士风流。

　　张大壮先生的花鸟画，出于恽南田、华新罗的传统，尤其于恽南田的没骨法更有出蓝之誉。虽然，早在民国时，他便已与唐云、江寒汀、陆抑非被并称为"四大名旦"，但他的最终成就则是中华人民共和国建立之后才真正奠定下来的。其独创性的成果有二，一是蔬果——这是他在画院组织的市郊农村写生活动中,创造性地转化恽南田的传统而取得的,他笔下的水蜜桃、西瓜、葡萄、茭白……水润清鲜,晶莹饱满,绝唱无声,画史无双。二是海错——这是他在浙江沿海地区体验渔民生活时,通过学习、借鉴齐白石的艺术而取得的。但齐白石以画河鲜出名,鳜鱼、鲇鱼、河虾……却从来没有画过海鲜。据我所知,在整个中国画史上,除赵之谦曾出于猎奇曾画过一卷《海错图》,似乎并没有其他画家涉及过这一题材。有之,便是大壮先生学齐白石,他的学习方法是避齐的已有,学齐的所无。齐无我有,斯亦善学。齐白石有鳜鱼、鲇鱼,张大壮则有黄鱼、带鱼;齐白石有河虾,张大壮则有明虾;齐白石用水墨,张大壮则用五彩;齐白石的河鲜是活动在积水空明里的,张大壮的海错是摆放在菜市鱼摊上

来楚生《芭蕉蛤蟆》

的……他笔下的海错，形色的惟妙惟肖，神态特绝，悦人心目，引人馋诞！

与张先生一样，来楚生先生学齐白石也是避其所有、学其所无。青蛙是每一个农村出身的孩子共同的童年回忆，但把青蛙画得活灵活现，则为白石老人独擅的绝技，只可有一，不可有二。他用五六笔大小浓淡的墨痕，弄巧成拙，点化出群蛙鼓噪或一蛙独鸣，无声胜似有声；他的《蛙声十里出山泉》更别出心裁，画中不作一蛙而有蛙声喧天。来先生爱而效之，效而避之，于是便画起了与青蛙同类的蛤蟆。蛤蟆，几乎为人所共厌；但上海人却不一样，在"上海说唱"的"金铃塔"中，就有琅琅之上口的一段唱词："黑铁朴突的癞蛤疤，疤蛤癞，蛤癞疤。"来先生当然也耳熟能详。所以，每年梅雨季节，他便到画院小花园阴湿的墙角石隙，捉几只蛤蟆放在玻璃瓶里，摆到画桌上写生。他用篆刻的刀法、隶书的笔法，为蛤蟆作以形写神，寥寥数笔，弄拙成巧，一种蹒跚的憨态可掬，与白石老人笔下青蛙的机敏相映成趣。一时，画院中盛传着"齐白石的青蛙，来楚生的蛤蟆"，与"齐白石的河鲜，张大壮的海错"。无独有偶、并称双绝。

白石老人生前反复告诫后人："学我者生，似我者死。"在他的身后，学他的人风靡画坛。尤其是20世纪八九十年代，全社会"中国画热"，各种《怎样画小鸡》《怎样画葡萄》之类的中国画技法书铺天盖地，几乎全是齐白石一路的画法，不少人更以"齐白石画派"的"正宗""嫡传"自诩。但真正学齐白石有成就的，我以为除北京的李苦禅先生之外，当推上海的唐云、谢之光、张大壮、来楚生四家。

国香无绝
——陈佩秋先生的画兰艺术

梅雨闷湿中,期盼着秋风送爽,桂子沁馥,秋兰涵露。位于青浦白鹤镇、吴淞江畔的鹤龙美术馆近期组织了一场小规模的雅集活动,邀请新知旧友七八人一同欣赏馆藏精品之一——陈佩秋先生的《兰馨蝶影图》。主办方要我担任讲解员,因与大家"好画共欣赏,美意相与析",并逐一解答朋友们的提问而成此文。

问:"秋分"(陈佩秋先生的"粉丝")是书画爱好者和收藏圈中人数不少的一个群体,"秋分"中的人大多数爱好陈老师的兰花,请问是何原因?

答:我想,这里面有多方面原因。

第一,中国文化对自然造物的审美,更倾向于植物世界的和而不同,从而有别于西方更倾向于动物世界的弱肉强食。而在植物中,尤其是花卉多被比作美人,偶有比作君子的则弥足珍贵,如梅、兰、竹、菊在中国绘画中便被称作"四君子"而受到格外的推重。至于美人而兼君子,似乎只有两种,即荷和兰。专讲兰花,不仅是"四君子"之一,更是"香草美人"的独一无二,甚至比荷花的美人还要美人;一如荷花虽不在"四君子"之列,却被周敦颐认作是君子的独一无二。

第二,便是陈老师的兰花画得实在好!不仅艺术水平高超,而且,其风格既有深厚的传统,又有鲜明的时尚。传统的画兰水平高的不少,

国香无绝——陈佩秋先生的画兰艺术 | 253

陈佩秋《兰馨蝶影图》

陈佩秋《兰石图》

时尚的画兰水平高的似乎还没有；既传统又时尚而且水平高超，依我之所见，陈老师应该是唯一。

第三，陈老师的其他题材画得也很好，"秋分"们同样也是十分喜爱的。但她的画风属于工整的一路，山水也好，牡丹也好，一画之成，十水五石，三矾九染，非常吃功夫。相对而言，其兰花，尤其是撇出的兰花，画起来就比较快，像这幅《兰馨蝶影图》，不算蝴蝶，一个小时左右即可完成。所以，喜欢陈老师画的人，不好意思求她画山水、牡丹，大多求她画兰花，也有这方面的原因。而并不是说她的兰花画得特别好、特别受欢迎，其他题材的好和受欢迎程度就不如兰花。

问：陈老师画兰的风格、技法有何独创的特色？

答：李仲宾说画竹有两大风格，其一为"画竹"，即写生的竹，一般用双勾填色；其二为"墨竹",即写意的竹,一般用水墨撇出。画兰亦然,陈老师的画兰便属于"画兰",也即写生之兰,讲究以形写神、物我交融;郑板桥的画兰属于"墨兰",也即写意之兰,讲究遗形取神、借物写我。画兰多为双勾,如宋人、仇英等;墨兰多为撇出,但偶然也有双勾的,如金农、罗聘等。

陈老师的画兰,20世纪五六十年代时学宋人,多用双勾法写生。为了画好兰花,她不仅去植物园写生,还亲自动手在家莳养兰花。她仔细研究兰花的物理、物性,对不同的品种、叶态、花形,包括花瓣、鼻唇、梅瓣、荷瓣、奇花、蝶变、飞肩、落肩……的结构,都有认真的观察,达到无微不至,并在此基础上加以提炼剪裁,以完成艺术形象的创造。至今还可见到她当时所作的几幅徽州墨兰,不仅形神兼备,而且笔精墨妙、色彩清新,真似有沁香满纸。

20世纪70年代时,不限于兰花,陈老师开始致力于学习徐渭、八大山人的写意画法,多用点厾、撇出法。当时有一位画家见她在撇兰竹,便对她说,兰竹以郑板桥画得最好,你为什么不学他呢?陈老师笑笑而已,后来对我说:"郑板桥和扬州八怪的画,格调不高的。"与此同时,她还用大力气学习张旭、怀素的狂草,以提升撇出时的笔墨功力。但她用点厾法、撇出法所表现的,并不是不求形似的写意,而仍然是写生,使写生的兰花在艺术性的表现上比双勾更自然潇洒、飘逸灵动。

这一撇出的写生兰花,至20世纪80年代以后达到大成,有时还在撇出的基础上略作线条的勾勒提醒,使撇和勾的两种画法,由本来的河井不犯达到水乳交融,其画兰的艺术就更臻于高超的境界了。20世纪70年代末以后,陈老师常去北京,画宾馆的布置画,她的画兰进一步引起同行画家们的广泛的惊艳。

问:白蕉有"兰王"之称,能否结合白蕉先生的兰花

陈佩秋《兰竹图》

陈佩秋《雨中兰》

对陈老师的兰花作一对比的赏析？

答：白蕉先生是著名的书法家，书法之余在墨兰上下了很大的功夫，属于郑板桥一路的文人写意的风格，二者都是以书入画，以书法为画法。但他与郑板桥又有不同，郑板桥是以六分半书（近于碑学）入画，他是以"二王"（帖学）入画，所以他的审美取向不是怪异而是雅正。其次，郑板桥是不求形似而尚笔墨，他是以形写神而尚笔墨。当时还有一位女画家鲁藻，也是这一路画法，被称为"兰后"。

但我的看法，文人写意的墨兰还是以唐云先生为最佳。白蕉、唐云对文人墨兰的贡献,在以写意而向写生靠拢,正像陈老师的画兰,其成功在以写生而向写意靠拢。所以,艺术上的成功,不同的风格、技法,拉开距离而各尽极致可,互相融合而互为取鉴亦可。

问:画面上题诗"细叶舒冷翠,贞葩结青阳"是什么意思?

答:题诗是元代道士马臻《移兰》五言古诗中的两句。马臻是全真教的一位道士,当时元朝统治者非常看重全真教,丘处机还被邀随忽必烈西征,金庸武侠小说《射雕英雄传》中便讲到过这一段史实。马臻也曾被征召到朝廷中,后来觉得不适应便告辞还山了。这首《移兰》诗讲的是,兰花本来长在深山中,却被移植到桃李园,虽荣华富贵、春风得意,但从此却"开花无清香"了。所以,又把它移到了岩壑之中,种在松竹旁边,回归到它应该的生态环境,于是"细叶舒冷翠,贞葩结青阳",才恢复了它的本质之美。再回头去看那些"争芬芳"的荼蘼、桃李花,却都已经凋残"零落"了。所写的,显然是马臻自己的经历和志向。

但陈老师此画却只取诗中的两句而不涉其余。这与谢稚柳先生爱林和靖梅花诗的清新自然,而不喜其"梅妻鹤子"的乖僻,是同样的道理。我们既需要洁身自好的操守,但也要有关心世事的热情。

问:陈老师的名字、斋号大多与兰花有关,是这样的吗?

答:确实是这样的。如"佩秋",出于《离骚》的"纫秋兰以为佩"。"健碧",出于杨万里的咏兰诗:"健碧缤缤叶,斑红浅浅芳。"意谓自己甘做陪衬红花的绿叶。还有一个斋号"高花阁",出于李商隐的"高花"诗。但李诗写的并非兰花,陈老师却把它与兰花的物态联系了起来。兰花有一茎一朵的,也有一茎数朵的,像徽州墨兰,一茎在九朵左右。陈老师以自己养兰的观察所得,知道最下面的最早开，最上面的最晚开。一般第三至第六朵开放之际，吸引的观赏者最多；到最上面的花开放时，几乎就没有人再来观赏了。其用意当然还是谦逊谦让。

问：这幅画的兰花和蝴蝶并不是同时画的（兰未署年款，应在20世纪八九十年代，蝶补于2005年），这种情况在绘画史上多不多？

答：一个画家，在自己之前的作品上再作添补、润色的情况，自古至今当然是有的，目的在使之更完美。像倪云林的《渔庄秋霁图》轴，系倪氏于"乙未岁"（1355）写于王云浦渔庄，十八年后再次见到此画，便在画面中部的湖心处补题了一首五律并说明缘起。但这类情况并不是太多。目前所知，就我所见，陈老师的作品中，这类情况相对而言是比较多的。这里有几方面的原因。

首先，陈老师这一代画家，对于书画爱好者的求索大多是有求必应以成人之美的，即所谓"应酬画"。而且，这类作品在题材上以兰竹、花卉为多。

其次，20世纪90年代初艺术品市场重新崛起，经过七八年的历练，在世纪之交前后逐渐形成这样一个市场意识：一件花卉题材的作品，其价格的高低决定于画面上有没有"活货"（指禽鸟、草虫）以及"活货"的多少。于是，早先大量流散于社会上的名家兰竹、花卉画，便被藏家请求名家本人，在名家已经去世的情况下则请求与该名家关系相熟或风格相近的另一名家，在其上添补"活货"，庶几使作品大幅升值。

当然，这也要看此画的作者在"彼一时"变成"此一时"的情况下是否还愿意有求必应；即便愿意，还要看此画的风格是否适合添补；即使适合，还要看作者是否有这方面的擅长。而陈老师，恰恰是这三方面条件的兼备者，所以，其早年的兰竹、花卉作品上，后期的补笔之多,不仅在同时代的名家中,即在整个画史上,也是罕见的。她不仅为自己的作品补笔,还常为谢老的作品补笔。而且,经过补笔之后的作品,比之未补笔之前,在艺术上往往焕然一新,升华到一个更高的境界。

问:在诗堂上,陈老师又题了"兰有幽香,蝶有霓裳"两句,对欣赏此画又有何帮助?

答:帮助太大了!《猗兰操》是古琴谱中的一支名曲,其中讲到孔子以"兰为王者香";《霓裳舞》则是大唐盛世的宫廷乐舞,这里以蝴蝶的翅膀喻舞动的霓裳。兰馨蝶影相掩映,清操和雍容,既清真雅正,又光辉充实。这就使高山流水含有了黄钟大吕的堂皇,又使黄钟大吕内蕴了高山流水的幽清。

画面上,两丛兰花一左一右,顾盼呼应。长条披拂,交错穿插,偃扬俯仰,转侧翻覆,恍若"吴带当风",历乱又有序。杂端庄于流丽、寓刚健于婀娜的长袖善舞,既是兰叶,又是提按顿挫、枯湿浓淡、粗细曲折、轻重疾徐的笔墨,组合为疏密聚散的构成。花茎三枝,每枝上十来朵不等地已放欲绽在泫露凝光中,巧笑浅颦,含羞带娇,高花尤怜。点与线、墨与色的和谐交响,"茎身朵脸叶衣裳,妙曼轻盈浅玉光。我有琴心听不得,谷风习习自生香",本已称得上是一曲无声而有形的《猗兰操》,只是近于素面的淡妆而已。而添加了两只蝴蝶,一飞一栖,彩影惊艳,便仿佛在原先素妆的舞队中穿梭无定地点缀了两只霓裳翩翩的精灵。这,在传统的画兰艺术中,无论是写生还是写意,都是不曾见过的。其实质,正是传统画兰艺术的创造性转化,天机无穷出清新。

补记：

文章刚完稿，惊闻陈老师于今晨突然去世的噩耗，不胜震悼！"春兰兮秋菊，长无绝兮终古"（屈原《九歌·礼魂》），"无绝"是陈老师爱用的一方闲章。人生有涯，艺术无绝，国香永流传！霏霏梅雨江南暗，谨以此文祭斯文。

画画，要有我，又要无我
——唐云和新花鸟画

唐云先生是我少年时代便钦仰的一个偶像。当时从报刊上、展览中看到唐先生的作品，每一次都被深深地吸引，觉得画面的笔墨、形象、意境所焕发的英气，与我从武侠小说中感染的侠气有一种感应的共鸣。但认识唐先生却是在"文革"初期的狂飙过去之后。大约在1973年前后，我的老师姚有信调入上海中国画院，我常去画院看老师，他有时便把我带到其他画师的画室请教。记得唐先生所在的画室是由画院的车库改造而成，辟为三个空间，进门的空间稍小，应野平和朱梅村各摆了一张画桌；入内稍大，唐先生和孙祖白的两张画桌对面拼排，陈佩秋先生单独一张画桌；再向内空间更小，胡若思和徐元清的画桌亦对面拼排。后来接触多了，便直接到唐先生江苏路中一村的寓所拜访。每一次都是不作事前告知，贸然登门；有时先生不在，便掉转自行车头到另一家去。这种访师的方式，在今天看来很不敬，而且对老先生的工作、生活多有打扰，但在当时缺少联系方式的条件下实属无可奈何；再加上老先生们大多在家中"闭门思过"，无所事事，寂寥得很，所以倒也欢迎不速之客的走访。有时奔波了一天，一个也没见到，筋疲力尽地回到家中，还生出"云深不知处"的诗兴。

唐先生的住房条件在当时的画家中算得上相当宽敞，二楼的画室应该有数十平方吧？画桌之大更使我眼界大开。在同唐先生的交

唐云《杜鹃画眉》

往中，看他作画，听他谈艺，随便得很。因为我爱好文史，他还送了我一本1935年商务出版社出版的傅抱石《中国绘画理论》，要我好好读读；又推荐我一位诗词的老师，"就是你们高桥的沈轶刘，你可以向他学"。

《中国绘画理论》一书是傅抱石留学日本时分类辑录的历代画论，每段画论后常附以精彩的评语。我之系统地接触古代画论，便是由此书入门的，后来所写的论文，也常引用傅先生的评语。但此书虽曾两次印行，流传却不广，早先大多数专家，包括研究傅抱石的专家似乎也未曾见到过，所以对我在论文中所引的傅氏观点，大多持质疑的态度，甚至还认为是我的伪造。我多次向出版社推荐再版此书，一是感恩唐先生当年的赠与；二是因为此书是以画家的眼光辑录，有别于史论家们所辑录的各种古代画论类编；三是为了使学术界对傅抱石的艺术成就有更全面的认识——而绝不是为了证明我所引傅氏观点不是学术造假的意气用事。

沈轶刘先生则是民国年间唐云、白蕉、邓散木、施叔范、沈禹钟圈内的诗友,因抗战时避兵福建并任福建国民政府办公厅的主任,1949年后被定性为"历史反革命",以文职官员而从轻发落,回家接受劳动改造。当时的形势,一般人根本不敢与之交往,更不可能向青年人推荐他的。但刚刚从"牛棚"中"解放"出来的唐先生却似乎一点没有政治的顾忌,而我以"出身"不好,当然也不计这里面的利害关系。我在旧体诗文方面的爱好能走上正道,正是得益于沈先生的讲解。

唐先生的人品以"海派"为人们广为称道。无论尊卑,无论老少,他都坦诚相待,海量千杯,滴水涌泉,以德报怨,为朋友可以两肋插刀。什么是"海派"呢?大多数人包括"海派文化"的研究专家,直到今天都认为是指上海人"精明"的做人作派。问题是,上海人"精明"的作派是一种新派、洋派,而唐先生的做人却一点不"精明",非常老派、旧派,怎么能称之为"海派"呢?我曾向唐先生请教过这一问题,他平淡地回答:"做人的'海派'又称'四海',它是从孟子的'四海之内皆兄弟'而来的,与文化艺术上的'海派'根本不是一回事。"

唐先生的做人虽然是老派的,有古人之风,但他的艺术却是既老派又新派的,是传统的"其命维新"。他于人物、山水、花鸟无所不精,皆出于传统又有个性和时代的鲜明创新精神,尤以花鸟画的成就最为杰出。早在民国年间,唐先生便与江寒汀、张大壮、陆抑非并列花鸟画"四大名旦"。论其早年的风格,清新明丽,可喻为荀慧生;20世纪五六十年代为其艺术上的最高峰,杂端庄于流丽,寓刚健于婀娜,可喻为梅兰芳、程砚秋,小写意一路的花鸟,至此可以说达到了历史的最高水平;六七十年代的风格,刚健峭丽,可

唐云《稻花青蛙》　　　　　　　　　　唐云《竹鸽》

喻为尚小云；80年代以后则浑厚恢宏，可喻为李多奎。

对唐先生艺术成就的评价，已有不少专家做过深入的研究，尤以郑重兄的知人之深，分析得最为精到，已为学术界广泛认同。但大多数评论，有一个不足之处，便是对唐先生在"新花鸟画"方面所作出的开创性贡献，或不予涉及，或一笔带过。这对于认识唐先生，认识"新中国十七年"的中国画变革，都是不无遗憾的。

自1949年到1966年，即所谓"新中国十七年"，传统的国画所经历的一个重大变革，便是以"红色经典"为标志的"新中国画"的创新。撇开极左的"政治标准"不论，单论艺术上的成功，"新山水画"的代表是傅抱石领军的新金陵派，以描绘革命圣地和工农兵改天换地的景观为特色；"新人物画"的代表是方增先领衔的新浙派，以直接描绘工农兵的生活形象为特色。"新花鸟画"的代表又是何人、何派呢？在各种版本的"新中国美术史"中迄今还是一个空白。

其实,"新花鸟画"的代表也是有的,便是以唐云为领军的新海派,而可以作为标志的便是1961年的"上海花鸟画展"。"新海派"这个名词,在近十几年里非常流行,其实,这一名词,在1959年前后便由唐先生提出来了,而他的重点便是花鸟画的创新。只是这一观点由于各种原因,在当时没有被广为宣传,致使后人认为是自己的发明。附带指出,这一条资料是我女儿写毕业论文时从上海中国画院档案的座谈、会议记录中发现的。

在"新海派"的"新花鸟画"创新中,唐先生不仅以其高超的艺术才华,更以其"海派"的人品风范,广泛地凝聚了上海知名的花鸟画家,通过深入生活、探讨技法,交流切磋,在保证"政治标准第一"的前提下,绝不使"艺术标准"沦为"第二"甚至不要。"上海花鸟画展"的活动,唐先生亲自参与发起、组织,历时两年多,付出了艰辛的劳动,而且为展览提供了数量最多的出品。在三十六位画家一百二十四件展品中,唐先生一人就有七件。首展于5月1日在上海举行,引起强烈轰动;7月后又相继移展北京、沈阳,影响更为扩大;甚至香港方面也希望内地展出结束后移展香江,惜未果。而唐先生更因此展的成功声名益隆,被画坛尊为"新老头子"。这不仅因为他艺品的高华,同时也因为其人格的魅力,为众望所归。一时,外地的知名画家到上海,几乎都要到他那里"拜码头"作交流。

那么,这样一个在群众中和媒体上引起如此轰动,在新中国花鸟画史上具有里程碑意义的大展,为什么会在后来"新中国美术史"的研究中被遗忘呢?我以少年时从这个展览中所获得的深刻感动,曾向唐先生求教这个疑惑,唐先生总是以"过去的就过去了,何必再去管它,没有什么好讲的"敷衍过去。包括唐先生的出品中有一件《红莲翠羽》,泼墨淋漓而绿气罩人,嫣红一抹而生机勃勃,石涛、新罗的萧索,竟幡然转换成为欣欣向荣的崭新气象,不贴政治标签却与时代的精神达到完美的契合,在我的心目中一直视其如钱松嵒《红岩》之于"新山水画",方增先《粒粒皆辛苦》之于"新人物画"一样,是"新花鸟画"的经典,后来究竟去了哪里?唐先生也一点不记得了。近几年在拍卖市场上倒是见过两件,不过都是依据画册的有本造假。

后来唐先生哲嗣逸览兄告诉我,"上海花鸟画展"从一开始便遭到美协主管领导的反对,唐先生不得已找市里的

唐云《公社鸡场》

领导争取支持,美协方面才给予不反对的认可。不反对当然也就是不支持,不把它当一回事。

另一个原因也是道听途说。大概是1988年,上海文艺出版社组织部分作者赴安徽旅游。其间一位老编辑和我聊到,他在1959年参与了郭沫若《百花齐放》诗集(刘岘木刻配图)的出版工作,编辑们对作品的质量普遍不满意;而郭沫若还提出让上海的花鸟画家为诗集配图,在荣宝斋出版诗、书、画三绝的木刻水印本,遭到委婉的拒绝,遂由于非闇、田世光、俞致贞配图。郭沫若是新中国文化部门的主管领导,对中国画尤有浓厚的兴趣,以傅抱石为领军的"新山水画"之所以能在新中国美术史上大展风流,固然是江苏画家们

唐云《天中即景》

创新的水平高超，但也与郭的大力推扬密不可分。则以他的性格，因《百花齐放》诗画配的恩怨，对上海的"新花鸟画"取冷漠的态度，也就在情理之中了。

第三个原因是从我女儿写论文时发现的资料所引申。1958年以后，北京的花鸟画家率先开始了"新花鸟画"的探索，或通过政治标签，或通过大红大绿摒弃残枝败叶，为老舍先生所激赏，认为不画"残柳败荷"是社会主义新气象的反映，应该作为"新花鸟画"创新的方向。而配合"上海花鸟画展"，唐先生在《人民日报》上发表了著名的《画人民喜闻乐见的花鸟画》一文，虽未点名，却针锋相对地提出："问题不在牡丹还是残荷，而是要看画家的思想感情与怎样看待对象，怎样刻画对象。"这样的表述，肯定会引起老舍的不快，而老舍恰是新中国文化部门热心提倡新国画的又一重要领导。

明乎此，则群众欢迎、专家叫好的"上海花鸟画展"之所以被遗忘，个中的缘由是不言而喻的。估计唐先生对这个问题的回避，正是"却道天凉好个秋"的意味深长啊！

唐先生常说："画画，要有我，又要无我。"它的意思是，一个画家的创作既要有自己的标准，笔头上不让人；又要有他人的标准，口头上让人；不能用自己的标准强加他人，又不能用他人的标准泯灭个性。其实，这既是他艺术的原则，也是他做人的原则。记不得是哪一位哲人（好像是胡适）说过："包容比自由更重要。"而陈寅恪则坚持"独立之精神，自由之思想"。唐先生不是哲学家，但我以为他的认识，相比于不同哲学家不同的人生格言更富于哲理性，这就是把自我的独立表现于对他人的包容，而在对他人的包容中体现自我的个性。他好画布袋和尚，应该正是其大度包容的自我写照。

奇峰磊落水云舒
——陆俨少先生的艺术和人生

我认识陆俨少先生，应该是在 1973 年前后。那年，我的老师姚有信调入上海中国画院，我便常去画院问学，并到资料室去借阅图书。陆先生是资料室的管理员，地位远在承担创作任务的画家之下，等同闲杂，完全是"夹着尾巴做人"。但大多数画家对他都非常尊重，说他画得不得了的好。虽然，对当时画院中的许多名家，我都慕名已久，但对陆先生，在这之前竟然完全不知道其人其艺！后来进一步了解到，直到 1978 年之前，除了江浙沪皖的个别小圈子，就是整个中国画坛，知道"陆俨少"这个名字的也非常少！在陆先生本人，当然是"人不知而不愠，不亦君子乎"，但在旁观者，实在免不了"人生如此，天道宁论"之叹了。而陆先生的人生，还绝不止于"人不知"的寂寂无闻，更在于他的际遇多舛，跋前疐后，动辄得咎。在我认识的老一辈名家中，陆先生是生世最为困顿坎壈的一位；还有一位是后来认识的丁天缺。不过，讲到往来的关系，我与丁先生则远不如与陆先生那样走得亲近。

虽然，"文章憎命达""诗穷而后工"，苦难于艺术家是一笔巨大的财富。但正如钱锺书先生的分析：尽管"没有人不愿意作出美好的诗篇——即使他缺乏才情"，但肯定"没有人愿意饱尝愁苦的滋味——假如他能够避免"（《诗可以怨》）。所以，当拨开阴霾，七十岁左右的陆先生终于跳出苦海，迎来了灿烂的光明，几乎一夜之间，名声遍及全国艺苑,还从复兴路的蜗居搬进了延安路茂名路口一套宽敞的公寓,他欣然颜其新居曰"晚晴轩"。相较于他之前的斋名"骩骸楼",两种不同的人生、不同的心情,判然若鲜花之于荆棘!不久之后,他的人事关系又正式调到浙江美术学院(今中国美术学院),还当选为全国人大代表,更使他春风得意,意气风发。每每回想起之前的艰难困苦,他总是心有余悸而又满怀感恩地表示:"老天有眼,终于给我熬过来了。今后再也不会过苦日子了……"但这样的好日子不过十来年,晚年的他又陷入到病痛的折磨之中,虽以其"扼住命运咽喉"的无比坚强,竟然也不得不"服输"了:"真是苦透苦透。"

陆先生的禀性是特立而狷介的。也许正是这样的性格导致了他在社会上对人事的疏离,从而在生活中不断地遭遇到挫折,而生活的挫折又进一步加强了其特立狷介的性格并与命运作抗争。这样的性格成就了他的绘画艺术,便是奇险、奇崛而又奇秀,从笔墨到景观再到意境。他以山水擅场,尤以画三峡、黄山、雁荡驰誉。三峡、黄山、雁荡成了他艺术成就的三大品牌,而他也成了三峡、黄山、雁荡的艺术代言。实在是因

陆俨少《黄山清凉台图》

为这三处风景,与他的性格若合符契,达到神遇而迹化,简直可以说是山川即先生、先生即山川。

陆先生少年时从王同愈学经史诗文,从冯超然学绘画。冯超然在当时与吴湖帆、吴待秋、吴子深并称"三吴一冯",皆以山水名世,出于正统派;冯氏又兼工人物,出于吴门派。但陆先生在正统派方面下的工夫似乎并不大,尽管他后来给学生讲课时也提到过学习"四王"的好处,但冯超然生前对他的评价却是"一个不像老师的学生"。相比之下,他的同学郑慕康在嵩山草堂学人物仕女,就完全是冯超然的法嗣蕃衍,系无旁出。由此,也可窥见陆先生不安分的奇崛性格。据他的自述,自己的绘画属于"珂班出身",即多从珂罗版画册上学习;后来虽也曾去南京参观故宫南移的画展,目睹了古代名家剧迹的原作,自称"贫儿暴富",但都属于笔底丘壑、纸上烟云。至于从画册上、原作中,他究竟学的是哪几家?并没有说明。估计只要是他觉得好并适合于自己禀性的,没有他不虚心认真学习的。

"纸上得来终觉浅",生活才是艺术的活水源泉。日寇全面侵华后,在国恨家难的压迫下,陆先生携家避兵重庆,往还江陵,舟行三峡,云雨江波,鼓荡诡谲,奔腾盘郁,与其胸中磊落相激越,古人的笔墨与江山之助始相印证,一下子绽放了其险绝瑰丽的个性艺术境界!游历并描绘过三峡风光的古今画家并不在少数,但最能得其精采神韵的则推陆先生为第一人。我曾以三峡之文,郦道元《水经注》为第一;三峡之诗,李太白《早发白帝城》为第一;三峡之画,陆先生"峡江云水图"为第一。又剥元稹诗句,称陆先生三峡云水之奇谲:"曾经三峡难为水,除却巫山不是云。"陆先生欣然含笑以为可。这得之于峡江生活体验的独特的云水画法,从此便奠定了陆家山水"无常形而有常理"的根本,并由三峡而推广到其他一切风景的描写。陆先生的人生是险绝而后生,三峡的云水也是险绝而后生,则摩荡激发而为先生险绝而后生的艺术风格,宜矣!所以,20世纪80年代初,当张大

陆俨少《雁荡耕牧图》　　　　　　　　　　　　陆俨少《瞿塘晓发图》

千的《长江万里图》卷仿真本传到大陆,人们纷纷欢喜赞叹时,陆先生把它展开到三峡一段,不无自负地说:"等我有空了,也要画一卷《长江万里图》,定当不让大千专美!"

至于黄山、雁荡的游历和描写,应该是中华人民共和国成立之后的事。黄山的奇崛,峰石松云,变幻灭没,不可思议;雁荡的奇秀,悬崖龙湫,层隐迭现,崔嵬难穷,与陆先生奇崛的性格、灵秀的禀赋也是颇为相合的,所以,与三峡一起成为最入于其画风的三大标志性景观,也就不足为怪了。只是,三峡画以陆先生为独擅,黄山画、雁荡画却不以陆先生为专美,而是分别与刘海粟的黄山、潘天寿的雁荡为并美。刘海粟美在狂,潘天寿美在霸,陆先生则美在奇——于三峡则奇于险,于黄山则奇于崛,于雁荡则奇于秀。

不过,人们对陆先生艺术的评价,主要的并不在于他成功地塑造了三峡、黄山、雁荡的景观,而更在他夐夐独造的笔墨——称他"三百年无此笔墨""三百年来笔墨第一",这是专业圈内对他众口一辞的称誉,他也当仁不让。他的笔墨特色也是奇险、奇崛、奇秀,一方面,他以如此的笔墨塑造了如此的景观、宣泄了如此的心境;另一方面,也正是如此的景观、如此的心境,造就了他如此的笔墨。但笔墨的创造除了"外师造化,中得心源",还有一个"上法古人",则陆先生笔墨的传统渊源又其来何自呢?由于陆先生对传统的学习如吴道子的实地写生,是"臣无摹本,并记在心"的,所以,人们只能揣测。一开始,不少人认为是石涛。但陆先生自己却不承认,并毫不谦虚地说,"石涛早已不在我的话下,董其昌的笔精墨妙才是我所难以企及的。"人们又认为他的渊源不是石涛而是董其昌。但问题是,陆先生这样说,并没有直接表明自己没有学过石涛而是学了董其昌的意思啊!从他的作品来看,屈折盘旋、粗细长短、轻重快慢、枯湿浓淡、疏密聚散的笔墨运施,点、线、面的随物赋形、随意生发,委婉如行云流水,刚健如斩钉截铁,欹崎磊落,变态无穷,

奇峰磊落水云舒——陆俨少先生的艺术和人生 | 275

陆俨少《梅石图》

陆俨少《云山图》

于痛快淋漓中内涵蕴藉沉着，实在是更近于石涛而有别于董其昌的。

特别值得注意的是，陆先生在《山水画刍议》的第一条中便以石涛为"开篇"：

> 例如有人说："石涛不好学，要学出毛病来。"我的看法，有一种石涛极马虎草率的作品，学了好处不多，反而要中他的病，传染到自己的身上来。但他也有一些极精到的本子，里面是有营养的东西，那么何尝不可学？要看出他的好处在哪里，不好在哪里。石涛的好处能在四王的仿古画法笼罩着整个画坛的情况下，不随波逐流，能自出新意。尤其他的小品画，多有出奇取巧之处，但在大幅，章法多有牵强违背情理的地方。他自己说"搜尽奇峰打草稿"，未免大言欺人。其实他大幅章法很窘，未能达到左右逢源的境界。用笔生拙奇秀，是他所长，信笔不经意病笔太多，是其所短。设色有出新处，用笔用墨变化很多，也是他的长处。知所短长，则何尝不可学。

这里说"石涛不好学"的"有人"，或许是民国时上海画坛的什么人，如吴湖帆便讲过："后学风靡从之（石涛），不复可问矣！"这个"不好学"并不是"不可学"，而是"很难学"的意思。而1949年后，石涛被公认为传统中最值得继承发扬的精华之一，似乎就没人再讲石涛"不好学"了；有之，则应该正是陆先生本人。而他之所以要这样说，也正因为他在学石涛方面下了很大功夫，深知其中的甘苦。由于走的是"珂班"之路，所以，他当初的学习是不足为外人道的；现在，他学出来了，走过来了，就可以把石涛"很难学"的经验尤其是教训公之于众尤其是后学。包括从不讳言由石涛起家的张大千，也苦口婆心地劝诫过后学："石涛……那种纵横态度实在赶不上，但是我们不可以去学。画理严明，应该推崇元朝李息斋算第一人,从他入门,一定是正宗大路。"完全是同样的意思。

再看这长长一大段的评点,具体而又深刻,如果不是认真学过石涛并有切实心得的人,又怎么讲得出来呢?我们看《山水画刍议》中讲到的古人不少,但没有一个比石涛讲得更透彻的!所以,这段话不仅不足以证明陆先生的传统渊源没有把石涛作为学习对象,反而足以证明石涛是他"第一口奶"中最重要的营养成分之一。

进而,我们再来看其中讲到石涛的优点和长处,诸如"不随波逐流,能自出新意""小品画,多有出奇取巧之处""用笔生拙奇秀""设色有出新处,用笔用墨变化很多"等,无一不正是陆先生自己的优点!而所批评的缺点和短处,诸如"极马虎草率""大幅,章法多有牵强违背情理的地方""大言欺人""大幅章法很窘,未能达到左右逢源的境界""信笔不经意病笔太多"等,又无一不是陆先生在自己的画中把石涛的不足成功地克服了的方面。当然,有些方面克服得还不够彻底,尤其是大幅的章法。由于陆先生的创作,大多以一支加健山水笔管领始终、统摄全局,所以,凡四尺整张以内的"大幅",他可以成功地做到"左右逢源",而超出四尺整张的"大幅",仍不免"有牵强违背情理的地方"。

总之,结合陆先生的创作,这一段对石涛的评点,实在正是他学习石涛心得体会的夫子自道。至于他之所以自豪地认为石涛已经"不在我的话下",显然也正是因为他在学到了石涛长处的同时,又成功地克服了他的不足,避免了"中他的病"。

那么,他又是如何避免"中他的病"的呢?这就与他对董其昌的认识有关。以我之见,陆先生于古人,学过石涛,学过唐寅,学过王蒙,学过郭熙……但要讲他学过董其昌,我认为应该是在学石涛之后,而且主要是精神上的学习,而不是形迹上的学习。石涛的笔墨,从形迹到精神都是嶔崎磊落的,董其昌的笔墨,从形迹到精神都是平淡天真的。而陆先生的笔墨,则在嶔崎磊落、强烈冲动的形迹中内蕴了平淡天真、闲适恬静的精神。从这一点而论，至少，陆先生的笔墨境界已经高出于石涛之上，是完全没有疑义的，"不在话下"之说，绝非他大言欺人。

钱锺书先生曾例举过两个文学史上的常见现象：无所成就的后人，往往要"向古代找一个传统作为渊源所自"，以"表示自己大有来头，非同小可"，尽管他事实上与这个传统完全无关（《中国诗与中国画》）；而有所成就的后人，明明是学的这个传统，却"不肯供出老师来，总要说自己独创一派，好教别人来拜他为开山祖师"（《宋诗选注》）。在美术史上，后一种现象的典型便是石涛。石涛由董其昌而来，董其昌在画史上最大的影响则是"南北宗论"。石涛却说："南北宗，我宗耶？宗我耶？一时捧腹曰：我自用我法！"把与董其昌的关系撇得干干净净。则陆先生学石涛，和合以董其昌，虽其所言寓意于委曲而明眼人自识，则其开宗立派之功，较之于石涛，不啻青出于蓝，是尤其值得我们尊敬的。

20世纪后半叶的山水画坛，李可染先生和陆先生是众所公认的两座高峰，世称"南陆北李"。我们看李先生的画，无论境界、景观还是笔墨，都是庄严雄伟的，敦厚凝重如里程碑，安忍不动，风雨如磐，甚至连水也是凝固的、静止的；而陆先生的画，无论境界、景观还是笔墨，又都是险绝奇崛的，灵异诡谲如冠云峰，蹈光揖影，随意生发，甚至连山也是盘郁的、飞动的。这不仅是自古以来北雄南秀的水土使然，更与二人的身世遭际密切相关。李先生的一生相对安定平和，而陆先生的半世极尽颠沛磨劫。人生即艺术，艺品即人品，有以哉！每读于谦的《石灰吟》：

> 千锤万击出深山，烈火焚烧若等闲。
> 粉骨碎身浑不怕，要留清白在人间。

我总觉得，这不正是对陆先生的人生和艺术最恰切的写照吗？

岳镇川灵
——江兆申先生逝世二十周年祭

岳镇川灵,海涵地负,造化神秀无疆。凛然苍翠,深静拥青缃。痼疾烟霞自古,更今日、谁解膏肓?胸中有、层层丘壑,平淡出堂皇。

泱泱。如海上、先生雅致,磊落昂藏。数诗史图书,飞起琳琅。饮罢不妨卧醉,驾鹤去、新月惊霜。高天正、纵情极目,不尽涌长江。

这是我于2002年出席台北艺术大学与台北故宫博物院联合举办的"岳镇川灵——江兆申书画艺术国际学术研讨会"时即兴填写的一阕《满庭芳》。光阴似箭,倏忽之间,江先生离开我们竟有二十个年头了。怀想江先生的学术、艺术成就,尤其是他在人生的最后几年间致力于推动两岸文化交流所作出的贡献,不禁感慨系之。

我对江先生的认知,始于20世纪80年代时读到他的《关于唐寅的研究》等著述。当时只知道他是一位研究中国古代美术的学者,治学作风严谨扎实,以尽精微而致广大,给我以极大的启迪。1993年8月,"江兆申书画展"首次在北京展出,我恰好在京公差,抽空去观看了展览,心目为之一亮!满堂的作品,重峦叠嶂,山高水长,意深而气峻,一种端严堂皇,摄人心魄。中国画传统的"正宗大道"(张大千语),不正在于此吗?当时的大陆画界,对传统的认识,多局限于以明清的文人写意为不二法门,新华书店中铺天盖地的各

江兆申《园居图》

种中国画技法书《怎样画梅兰竹菊》《怎样画紫藤》之类，无不是"逸笔草草"的路数，唐宋画的"严重以肃，恪勤以周"则被认为是"落后"的"再现"。我于此际正开始从普遍性和特殊性的角度分析这两大传统在今天的传承、弘扬问题，遭遇到严重的阻力。见到江先生的画笔，给了我极大的信心。我特别注意到，江先生的作品所使用的材料，丰富多样，不拘一种，而大多是在日本和中国台湾所定制的麻皮纸，尤其是灵沤馆（江先生的斋名）精制的仿宋罗纹矾沙笺，堪与宋元和明清正统派的用纸相媲美。纸质紧致绵密而有韧性，不渗水，不洇墨，但却咬得住笔，使所画上去的笔墨线条和色彩，剔透晶莹，既入木三分，又有一种从纸面上蹦动起来的弹性，相比于大陆画家以水晕墨章的生宣纸为中国画创作的唯一材料，艺术的效果判然相异，而直接了宋元的文脉。这就更加深了我对谢稚柳先生反复强调的"纸绢材料是笔墨生命线"观点的理解。后来向谢先生谈起这次观感，谢老说他是在20世纪80年代参加美国的一次中国书画研讨会上认识江兆申的，并对他的书画给予很高的评价。

1995年秋，江先生在辽宁沈阳举办了他在大陆的第二个个展；同时，由其学生、刘旦宅先生的公子天昍兄等筹画翌年在上海三展。返台前途经上海，便由谢稚柳、陈佩秋先生作东，宴请江先生一行和刘旦宅、沈柔坚诸先生，共商相关事宜并落实细节，我也叨列末座。十年心仪，一旦识荆，欣幸自不待言。席间相谈甚欢，并蒙谢、陈、刘三位先生推荐和江先生的抬爱，受命为上海画展的作品集撰写前言。当时谈到我的一个学生正准备写研究溥儒的毕业论文，苦于大陆方面的资料不足。江先生当场答允给予帮助，返台后不久即托人带来了《寒玉堂集》等一大包珍贵的资料，使我的学生成为当时大陆掌握溥儒第一手资料最多的研究者之一。翌年春，江先生应邀至辽宁考察、讲学，不料竟心肌梗塞猝逝于鲁迅美术学院的讲席上！时在5月12日。当刘旦宅先生在第一时间将这一噩耗告知时，我顿时黯然神伤，久久不能平复。本期待在 8 月的上海展上作更深入的请益，奈何人天永隔！

1925 年，江先生出生于安徽歙县一个式微的书香世家，从小勤习经史，偶作诗文、书画、篆刻，甚至还以刻印所得补贴家用。13 岁时为前清翰林许承尧补订《杜甫草堂诗集》，许氏大加赞赏，以为"颖水照眼明，亭亭擢奇秀。古来干霄材，皆自尺寸始"。1949 年后，他渡海去台，谒溥儒学画，溥先生让他先读经史子集，然后书画篆刻可臻"文之极"而"进于道"之境。1956 年后，他供职台北故宫博物院，历任研究员、书画处处长、副院长，艺术创作、学术研究、行政工作并进，皆取得出色的成绩；尤以书画史的研究，穷研极讨，发人之所未发，为海内外学术界所服膺。1991 年退职，全力投入到书画的创作，艺事猛进，被推为"渡海三家"（张大千、溥儒、黄君璧）之后，台湾传统画家的班首。1993 年始，携其书画致力于两岸的文化交流，风尘仆仆，不辞辛劳，每年数次往返于海峡两岸，并多次组织大陆的书画名家赴台展出，共襄振兴中华传统的大业。

学者每论，传统的振兴，台湾的文化环境要比大陆好得多。对这样的观点，我是始终不能完全认同的。实事求是地讲，在振兴传统方面，两岸的文化环境各有优长。论传统积淀的丰厚，大陆的环境肯定优于台湾。台湾的传统文化，作为中华文明的有机部分，自古以来奉中原为正朔，其精华也主要是从大陆传播过去的，局限于博物馆和赴台传统学者的书斋中；而大陆的传统文化，则生生不息于每一寸土地的自然景观和人文景观中，即使千百年来遭到不断的自然耗损和人为破坏，但它的博大精深，它的无处不在，远非台湾所可比拟。这也是为什么在 1993 年后江先生要不懈地往返于两岸的一个重要原因。他不仅要借此以推动两岸文化的交流互动，更要为个人、为台湾的传统文化寻根探源、认祖归宗。而论对传统认识的全面、深刻，对传统精华的自觉保护和继承、弘扬，台湾环境确实

岳镇川灵——江兆申先生逝世二十周年祭 | *283*

江兆申《后赤壁图》

有优于大陆处，是值得我们反思并借鉴、学习的。比如说师道尊严。江先生每次访问大陆，身边总是追随着一大群弟子，不仅为了听取老师耳提面命的现场讲学，更为了侍奉老师的起居生活，其情景，令人联想到孔子周游列国的古风。又据江先生的弟子、台北艺术大学教授李义弘兄告知，江先生在辽宁猝逝火化之后，骨灰带回台北当天，在台的弟子和再传弟子们全部恭候在桃园机场。当飞机降落停稳，江先生的灵柩请出机舱时，全体弟子立即下跪叩地，久久不起，听得我热泪盈眶！而2002年的"江兆申书画艺术国际学术研讨会"，也正是义弘兄带着他的同门一起策划的，并专程到上海约刘旦宅先生、天昕兄和我等商洽具体事宜。韩愈《师说》以为："道之所存，师之所存也。""桃李不言，下自成蹊"，尊师重道，其意义不正在于此吗？则反思大陆学界，师生关系的日趋凉薄，真使人不知从何说起。

江先生擅画山水，偶作花卉，且工四体书、精篆刻。他的绘画，1950年至1969年为第一期，整个20世纪70年代为第二期，80年代为第三期，90年代为第四期。第一期主要受溥儒的影响，用功于研习古典名家的经典作品，范围涉及南北宋，尤以南宋刘、李、马、夏的院体为主，兼糅范宽的精劲和明代吴门画派的雅致，所作多为小幅面的作品。第二期的取法广涉宋、元、明、清，并致力于对花莲、埔里等真山水的实地写生，通过自己的诗心对古人和造化作吞吐升华，以系统地调整个性的画风方向，尺幅亦从小品拓展为五六方尺的大轴。第三期的江先生，开始逐渐抽回他在美术史研究方面的精力，直至全部集中于创作，对传统的追求，也全力向北宋大山大水的全景风光登攀，除偶作清新婉约的小品，多为长轴巨幛的大手笔，尺幅有大到数丈之外的。江先生的个人风格至此正式定型，亦即谢稚柳先生所说的"以清人（主要是渐江、石涛、龚贤）笔墨，运宋人丘壑，而泽以时代之精神气韵"。嗣后的发展，无非是将这一风格培元固本，

江兆申《万壑千岩图》

更加完美化而已。第四期的创作,由于饱览了大陆的名山巨镇、长江大川,直掘到传统文脉的水土根源,在第三期的基础上进一步达到高华恢弘的全盛景观。《黄山图》《严陵钓台图》《千岛湖图》《西子湖图》《太湖图》等,境界的壮伟开阔,非得江山之助者莫办!郭熙《林泉高致》云:

> 嵩山多好谿,华山多好峰,衡山多好别岫,常山多好列嶂,泰山特好三峰。天台、武夷、庐霍、雁荡、岷峨、巫峡、天坛、王屋、林虑、武当,皆天下名山巨镇,天地宝藏所出,仙圣窟宅所隐。奇崛神秀,莫可穷其要妙。欲夺其造化,则莫神于好,莫精于勤,莫大于饱游饫看,历历罗列于胸中,而目不见绢素,手不知笔墨,磊磊磕磕,杳杳漠漠,莫非吾画。

可惜江先生刚刚精进到这一境界,便英年早逝,未及遍览太华、岱宗、壶口、三峡以壮志气。否则,其艺术前景必将层楼更上。

他的书法,四体兼工,大小如意,尤以融汇碑帖的行楷书,清刚俊爽,裹绵截铁,最具创意。他为黄山白云溪景区所书的摩崖石刻"卧石披云"四个擘窠大字,笔力雄强,气象浑穆,骨法洞达,精神飞动,真有气壮山河之概,堪称近代摩崖榜书第一。所书寒玉堂"呼猿向萝月,招鹤下松云"联,夭矫跌宕,峻健丰伟,连江先生自己也叹为不能作第二遍书,不仅用作1995年辽宁书画展作品集的第一图,还截取了"招鹤"二字作作品集的封面。两个闪闪发光的金字,凸映在水墨山水图局部的背景上,于混沌中放出光明!但又有谁能料到,一联成谶,第二年,江先生竟真的仙去辽东……回过头来读传为陶潜所作的《搜神后记》中的一则故事:"丁令威,本辽东人,学道于灵虚山,后化鹤归辽,集城门华表柱。时有少年举弓欲射之,鹤乃飞,徘徊空中而言曰:'有鸟有鸟丁令威,去家千年今始归。城郭如故人民非，何不学仙冢累累。'遂高上冲天。今辽东诸丁，云其先世有升仙者，但不知名字耳。""黄鹤一去不复返，白云千载空悠悠"，鹤唳声声，嘹亮而又高清，不禁令人唏嘘。

2002年的研讨会上，以"岳镇川灵"四字概括江先生的人生和艺术，实在是再合适不过的。这四个字的会标，也是江先生生前的手书，可见他将这一境界视作毕生的向往和追求目标。一方水土养一方人文。中华的水土，以"岳镇川灵"为标志，中华的人文，为"岳镇川灵"所涵养。"岳镇川灵"一词出诸《宣和画谱》的"山水序"，意在标举传统文化的根基所在，渊源所自。岳者大山。"仁者乐山"，所以传统文化的精神安忍不动、历劫不摧。川者大水。"智者乐水"，所以传统文化的活力随物赋形、昼夜不息。两岸文化，同根同宗，所以传统的继承、弘扬，中华的振兴、自强，需要我们血浓于水的携手合作。江兆申先生在这方面所作出的努力和贡献，值得我们永远缅怀。值此江先生逝世二十周年之际，谨以此文作为由衷的祭念。

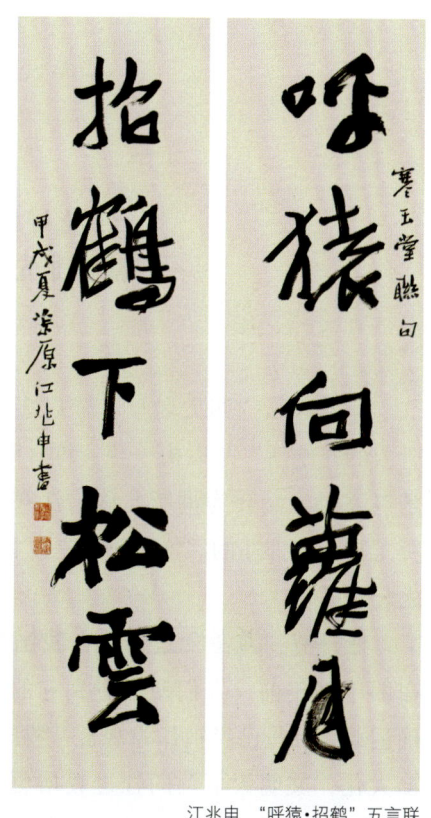

江兆申 "呼猿·招鹤"五言联

花好月圆
——陆抑非先生的牡丹画

海上画坛"四大名旦"皆以多能、全能而擅独具的"绝活"。唐云的"绝活"是以梅、兰、竹、荷为世所尤重,张大壮的"绝活"是以蔬果、鳞介为世所尤称,江寒汀的"绝活"是以百鸟灵禽为世所尤赏。陆抑非的"绝活"则是以牡丹为世所尤珍,至有"陆牡丹"之誉。

牡丹有"花王"之称,在我国具有悠久的栽培和观赏历史。早在两千多年前,人们便注意到它的药用价值。进入南北朝,更有明确记载,牡丹已经被作为观赏植物来栽培。隋唐以降,供观赏以"粉饰大化,文明天下"的牡丹栽培更迅速普及繁荣,上至宫廷贵族的苑囿,下至平民大众的屋隙,尤其在黄河流域一带,只要有条件,无不种植牡丹以为人生的吉祥喜庆愿景之所寄寓。欧阳修《洛阳牡丹记》以为,天下牡丹,以洛阳为第一。虽然,洛阳亦有其他各种名花珍葩如芍药、绯桃、瑞莲等等,"不减他出者,而洛阳人不甚惜",谓之芍药花、桃花、莲花,"至牡丹则不名,直曰花。其意谓天下真花独牡丹,其名之著,不假曰牡丹而可知也"。

自唐代花鸟画萌芽,至两宋而大盛,牡丹也理所当然地成为画家们创作的重要题材。据《宣和画谱》等的记载,唐宋两代的花鸟画名家创作传世的牡丹图不下数百上千件,这些作品"观众目而协和气",不仅为贵族阶层、平民阶层所喜欢,也为精英阶层所欣赏,如欧阳修等，都为之撰文、作诗、填词，一唱三叹，亦风、亦雅、亦颂。然而，奇怪的是，流传至今，宋代的牡丹画迹少之又少且绝无大幅！从著录来看，牡丹在宋代花鸟画中的比例几占30%；这充分说明，宋代的画家是极喜欢画牡丹的！但现存的宋画，牡丹所占的比例仅1%！这几乎让人怀疑，宋代的画家是不喜欢画牡丹的。这究竟是怎么一回事呢？记得鲁迅曾经说过，中国的儿童写真都表现为温顺的样子，而日本的儿童都表现为刚勇的样子，有人便以此为例，说明中国民族的天性是"被征服"的性格，而日本民族则是"征服"的性格。这是极其偏颇的误解。鲁迅认为，"性相近，习相远"，儿童的天性，无论中日，都是既有温顺又有刚勇的两面的，但中国的教育使人的成长偏向于温顺，日本的教育使人的成长偏向于刚勇。而儿童的写真都是由成人的摄影师所拍摄，所以温顺的中国摄影师选择了儿童的温顺而不拍其刚勇，刚勇的日本摄影师选择了儿童的刚勇而不拍其温顺。同理，宋人画了那么多的牡丹，留到今天的则近于罕见，也正是因为经由了后世、尤其是明清收藏家的淘汰性选择。

牡丹花以花形硕大，花色艳丽，枝繁叶茂，春风得意，向来有"富贵花"之称。而明清文人画已由文人所主导，文人的审美主高雅而斥世俗。"富贵近俗，贫贱近雅"，这是当时精英圈的共识，其由来一直可以追溯到孔子的"富贵于我如浮云"而"君子固穷"。所以，明清两代，直到鸦片战争进入近代社会之前，除了宫廷和民间那些职业的画师和工匠还有画富贵牡丹的，主流的文人绘画，几乎没有人画牡丹的。即使偶尔有，如徐渭、八大山人、李复堂，也一定用水墨把牡丹画成凋落寒颏的样子。如徐渭之所说：

> 牡丹为富贵花，主光彩夺目，故昔人多以勾染烘托见长。今以泼墨为之，虽有生意，终不是此花真面目。盖余本窭人，性与梅竹宜，至荣华富贵，若风马牛弗相似也。

陆抑非《一池春水》

其所要表现的,并不是对牡丹的向往、赞美,而是反讽、嘲弄之意。他还常常在水墨《牡丹图》上题诗:

四十九年贫贱身,何尝妄忆洛阳春。
不然岂少胭脂在,富贵花将墨写神。

同样也是以贫贱为光荣而骄鄙富贵的意思。然而,事实上,孔子并不鄙薄更不仇视富贵。他认为:"富与贵,是人之所共欲也,不以其道得之,不处也;贫与贱,是人之所共恶也,不以其道去之,不去也。""邦有道,贫且贱焉,耻也;邦有道,富且贵焉,耻也。"也即说,好富贵、厌贫贱,是人性的正常追求,"大道之行,天下为公",主要就是带动社会大众共同实现富裕而有尊严的生活理想。但取得富贵是有原则的,这便是道义。"君子爱财,取之有道",只要合于道义,则"富贵可求,虽执鞭之事吾亦为之";而"不义而富且贵,于我如浮云"。贫贱亦然,"君子固穷",是以"安贫"来"乐道",而决不是以"贫贱"来"仇富""仇贵"。不讲道义的"仇富""仇贵",不仅为君子所不取,而且是一种不正常的、病态的心理扭曲、精神缺陷。包括苏轼所讲的"人不可以苟富贵,亦不可以徒贫贱",同样也是这个意思。

这种不讲原则地鄙视富贵的穷酸心理,恽南田称之为"穷措大",以清高风雅为标榜实际上恰恰是最大的恶俗。如黄庭坚之所论:"士大夫处世可百为,唯不可俗,俗则不可医矣。或问不俗之状,老夫曰:难言也。视其平居,无以异于俗人,临大节而不可夺,此不俗人也;平居终日,如含瓦石,临事一筹不画,此俗人也。"

直到进入近代,超尘脱俗的风雅明显地显得落伍,雅俗共赏的风气尤以上海为大码头而蔚然兴起,富贵的牡丹花才又再次成为花鸟画苑管领春风的"花王"。赵之谦、任伯年、吴昌硕……大写意的、小写意的,形神皆备的、不求形似的五彩牡丹,姹紫嫣红,流光溢彩,

陆抑非《牡丹》

于唐宋之后再次受到社会各阶层的广泛欢迎和高度好评。

到了20世纪，凡是花鸟画家，无论是工笔的、兼工带写的还是写意的，几乎没有不画牡丹的，而且几乎都是以五彩来表现它的"真面目"，争奇斗艳，精彩纷呈，各有创意。撇开齐白石等极度脱略形似的大写意牡丹不论，我以为尤以吴昌硕、于非闇、张大千、王雪涛、张大壮、陆抑非六家的成就特点最为鲜明，影响也最为广泛。其中除吴为大写意，于、张（大千）为工笔，王、张（大壮）、陆三家均为小写意。六家中，于、王两家得牡丹之富贵而乏其清逸，张大壮得牡丹之清逸而乏其富贵，富贵、清逸两得者，大写独推吴、工笔独推张（大千）、小写意独推陆。

陆抑非画牡丹一生未辍，包括写生和创作。相对而言，其临古的牡丹除恽南田之外似乎并不多见。这当与传世古画中罕有五彩牡丹,至多不过明清文人水墨牡丹的事实相关。而除牡丹之外,他的芍药也画得相当多、相当出色。芍药的栽培、观赏历史比牡丹更为悠久,早在《诗经》中已有"维士与女,伊其相谑,赠之以芍药"的歌咏,后世更被冠以"花相"之名与牡丹"花王"并为"富贵花"的相辅相成,以"九五""万一"的身份高居众香国中,共同管领群芳。二者的花期相近,花形硕大、花色秾丽亦相近,无非牡丹为灌木,芍药为草本。所以,欣赏陆抑非的牡丹画,理所当然地应该把他的芍药画也归于一并来品藻。

目前所见陆抑非早期的牡丹画,多为双勾填彩的工笔,除《花好月圆》之外,还有同为20世纪50年代前后所作的《国色天香泥金团扇》。画面虽然只画了一朵牡丹,但构图饱满,花瓣的转侧、枝叶的掩映、赋彩的浓醇清新,给人以雍容的堂皇之感。这一图像的来历是有缘由的。1944年,吴湖帆的朋友张大千结束敦煌之行回到上海,在沪上的藏家那里见到了两幅宋画牡丹,于是便用敦煌壁画中荷花的画法,作了《佛头青》《照殿红》《泼墨紫》等多幅牡丹,引起一片惊艳。陆抑非的这幅《国色天香》,从形象的塑造到用笔、赋色的技法,显然是从大千画中受到启发。据张大千1944年所作的《佛头青》自题:

> 唐人画牡丹,金碧辉煌,烂若云锦。昔居海上,于王雪岑丈斋中见刁光胤五色牡丹,彊村翁斋中见道君皇帝佛头青,并效唐法。元明以来,写意虽复轻腻可爱,而秾姿贵彩不可得见矣。

这幅"刁光胤"《五色牡丹图》,今天还可见到,但已被定为"宋佚名";赵佶的"佛头青"则未见,不知是否还存世。但张大千的牡丹,决不是对宋画的临摹,而纯粹是借古人为题的创作。形象则

陆抑非《花好月圆》

陆抑非《牡丹》

得之于他在甘肃、青海之所见，如他同年所作的《泼墨紫》自题："金城（即今兰州）四月春如海……皋兰雷坛道观牡丹百数十丛，率多名种，泼墨紫推为第一。晚春初夏，万萼婆娑，紫绮争发，初日微烘，露华未坠，浓姿半斁。宝马香车，士女如云，惊赏留恋，抵暮不去。辛巳（1941）癸未（1943）两过彼都，躬逢其盛。"那种蓬勃的野意，绝非中原、山东、江南园艺中的牡丹所可比拟。而画法则得之于他在敦煌的壁画临摹，那种长线条的挥洒自如，浓重石色的浓涂厚抹，绝去长期以来画坛上对工笔画认识的谨小慎微。

陆抑非的这幅《国色天香》，在刚健婀娜、豪迈潇洒的气魄上虽然无法与张大千相提并论，但在"工笔画并不是一味工细地谨小慎微"的认识上，显然已得其精神。正是有了这样的认识，1954年的《花好月圆》才有了富丽堂皇的盛世气象。

正大光明地追求富贵,既是盛世的客观气象,也是君子无论处于穷还是达,都所应有的主观心态和愿景。正是在这一心态愿景的趋动下,陆抑非在这一时期所画的即使不是牡丹,而是菖兰、菊花、月季、海棠……也无不具有一种富贵的态度。

1959年的《绰约娇姿图》,系当年春天去龙华苗圃写生所得,自题"芍药……绰约娇姿,不减花王。得旧纸,爰拟南田赋色法为之"。画面上紫、朱、粉、白五彩花头,美丽浓艳,几与牡丹无异;而柔枝嫩叶,摇曳春风,又别有妩媚可怜,诚所谓"寓刚健于婀娜,杂端庄于流丽",允为"花相"本色。渍色之妙,或分明层次,或化洽一体,缊缊润泽,活色生香!

20世纪60年代所作的《牡丹湖石》虽然仍用双勾法,但却不是工笔,而是小写意,而且是画在生宣上的。湖石嶙峋,墨骨峥嵘,花叶明丽,艳而不俗。线条运施如行云流水有起倒,赋色则不用反复的叠加渲染,而是轻淡的渍染。一种富贵而清逸的韵致,得之造化,发诸心源而合于自然。

1962年画的《一捻红图》和《芍药写生》,一浓妆,一淡妆,一厚重,一轻柔。昔人评李成、范宽山水,一幽秀,一雄强,所以而别为"一文一武","真可谓鉴通骨髓矣"。则在陆抑非画富贵花,以一人而分别作文武藩篱迥别的画风如此,真可谓画通骨髓矣。

进入20世纪70年代,陆抑非的牡丹画达到了高峰时期,他也开始自觉地把牡丹作为自己的"绝活"来锻炼。画了一大批精彩绝伦的小写意牡丹图,尤以《赤城霞》堪称经典。他在这一时期所作以"赤城霞"命题的牡丹有多幅,所谓"经典"并不是指其中的某一幅作品,而是以此为题并能够称为其"绝活"的一种画风。

"赤城霞"本是一种自然的景观,但吴昌硕于1910年以"赤城霞"为题画了一幅重色大写意的五彩牡丹,一种笔酣墨畅、光辉普照、极"大富贵亦寿考"的气象。陆以此为题画牡丹,当是受吴的影响;事实上,他这一时期的画法、尤其是牡丹画法,由小写意而偏向于大写意,也正是受吴的影响。他以朱砂、朱磦、曙红、胭脂、石黄、藤黄、石青、白粉或单独、或调和了来画花头,点蕊再加皴擦,使花头的色彩具有高度的饱和度和立体感,涵露泫光,香色独绝。叶子则以墨色、花青、藤黄、胭脂、赭石调和点蕊,浓淡穿插以分层次,再以浓淡墨勾勒叶筋,嫩叶则以胭脂勾筋,青葱欲滴。赭墨写干,间以水墨湖石配景。整个的描绘,形象雍容,色彩华艳,笔墨酣畅,构图饱满,一片光明灿烂,诚所谓"春雨胭脂洗嫩华,几枝秾叠赤城霞"。

20世纪80年代,他的牡丹画进而还学习了徐渭的水墨大写意画法。有一幅小已品《墨色牡丹》,纯用水墨勾花点叶,粗头乱服却不失雍容。自题"断无富贵能安素,莫笑花枝爱著绯",其意境,与徐渭的落拓显然又有不同了。

20世纪90年代的一页牡丹课徒稿,可能是他最晚年的手笔。画面上两朵牡丹,一仰一俯,一全见一半现,枝、叶、干、芽,穿插弯曲,一应俱全。虽用笔、用墨、用色,因年老体衰而显得拙重迟缓,但造型的细节无遗,足见其写生的精神,终身未懈。自题:"从木本到出茎,悟得叶比花难,庶几入门。"则我们的赏其牡丹,也宜从叶子去认识他的艺术创意之所在。俗话说:"绿叶扶红花。""不敢为天下先"而"甘为人作嫁衣",这是吴文化的一个重要传统,也是陆抑非人品和画品的基本性格。牡丹为花王,但即使社会上誉其为"陆牡丹",他也决不以"牡丹王"自诩。他以吴文化为根本,淡泊恬退的是名利;他以浙文化为滋养,勇猛精进的是艺术。

永远的《蒲公英》
——纪念吴凡先生百岁诞辰

我所拜谒过的前辈名家，基本上都是传统文化圈中的人物；吴凡先生是极少数"圈外人"之一。

最早知道吴先生的名字，应该是在小学五六年级前后，经常从各种报刊杂志尤其是少儿读物上见到他的套色版画《蒲公英》，而且多发表于封面，所以印象十分深刻。一个农村的小女孩，到旷野中去割草；篮中尚空空如也，却摘下了一支蒲公英的花穗向空中吹去，一只只小小的"降落伞"随风飞扬……进入中学以后，高桥中学图书馆的资料更加丰富，吴先生的作品更屡见长鲜：《小站》《炊事员》《村邮》《羽》《下班以后》《布谷鸟叫了》等。清新天真的笔墨、形象、意境，无大意义却有益童心，在当时被今天称作"红色经典"的视觉图像中，显得格外的爽洁明净，如朝露未晞，绝伫灵素，赤子童贞，光尘不染。"吴凡"这个名字，一如其画品，在我的记忆中就再也抹不去了。

此后，我的心力几乎全部投入到了传统的经史子集，虽也一度恶补过西方的经典名著，但对版画、油画等非传统或传统特色不太强烈的艺术便渐渐失去了兴趣。直到1986年参与了王朝闻先生《中国美术史》的编撰，需要实地考察美术文物的遗迹。翌年的计划是西南行，第一站到的便是成都。在观摩、游览了乐山、峨眉、青城、九寨沟、大足石窟、安岳石窟之余，突然想到应该去拜访吴凡先生。

永远的《蒲公英》——纪念吴凡先生百岁诞辰 | 299

吴凡《蒲公英》

吴凡《炊事员》

轻而易举地便打听到他的住址,冒冒失失地就直接登门了。

但吴先生一点没有责怪我的不速而至。在自我介绍自己毕业于浙江美院研究生班,现在在王朝闻先生指导下编撰"美术史"后,他更亲切地说"我们是校友",因为他也是国立艺专(后来的浙江美院、今天的中国美院之前身)毕业的;更说"我们是同学",因为他也是王朝闻先生的"学生"(王老曾评价他的版画"有中国画的意境")。于是便无所拘束地畅所欲言了。

我向他请教,在当时"红色经典"的创作形势下,几乎所有的作品都富于英雄主义、宏大叙事包括"小题大作"的慷慨激昂,为什么您那些与这一主旋律不尽合拍的小清新也能得到认可,仿佛牡丹、梅花、荷花……姹紫嫣红竞相争艳的百花园中给蒲公英辟出了一席之地?他表示,四川版画与当时的北大荒版画、江苏版画乃至全国所有画种一样,其主旋律都倾向于英雄主义。自己的创作之所以能在四川立足并走向全国,首先是因为四川的版画界,即使是以英雄主义创作擅场的,如李少言、李焕民、徐匡、阿鸽等,也无不好作儿童题材,所以,自己作为"专业"的儿童题材画家也就像孩子一样得到了"家人"的特别爱护。其次是因为全国的审美,吃惯了鸡鸭鱼肉的大餐,突然有一碟小菜上桌,自然感到格外的可口有味,王朝闻先生认为自己的作品"有意境",也正是这个意思。吴先生的这些解释,于我收获颇丰但并未能十分满意,因碍于初识,不宜多作究诘。匆匆的一面之缘,就这样结束了。

此后,我与吴先生再无联系,但对他艺术的思考,却并没有到此为止。反而勾起了我少年时的回忆,并把他的作品与古今中外儿童题材的名家名画联系起来作了反复的比较。

吴凡《小站》

举其要者,如拉斐尔《西斯廷圣母》中圣母所抱的圣婴耶稣,那目光神态,是何等地忧郁沉重啊!"复归于婴儿",本是指天真活泼的可爱;但这个婴儿,承担人类原罪的使命与生俱来,让我们感到的是崇高、伟大而可敬!这,究竟是儿童之为儿童的喜剧呢?还是悲剧呢?

中国古代绘画中的儿童形象也是代代相传、永无穷尽的,在血脉香火的观念形态下,他们不是生活在成人尤其是家长的关爱保护之下,便是承担着传承香火、光宗耀祖的责任使命,仿佛形象的《三字经》《弟子规》。致使徐悲鸿先生认为:传统人物画"无论童子,一笑就老,无论少艾,皱眉即丑。"这固然是中国画学疏于造型的技术之弊,更是中国传统文化赋成人之使命于儿童的观念之弊。

1949年以后,儿童被视作"祖国的花朵",真正作为儿童而受

李焕民《藏族女孩》

到全社会的关爱呵护。但在"戴花要戴大红花"的英雄主义大势所趋之下,自觉不自觉地,大多数儿童所向往或家长、社会希望他们所成为的"花朵",当然是科学家、工程师之类光彩夺目的栋梁材、"大红花"。而决不能是《小站》售票员、食堂《炊事员》那样平凡的《蒲公英》甚至"无人知道的小草"。

能成为科学家,当然是成才;能安心于当售票员,则是成人。对儿童的教育或称培育,究竟是以成才为旨呢?还是以成人为旨?这在好豪言壮语兼重实事求是的吴凡时代并不成为问题的:理论上,以成才为少儿教育的使命;但事实上,大家都知道能成才的肯定只是极少数,成人才是少儿教育的根本,所以成才教育主要是针对青年人、大学生的。我们的中小学时期,所学的课程非常浅显,课外的作业非常少量而且轻松,原因应该正在于此吧?吴先生的《蒲公英》之所以能在当时的形势下被公认为"红色经典"之一,所根据的显然不是当时少儿教育的理论,而是当时少儿教育的现实。相比之下,李焕民等的儿童题材作品,则更多地反映了当时少儿教育的理论。回想我们的少儿时代,高唱着"接班人"的歌曲,不正是被李焕民等摄入到了他们的画中?而尽情尽兴地撒野玩耍,不正是被摄入到了吴凡的画面?到了今天的儿童乃至少年的教育,即使理论上强调成人,但事实上,几乎每一位家长、每一位老师、每一所学校都在拔苗助长地强化着对少儿的成才教育。所以,重读吴先生的《蒲公英》,包括他的《小站》《炊事员》等,仿佛一曲曲无声的《我是一棵无人知道的小草》：

> 没有花香，没有树高，
> 我是一棵无人知道的小草。
> 从不寂寞，从不烦恼，
> 你看我的伙伴遍及天涯海角。
> 春风啊春风，你把我吹绿；
> 阳光啊阳光，你把我照耀；
> 河流啊山川，你哺育了我；
> 大地啊母亲，把我紧紧拥抱。

也就更引发我的感慨系之，不能自已了。《孟子》说："大人者，不失其赤子之心者也。"而我们，却在拔苗助长地摧残着儿童的"赤子之心"！什么是"赤子之心"呢？《老子》的说法就是没有欲望，没有名利心，与世无争。李贽的说法就是"童心"，而"童心"即"私心"，人活着就是为了自己，"不知为己，惟务为人，虽尧舜同为尘垢秕糠"。王国维则认为"生于深宫之中，长于妇人之手"而于"阅世"无所关心的李煜为"不失其赤子之心者也"。我以为三家之说皆与《孟子》的"赤子之心"若风马牛。《孟子》的"赤子之心"，乃是"恻隐之心"，也即对一切生命包括蒲公英等小草的关爱、同情。而"私心"，有名利也好，无名利也好，与世无争也好，与人相争也好，从本质上肯定都是损害了别人乃至整个社会的，包括"没有损害别人"亦然。从这一意义上，我以为最能诠释《孟子》"赤子之心"之纯粹性的，当属吴凡先生《蒲公英》中的儿童包括其《小站》中的"大人"。

反思当下的少儿教育，以成才"不能输在起跑线上"而加压应试。但事实上，只有成人与否才会输在起跑线上，成才与否是决不会输在起跑线上的。明代的董其昌十七岁之前的字写得非常拙劣，却并不影响他此后成为书法史上成就最高的书家之一。我们上海大学的钱伟长校长,十八岁之前的数理化一塌糊涂,却并不影响他后来成为世界最杰出的物理学家之一。所以,古今中外的教育,于少儿注重成人,于青年才开始注重成才,这是客观的规律使然。吴先生的作品,正是这一教育规律的形象诠释。

而更令我感到遗憾的是,我欠吴先生一个人情。

2012年我主持《大辞海·美术卷》的编撰,立刻想到吴凡先生的成就足以载入史册,只是不知道他是否还健在。因为《辞海》列条目的原则是在世不收,辗转打听到他虽染疾病但尚无恙,暗暗祈祷他早日康复。2013年后继续《美术辞典》的编纂。当年因吴先生而知道李焕民先生,李先生祖籍浙江宁波,宁波美术馆后来筹划收藏甬籍名家的作品,我便向他们推荐了李。所以,李先生于2016年去世我是知道的,并及时把他的成就写了进去。却不知道吴先生早在2015年便已去世。作为中华人民共和国美术史上一道明净纯粹的风景,《美术辞典》竟失收,这实在是非常不应该的!只能在网络版或待再版时增补进去;而且,除了吴先生,李少言、丰中铁两位四川版画家也是必须增补的。

值此吴凡(1923年12月——2015年12月)先生百岁诞辰,特撰此文以为纪念。愿天下的少年儿童包括"大人",都能像吴先生笔下的《蒲公英》一样,真正地"复归于婴儿"而"葆赤子之心"!

诗词

兰陵王　自题兰石图卷

有丛脞，颖出姗姗楚些。灵均事，耿耿孤忠问寥廓。神州铸大错。无那，胸中磊砢。重商度，香草美人，看我沧浪更三濯。

千秋圣贤说。牛斗映龙光，王者香魄。从来尘污蛾眉诼。何必怨椒艾，寄声琴曲。时苍天碧落熠烁。谷风正盘礴。

鬓𩬓，动钗朵。甚寂寞云烟，痕醉青豁。胭唇翠常情萧索。片石衬疏影，素心难讬。纤纤徐引，一管笔，漫采掇。

满庭芳　春兰

九畹蓝田，三春碎玉，漫说心眼纤纤。谷风无迹，緊露宿风餐。记得伤情旧事，丝纶断，一点唇丹。长相忆，当年洛下，吴带作波翻。

婵娟。看此际，瑶琴皓月，雾髻烟鬟。正宫调和弦，声色凄然。仁者向天喟叹，伍众草，谁识芳荃。江峰静，广陵曲散，收拾在娜嬛。

徐建融《兰花》

望海潮　题梅石图

西湖清浅，孤山雪霁，萧然处士微醒，梅妾鹤儿，殷勤唤起，参差雪意风声。还记梦魂惊。暗香正浮动，天半飘零。淡月黄昏，负苍生一段深情。

何郎老去无凭，但拟寒映碧，骨气澄明。光影纵横，珊瑚铸铁，森森玉魄冰凌。分冷入瑶瑛。更再三弄笛，摇动心旌。向晚鱼龙寂寞，空际落疏星。

一剪梅　本意

雪径迂回认暗香。寒澈东墙，月待西厢。冰绡层叠占年芳。不似村裳，原是宫妆。

江上三声弄笛横。阵阵悠长，片片飞扬。还看国手作调羹。扫却昏黄，除尽风霜。

多丽　自题五彩牡丹卷

病维摩，不堪向疾三春。那天魔，何时化作，散花仙子精神。是文师，遣来绝代倾国色，拥起祥云。群玉山头，瑶台月下，把天心晓露融晴。竞相访，吾庐庭院，金谷唤真真。香名字，翠屏曾上，

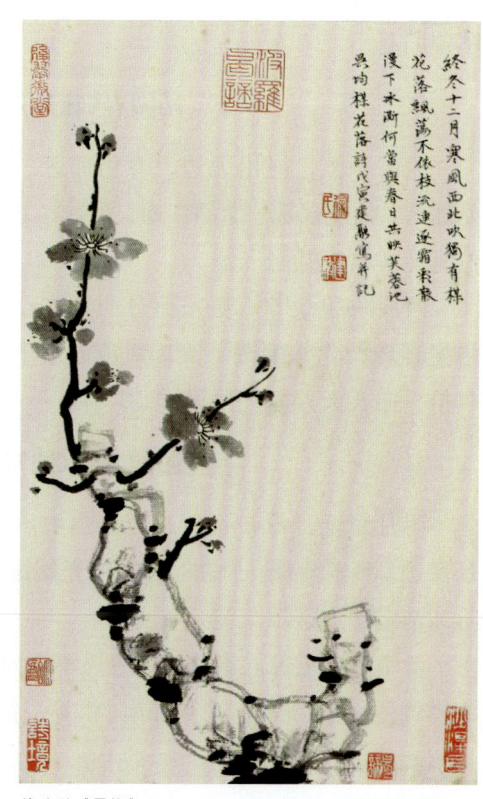

徐建融《墨梅》

谁识娉婷。绣烟罗，东风百般，涌动花气氤氲。似初醒，玉肌乍染还解语，冰骨微醺。绝艳姚黄，惊鸿魏紫，慵愁颦笑欲销魂。且生受，琼姿丽态，看十丈红尘。霓裳舞，色空空色，明月前身。

水龙吟 漕溪公园牡丹

彩云飞下天人，名花自是非凡草。嫣然凝露，灿然映日，翠旌羽葆。舞倦红尘，拥来净域，明釭高照。甚杨妃微醉，竟如者般，多绰约，还窈窕。

香国无边缥缈。倩青莲，谱清平调。山头群玉，瑶台仙子，倚栏嗔闹。肌骨喷冰，形容翡翠，泫光侵晓。问当年，何事金家绿珠，不曾归赵。

沁园春 牡丹六种

风露亭玉，浥出无边，春色郁葱。此名花六种，纤秾何限，藐姑冰雪，仙境瑶琼。潇洒江南，沉香栏北，应记青莲落墨功。须晴去，倘真能解语，共与飞觥。

西园映碧蒙茸。更东苑分明数点红。把南朝宫粉，梳成淡妆，洛妃环珮，化作酣浓。人面风流，书生磊砢，漫说萧骚气若虹。还收拾，向长天万里，舞凤祥龙。

沁园春 水仙写生

明月擎金，翠带纤罗，藐菇白虹。看凌波月色，绿云翡翠，湘皋萍迹，溅玉玲珑。风露亭亭，泫光嫋嫋，香冷云深花影重。大江阔，听冰清雪簌，雾罩烟笼。

就中一点瑶琼。洛浦正、春风不度同。问袜罗尘满，倩谁洗饰，衣襟舞倦，凭甚形容。又到江南，添香一盏，楚楚殷勤意独浓。参差处，且招魂画里，幽梦葱茏。

七十二岁作水牛图

时光七十二年流,日出耕耘日入休。馁在其中不欺我,胭脂水洗黑牵牛。

丙申梅雨,客有惠我荷兰海棠

娇红嫩碧秀轻盈,溽暑谁将秋色名。玉露清凉来小蛮,胭脂泪滴自娉婷。

徐建融《牡丹写生》

徐建融《牡丹》

丙申检星洲胡姬花写生旧稿作二首

美人香草海洲娇，何事胡姬情恁骚。楚雨湘烟纵深静，输他众目压孤标。

一曲猗兰空谷操，不知海国涌萧骚。胡姬浓丽湘灵淡，禅定心中万里涛。

徐建融《牡丹》

栀子花二首

霏霏梅雨洗江南,郁馥旃檀欲破禅。折取一枝涵露看,忽来蝶影逐烟鬟。

曲阑深处小峰峦,玉质冰清香影寒。一片江南梅雨暗,月涵蓍葡竞婵娟。

法国梧桐

一样春秋别样妍,华夷风物不同栏。通衢大道英雄曲,流水高山名士缘。闹市纷纷看交响,幽居隐隐奏无弦。凤凰欲下栖何处,漫听昏黄雨后蝉。

丁酉元日水仙写生

绿云乱拥凌波浅,谁遣湘灵渺宓妃。待听金声开锦绣,婵娟先已报春晖。

六月秋海棠写生

江南执热觅冰心，微雨清凉六月新。泪滴娇红怜楚楚，情深嫩碧唤真真。可能暑气蒸葱郁，未有秋风拂素馨。收拾案头盆景罢，推窗搁笔日初曛。

白灵芝

九光团聚玉凝脂，雪母月精涵卷葹。一片江南梅雨暗，云英变化白灵芝。

登黄鹤楼

真到魂牵黄鹤楼，唐贤题句涌心头。我来述作楼中看，楼外长江万古流。

水仙

云卧衣裳飞冷雪，波凌环佩起瑶琴。无声一曲丹青引，便拥湘灵作洛神。

徐建融《水仙写生》

徐建融《水牛写生》

自题荷塘仕女图

莲界清凉浴素馨，红情绿意洗冰心。可能宿世藐姑射，应是前身观妙音。一片江南怜楚楚，三分明月照真真。濂溪青眼唯君子，摩诘拈花问女贞。

无题

少年意气思离群，肯步书生作苦吟。今古圣贤多寂寞，往来国士几琼林。淡心冷浸万古月，壮志息飞千里云。悔此半生真误我，深山顾影起瑶琴。

秋海棠

人间难得念奴娇，香国无边好细腰。最是中秋明月夜，小红无

徐建融《秋海棠》

唱伴吹箫。

题荷花仕女

　　净域清凉自无汗，薰风拂处郁空青。无端淡荡暗香满，玉骨冰肌出水晶。

画史十咏

　　笔底游丝云水流，形神谁写一凝眸。凭看妙得忽迁想，说到洛神丧暮秋。（顾恺之）

　　吴带当风剑气腾，漫天花雨听无声。西方变相中华格，画圣千秋耀斗星。（吴道子）

　　诗中有画画中诗，六法四声分异支。图绘无形清韵句，维摩诘慧莫之知。（王右丞）

林泉高致足清幽，解得卧游惭苦修。万壑早春图画里，萧斋容易换吴钩。（郭淳夫）

淋漓醉墨真游戏，心手相违道艺歧。术业专攻因古训，肯夸不学树新旗。（苏东坡）

江山千里付胡尘，天下沉沦画史春。花石纲留上林苑，至今活色有香痕。（宋祐陵）

苍茫边角意迷远，山外青山望我还。任是画师刚健笔，西湖水浅争安澜。（马钦山）

行戾家分两殊途，同归莫善象形枢。良工刻画失纤细，与物传神戒谬胡。（赵孟頫）

一恃明珠伤落魄，心魔何处泄猖狂。横涂竖抹万千幅，入圣散僧终失常。（徐青藤）

南宗北斗竞清高，积劫从今输一超。江海可怜天下水，尽归池

徐建融《水仙》

徐建融《胡姬花写生》

沼作幽寥。（董华亭）

星洲观洋兰

星洲妖丽醉胡姬，香草美人惊紫夷。玉朵冶脂颠粉面，罗裙凝碧炫丹脐。檀心涵露破禅戒，猩唇倚风飞艳嬉。不是中华骚客佩，郁浓素谈两分岐。

念奴娇　题荷花卷

明霞浦潋，湿风薰露滴，绿云深碧。雨过横塘光影鉴，摇曳白红琼璧。几个蜻蜓，轻轻来去，似逐馨香苾。凌波浮动，水晶宫殿太液。

玉质绿意红情，雪莹冰润，暑气消清谧。宫里馆娃曾独宠，还记若耶溪迹。淡淡新妆，盈盈本色，趁月明横笛。五湖烟水，倩卿为伴罗幂。

满庭芳　题芙蓉图

浥露披霜，美人不老，拥起春色池滨。綵云红靥，犹自斗芳芬。闻道寒波不定，无梦里，褪却香薰。斜阳外，江南一片，锦绣醉罗裙。

氤氲。看冷艳，娇红嫩白，浅绿深茵。好分染胭脂，随赋停匀。三十六宫土碧，争堪听，尽作无尘。西风晚，浣花溪畔，续写洛阳春。

朝中措　秋海棠

一帘花色艳秋茵，低映碧窗阴。淡注燕支红瘦，绿肥偏见丹心。

无风冷落，轻零乍暖，溅露愁深。旖旎婵娟娇小，砌蛩却唤真真。

如梦令四阕　荷塘印象

帘卷晚天疏雨，纱映冷烟新玉。菡萏不禁风，分得沉香些许。高举，高举，倾盖盈盈欲语。

徐建融《芙蓉》

徐建融《芙蓉》

初过池塘微雨,已驻西窗风绪。净洗铅华容,无汗清凉如许。归去,归去,月底与修花谱。

未染燕支匀注,却泼黛青迷误。谁护霓裳妆,十里雪愁云妒。轻舞,轻舞,惊起一行鸥鹭。

梦阔水云微薄,花小馨香轻抹。何须六郎怜,叶叶清圆翻墨。寂寞,寂寞,一夜西风寥落。

花犯 忆孤山赏梅

孤山仄,嫣然微晞,依然旧风味。露痕玉缀,想豆蔻年华,难称佳丽。当年处士曾相娶,曾经添鹤喜。更应记,西窗虚烛,暗香浑侵被。

惜花处士久已矣,自开复自落,黯然淡悴。仁望处,风未起,

徐建融《天竹》

两三飞坠。叹千古,春泥潜影,人却在,湖光烟浪里。但月色,一枝清浅,诗魂斜照水。

天竹

　　南天竹斗北寒风,铁网珊瑚出海东。龙骨千年心不死,翻身卧雪渥丹红。

图书在版编目(CIP)数据

大化文章：诗画中的自然审美 / 徐建融著. 上海：上海书画出版社，2024. 8.
-- ISBN 978-7-5479-3398-5
Ⅰ. I267
中国国家版本馆CIP数据核字第2024F0L577号

大化文章：诗画中的自然审美

徐建融 著

责任编辑	苏　醒
审　　读	曹瑞锋
封面设计	陈绿竞
技术编辑	包赛明

出版发行	上海世纪出版集团 上海书画出版社
地址	上海市闵行区号景路159弄A座4楼
邮政编码	201101
网址	www.shshuhua.com
E-mail	shuhua@shshuhua.com
制版	上海久段文化发展有限公司
印刷	上海展强印刷有限公司
经销	各地新华书店
开本	889×1194　1/32
印张	10.25
版次	2024年8月第1版　2024年8月第1次印刷
书号	ISBN 978-7-5479-3398-5
定价	99.00元

若有印刷、装订质量问题，请与承印厂联系 电话：021-66366565